魅丽文化 花火工作室

"让我先说喜欢你！"

RANG WO XIAN SHUO XIHUAN NI

斯音菲菁 著

广东旅游出版社
GUANGDONG TRAVEL & TOURISM PRESS

悦读书 · 悦旅行 · 悦享人生

中国 · 广州

图书在版编目（CIP）数据

让我先说喜欢你 / 所言非言著 . — 广州 : 广东旅游出版社，
2020.5
ISBN 978-7-5570-2210-5

Ⅰ.①让… Ⅱ.①所… Ⅲ.①长篇小说－中国－当代
Ⅳ.① I247.5

中国版本图书馆 CIP 数据核字 (2020) 第 051363 号

出 版 人：刘志松
总 策 划：邹立勋
责任编辑：梅哲坤 林保翠

广东旅游出版社出版发行
（广州市越秀区环市东路 338 号银政大厦西楼 12 楼）
邮编：510060
电话：020-87347732
湖南凌宇纸品有限公司印刷
（湖南省长沙县黄花镇工业园）
880 毫米 ×1230 毫米　　　32 开
9.5 印张　　248 千字
2020 年 5 月第 1 版第 1 次印刷
定价：38.60 元

前阵子言妹让我帮她的新书写个序，我一口就答应了，好新鲜，我还从来没有写过序呢！然后拖延症晚期的我，一拖拖了快两个月。

鞠躬，道歉！

关于言妹这本新书，其实我很早就知道了，而且是从周周口中得知的。

某天周周跟我分享，说新定的一本校园文的书名很好听，叫《让我先说喜欢你》。当时我们正为我的新书书名想破脑袋，看到这个书名的时候瞬间觉得，好甜啊！

我一直都喜欢甜甜的小说，这个书名和校园文题材也太般配了吧！让我先说喜欢你，有一种青葱年少时喜欢的羞涩感，仿佛是女孩子喜欢一个干净美好的男孩子，准备表白时，却听到男孩子在她耳边轻轻说："让我先说喜欢你。"

当然，这些都是我没有读之前的幻想。言妹发了稿子给我后，我先被男女主的名字吸引了。楼西和花千树，我先想到的是"画楼西畔桂堂东"这句诗，而花千树则联想到了"千树万树梨花开"。言妹也太会起名了吧！花千树这个名字太有特色了！

我有一个朋友喜欢唱歌，出过几首歌，艺名恰好叫花千诚。第一次看到这个名字我就分享给他了，我说："瞧，千树这个名字可比你的好听多了！"

我最近也在写校园文，每次看到这本书的时候，我都觉得骨子里在泛甜，年少时的感情怎么会这么美好。那时言妹在微博发了《你好旧时光》的剧照，配了这本书的小片段，可能是先入为主，现在我脑中的楼西和花千树就是那个剧照里的模样了，老阿姨不禁感慨一句——年轻真好！

　　我很喜欢校园文，年少时的恋爱比起长大之后的要更干净、纯粹，两个人之间的喜欢没有掺杂其他的感情，大概那才是真正意义上的互相喜欢。看到这本书的封面之后，我特别喜欢上面的一句话——那年夏天，试卷满天飞，所有人都在说别离，我却先说喜欢你。

　　一句话仿佛将我带回十几岁的年纪，我好像记起了那时喜欢的一个男孩，他有干净的笑容，有那个年纪该有的阳光。

　　希望看到这本书的你们都能够遇到先说喜欢你的男生，永远被爱，永远幸福，也祝言妹的新书大卖，冲呀！

苏清绾

2019.3.10

目录

CONTENTS

Chapter 01
少年不识愁滋味

整个黛城一中都在传，楼西要被开除了。

原因是他私带宠物到学校，结果宠物咬伤了德育处的刘英超主任，刘英超大怒，差点当场宰了楼西的狗。

花千树听到这个八卦消息的时候，班长林蔚把刚领的新桌子放到她的面前。

这是花千树转学到黛城一中的第一天，林蔚作为高三（八）班的班长，简直把团结同学、乐于助人的精神发挥到了极致，不仅帮着花千树领课本，还主动帮她找老师要新课桌椅。

花千树对他万分感谢，林蔚摸了摸头，带着大男生的腼腆，说："不用谢，作为八班的班长，这是我应该做的。新学期，新开始，希望你会喜欢这个新学校。"

早自习到上午第一节课之间有二十五分钟的休息时间，供大家吃早饭和收发作业。各科课代表站到讲台前，大家很自觉地把暑假作业传到第一排，但也有几个老油条，作业没做，趁着这个时间随便抄了答案。

没一会儿，预备铃响了，嘈杂的教室依旧没有安静下来的趋势，响着乱哄哄的说话声。班长林蔚站起来拍了拍讲桌："打铃了，大家安静一下，准备上课。"

教室里的声音渐渐减弱，但还是有人趴在桌上，躲在摞成小山的书后面悄悄讲话。

花千树将课本整整齐齐地放进抽屉，左边是历史、地理、政治等比较大的书，右边是语文、数学等比较小的书，中间留了空隙。花千树把笔袋竖着放进去，然后打开语文课本做课前预习。

同桌宋星语还在和坐在前面的莫小北讨论楼西会不会被开除的事情。

"我觉得不会，毕竟他爸爸'养育'了我们。"宋星语肯定地说。

据她所知，楼西的父亲是学校的建校元老，当初这里的一砖一瓦，都是他爸爸出资建的。

"我也觉得，但是听说刘英超被咬得不轻，现在还在医院里住着呢。"莫小北有点担心，虽然楼西有时候皮了点，但是人不坏。

两个女生对视一眼，齐齐叹气。虽然老师们不喜欢楼西，可一中的同学们是真心实意地喜欢楼西和他的傻狗，高三生活压抑无聊，他们乐意让楼西来为大家的生活添一点乐趣。

花千树静静地听着，等两人讨论完，才状似无意地问："什么狗啊？"

宋星语愣了半晌，才反应过来这干净清脆的声音来自旁边的新同桌，于是小声说："哈士奇。"

莫小北补充："成年的哈士奇。"

带哈士奇来学校？

花千树觉得这位叫作楼西的同学简直脑壳有洞，还是黑洞的洞。

黛城一中每周一的第一节课都是班主任的课。

八班的班主任叫杨晓风，教语文，也是年级语文组的组长。花千树听说，这位老师年纪不大，教学质量倒是不错，有自己的一套方法。

八班教室在二楼尽头，每一位坐在教室前门旁的同学都是优秀的哨兵，一有情况，赶紧通知身后的大部队。

"嘘，班主任来了。"教室果然一秒变得安静。

花千树这才听到教室外的走廊传来高跟鞋的声音，她问宋星语："你们怎么知道来的是班主任？"这一层一共四个教室，分别是文科五、六、七、八班，而文科班主任，基本上五个中有四个都是女老师。

宋星语一副"这你就不懂了"的表情，开始向新同学普及："久了你就知道了，我们都会听脚步声判断过来的人是谁。"

她怕自己的解释花千树听不懂，便拿出草稿本写写画画："你看，杨老师的脚步节奏是这样的，而数学老师胡老师走起路来有点不一样。英语老师的更好辨认，她的高跟鞋基本上不低于十厘米，所以走起路来就是……"

说完，宋星语赶在班主任进教室之前，对花千树说："反正，久了你就知道。这个啊，只能意会，不能言传！"

花千树看着草稿本上长短不一的横，默默朝宋星语竖起了大拇指。

黛城一中果然像传说中的一样，人才辈出啊！

教室门被推开，杨晓风面带微笑地走进来，把教案轻轻往桌上一放，抬头，目光在教室里扫了一圈，问："楼西又没来？"

上课特喜欢接嘴的周毅杰吊儿郎当地说："报告老师，楼西可能带着他的傻狗去医院负荆请罪了。"

大家顿时哄堂大笑。

杨晓风等了几秒，大家笑够了，自觉地安静下来。她并未在楼西的问题上关注过多，而是看向花千树，对大家说："正式上课之前，我们请新同学来给大家做个自我介绍。"

大家齐齐转头，看着花千树走上讲台。

宋星语戳了戳莫小北的背。班主任就在讲台上站着，莫小北也不敢转过去，只能往后靠着，小声问："你干吗？"

宋星语用头发挡着脸，躲避班主任的视线，压低声音说："你有没有觉得花千树不像黛城人？"

莫小北翻了一个白眼："这不是废话吗？花千树本来就是从外地转学过来的。"

讲台上的花千树神色平静，新环境并没有给她造成压力。她皮肤很白，是很健康的那种白皙水润，眼睛是很漂亮的桃花眼，嵌着一颗纯黑的宝石，笑起来眼尾微微向上勾起，显得七分清纯，三分魅惑。还好年龄不大，五官还未长开，日后成年了，就这一张脸，说她是妖精转世也不为过。

讲台上，花千树语气不急不缓地开始做自我介绍了，因为长相和声音，大家都被她吸引了，安静地听着。

"大家好，我叫花千树，从小在望舒市长大，希望……"

突然，"砰"的一声巨响，后门被一股大力撞开，花千树的自我介绍被打断，她有轻微的近视，只能微微眯着眼看向后门。

敞开的门旁趴着一只哈士奇，狗屁股高高撅起，嘴里流着哈喇子。

一个清俊的少年扯住链子，抬脚就踢狗屁股，教训道："傻狗，知不知道先敲门？这么没礼貌，给你老大我丢脸！"

说完，他才慢悠悠地抬眼看向讲台，一笑就露出大白牙，清越通透的少年音从后面传来："杨老师，你继续，我就回来拿点东西，拿完就走，绝不影响你上课。"

没有老师喜欢自己的课堂被打扰，杨晓风也不例外，加上最近楼西给她惹的一堆事，看着他那张赏心悦目的脸，她也没了好脾气："再有下次，五千字检讨。"

楼西笑了笑，牵着狗往前走，长腿带风，没几步就走到了讲台前。

"行，不过要先打欠条。"毕竟，他楼小少爷从高一开学至今已经欠了八篇检讨，但至今仍一字未动。

杨晓风沉着脸，催他快点。

楼西的父亲曾经特别关照过学校，所以，楼西的座位被永远定格在了讲桌旁边，独一无二，独属他楼少爷的"至尊VIP豪华专座"。

他弯下腰在抽屉里掏来掏去，最后不知道掏出一包什么东西，生怕被人看见似的飞快地揣进衣服口袋，抬头的时候，和花千树的视线对上。

半晌，楼少爷凉凉地问："同学，你眯着眼看我，是蔑视我吗？"

花千树大大方方地一笑："不好意思，我近视。"

于是，楼少爷伴着大家无情的嘲笑，带着他的傻狗离开了教室。

周一上午五节课，前面两节语文，后面三节数学。放学的铃声一响，宋星语就趴在课桌上鬼哭狼嚎："我待数学如初恋，数学虐我千百遍啊！"

莫小北已经收拾好，转过来说："星语，今天中午我妈妈做了红烧肉，让我回家吃饭，我就不陪你了。"

她转头看向还在算题的花千树："千树，你和星语去食堂吃饭吧，正好让星语带你四处逛逛，熟悉一下环境。"

宋星语转过脸扯了扯花千树的袖子："我们去吃鸡腿饭吧，数学杀死了我的脑细胞，我需要补充营养。"

莫小北将自己的饭卡塞到花千树手里："你肯定还没有来得及办饭卡，先用我的，我先走了，再见。"

女生的友谊多结伴上几次厕所就来了，上午五节课，花千树跟着宋星语和莫小北去了三次厕所，现在三人已经是朋友了。

花千树将饭卡收好，简单收拾了一下，说："走吧，我们去吃鸡腿饭。"

宋星语拍手叫好。两人错过了下课高峰，路上人不多，到了食堂，宋星语拉着花千树直奔鸡腿饭窗口。鸡腿饭是两荤两素加一个炸鸡腿，一共十一块，是黛城一中最贵的套餐之一。

学生打饭的窗口紧邻教师小雅间，好在她们来得早，这边排队的人还不是很多。

宋星语站在花千树前面，趁着排队的间隙转过身和她聊天。

"千树，我觉得你成绩应该挺好的。"

毕竟三节数学课上完，她就没看过花千树开小差，不管是老师写在黑板上的练习题，还是课本上的例题，花千树基本上看一遍就知道答案，这种似曾相识的感觉，她只在许律身上看到过。这大概就是传说中的学霸电磁场吧。

"还行，不会拖班上的平均分。"花千树淡淡地说，余光却开始打量这个食堂。

她转学过来之前，大概了解了一下黛城一中，虽然不是黛城最好的学校，但是学校的设施设备、食堂宿舍是一流的。原因很简单，建校人发达了，每年都大把大把地往学校砸钱，今年一座教学楼，明年一座图书馆，逢年过节还附赠体育馆、游泳馆、实验室之类的。所以，这食堂，也是装修得十分体面，曾经还上过新闻，被评为黛城最美的食堂。

吃完午饭，宋星语以消食为由，带着花千树在校园里面闲逛。高三部这边其实就这么大，文科八个班，理科二十二个班，但凡有个风吹草动，不出半天就可以传遍整个年级。所以"高三（八）班来了一个清冷漂亮的小仙女"的消息经过一个上午，已经传开了。

花千树和宋星语走在路上，时不时就会撞上别人好奇探究的目光。两人手挽着手路过小卖部，宋星语便走不动路了。

花千树看了看她还鼓着的肚子，发出灵魂的拷问："你还吃得下？"

宋星语眨眨眼："我们可以一起吃。"

花千树叹了一口气，觉得宋星语这副软糯可爱的模样像极了裴家那个古灵精怪的小丫头，便软了下来，说："你去买吧，我在外面等你。"

宋星语闪电般消失，一头扎进了小卖部。小卖部周围人挺多的，时不时朝她看过来，花千树不太喜欢这种被人盯着的感觉，便往外走了几步。

她站到路边的花坛边上，背过身，隔着一层铁网，看着里面的篮球场。现在是中午，打球的人不多。花千树正四处看着，突然，面前的花丛里传来窸窸窣窣的响动，好奇心驱使花千树弯腰去看，一个顶着枯叶的狗头一下子蹿了出来，一脸呆滞地望着花千树。

花千树被它这滑稽的模样逗笑，笑骂了一声："傻狗。"

"我家狗得罪你了？"一道清澈干净的声音从背后响起，花千树转身就对上了楼西似笑非笑的眼。

他脸上挂着汗珠，手里拿着刚买的碳酸冷饮，穿着一身红白相间的球衣，显然是刚从篮球场上下来。

楼西站在花千树对面，中午的阳光透过香樟树在他脸上洒下斑驳的光影，他挑着眉眼看过来。许是口渴极了，他拧开手中的饮料，仰头就是一阵猛灌，喉结一下一下地滑动。

"狗呢，也是有尊严的，你老是'傻狗傻狗'地骂它，它很容易信以为真，患上抑郁症的。"

花千树凉凉一瞥，不动声色地和楼西拉开了距离。

她看着他，说："我记得早上你还踢着它的屁股骂它傻狗，照你这么说，它算是遭受了身体和心理上的双重创伤，那还不得自尽？"

楼西被堵得哑口无言，盯着面前这张看起来还不错的脸，半晌才说："同学，你是不是讨厌我啊？"

花千树不想上学第一天就惹事，而且对方还是个智商有问题的主，她尽量保持着微笑，与楼西说话也维持着该有的礼貌和客气。

"没有，我只是顺着你的问题回答你，如果让你误会了，我很抱歉。"

楼西侧眼看她，明显不信："早上你那眼神分明就是看不起我，讨厌我。"

"我说了，我近视。"

"最开始可能是因为近视，但是现在我离你这么近，你还是那种眼神。"

花千树耐着性子，问："哪种眼神？"

楼西也没多想，脱口而出："就看智障的眼神啊。"

因为他每次看哈士奇的时候，也是这种眼神，所以，他很熟悉。

花千树强忍着笑意，觉得狗和狗主子是真的傻，她一个智商正常的人为什么要和智商已经欠费的人计较呢？

余光瞥见宋星语左手拿着两根烤肠，右手抱着薯片出来，花千树的目光落在楼西手里的碳酸饮料上，临走时好心提醒："同学，好心提醒你一下吧，男生少喝碳酸饮料，特别是青春期的男生。"

天真无邪的楼少爷丝毫没有察觉到有什么不对，还不耻下问："为什么？"

花千树忽然上前一步，凉凉一笑，压低嗓音，缓缓地说："杀精。"

楼西愣怔了两秒，反应过来时花千树已经和宋星语走了。看着花千树的背影，他气得眉毛一高一低。他楼·比尔盖·西西·茨什么时候受过这种人身攻击，此仇不报，他就不是黛城首富的儿子！

宋星语把烤肠分了一根给花千树，就听到有人叫她，还没来得及看清是什么，一个瞪眼咧嘴的狗头就突然跳起来，抢走了她给花千树的那根烤肠。宋星语以为狗要吃她，吓得一屁股坐在了地上，还扔掉了手里的薯片。

哈士奇抢了烤肠一口吞下肚，也不怕噎着，吃完了就怂怂地躲到楼西身后，但那条狗尾巴跟吃了炫迈一样，摇晃得根本停不下来，像是在赤裸裸地嘲笑花千树"我就是吃你烤肠了，怎么样，有本事你来咬我呀"。

宋星语平生最怕两样东西，狗和许律。本想安慰花千树一下，一开口却带着哭腔，好像刚才被抢的人是她："千树，我再去给你买一根。"

花千树扶她站起来，还贴心地帮宋星语拍掉校裤上不小心蹭上的灰，语气平静地说："不用了。"

不想下一秒，花千树的目光如刀一般，刀刀砍向楼西："让他赔。"这是当代川剧变脸第一人呀。

"让他赔"三个字从她嘴里说出来的威力不亚于"让他死"三个字，楼小少爷给自己做心理建设，他堂堂一中一霸，黛城最有钱的富二代，什么大风大浪没见过，绝对不能在一个才转学过来的小丫头面前丢脸，就是心里慌，他脸上也要装得镇定。

"赔什么赔？陪你坐一阵倒是可以列入考虑范围。"

楼少爷慢悠悠地走过来，也不知道抽什么风，本来两三步就可以走过来的距离，硬是被他骚得不行地走成了戛纳红毯。

花千树觉得她需要净化眼睛。楼西不要脸地自动屏蔽了花千树全写在脸上的吐槽弹幕，从她身边走过的时候，他稍做停顿，从衣服口袋里摸出一颗大白兔奶糖丢进花千树的卫衣帽子里，然后微微弯腰，凑到她耳边，姿态懒散而随意："嘴这么毒，吃颗糖甜一甜吧。"

回到教室，宋星语依旧惊魂未定，目光呆滞，神魂游离。花千树伸手在她面前晃了晃，才勉强将宋星语的意识拉回来。

"你怕狗？"

宋星语撇了撇嘴，眼泪汪汪的，一脸后怕。她看了看四周没什么人，才小声地对花千树道出了那段不为人知的往事："我小时候被小区的狗咬过屁股。"

说完她觉得丢人，便捂着眼，声音弱弱的："你不能笑。"

想当初，许律可是因为这个鄙视了她一整个幼儿园时期。花千树压根没想到宋星语还有如此传奇的遭遇，她深表同情，拉着宋星语的手轻轻握着，软言安慰："没事没事，等找个时间我给你报仇。"

宋星语擦了擦眼泪，呆呆地看着花千树，突然感觉自己被母性的光辉包围，心中那点害怕的心情渐渐退散了，花千树真的很给她安全感。

"怎么报仇啊？"

花千树敛着眉眼，冷冷一笑："那傻狗不是喜欢吃烤肠吗？那就让它吃到吐，吃到怀疑狗生！"

宋星语被花千树的笑吸引住，就刚刚那一笑，怎么那么……邪魅呢？

话是这么说，实践起来却不容易。据花千树了解，楼西那条傻狗看起来跟个五水硫酸铜似的，却十分认主，除了楼西，其他人多看它一眼，它就会发出被非礼一般的吼叫，简直就是动物界的马景涛。

不过做坏事难不倒花千树，想当年……算了，当年不也在阴沟里翻了船吗？

花千树是行动派，当天晚上回家就针对一人一狗制定了三个方案，A计划失败了还有B计划，再不济，C计划上场，这条傻狗准逃不出花千树的魔掌。

万事俱备，花千树心情愉悦地度过了开学的第一周，可是直到第二周快结束了，这东风也没有吹过来。楼西和他的傻狗离奇消失了，整整一周都没有出现在学校。据可靠的小道消息，楼小少爷是被家里人关起来教育了，于是花千树的报仇计划便一直搁置着。

这一等就到了九月份结束，转眼就到了国庆节。

高三学生原本是不存在节假日的，但是三校合并之后，新上任的高坤高校长是个明理的人，或许是为了博得同学们的好感，这次高三年级的学生和高一、高二的一样，也享受了七天的小长假。

这七天花千树没闲着，她回望舒市待了两天。和言乔一起吃饭时，言乔的嘴全程就没停过，一会儿说自己上次随便拍的照片得了摄影奖，一会儿又说现在他身价暴涨，以后花千树约他吃饭，要提前预约，后来更离谱，说他老师给他安排的相亲宴都排到明年春节了。

花千树带着一副"你老师是多担心大摄影师言乔讨不到老婆呀"的表情吃完了这顿饭，饭后言乔问她在黛城是否待得习惯，新学校适不适应，最后直接问零花钱够不够。

"怎么，你还要给我零花钱吗？"

言乔静默两秒，转过头去："我随口一说。"

花千树十分相信言乔真的只是随口一说，虽然现在他身价不菲，知名度也高，但是他真的很穷。别看言大公子平时人模人样，出入高档场所，兜里却是干瘪瘪的，一分钱也没有。

言家是书香世家，家教严格，本来在言乔哥哥姐姐那还好，可是到了他这里，不知道父母怎么就像返祖似的，把他管得死死的，零花钱一分一角都是经过言家父母精确计算好了的，一分不多，一分不少。

所以，今天买单的时候，前台的小姐姐一脸鄙视地看了言乔一眼，满脸写着"真是世风日下，这是当代吃软饭的小白脸呀"。

国庆七天假，花千树才花了两天，剩下五天，她决定用三天时间去老家陪爷爷奶奶，然后两天回黛城。花千树的爷爷奶奶住在郊区，房子是以前的老房子翻修的，像个农家乐，还带着一个大院子。院子里养了两只柴犬，名字吉祥又喜庆，叫团团和圆圆，是花千树十岁那年，花易安送给她的。尽管和之前那只一模一样，却不是陪她长大的狗，也不是她妈妈留下的那只。花易安本以为重新为花千树买两条狗就可以了，可是花千树态度冷淡，也不怎么照顾狗，后来他就把狗送到了郊区，不能陪着女儿，陪着父母也行。

郊区这边安静，不知不觉三天就过去了，临走的时候花千树没让二老送，自己一个人拉着行李箱往乡村公路上走，倒是两条狗，慢悠悠地跟在她的身后，像是在无声地保护她。

这条路花千树走过无数次，这一次她却不知道为什么会生出凄凉的感觉。虽然这片土地现在还静谧安详，可是不久之后，这里可能会盖起高楼大厦，也可能是度假天堂，反正不会再有青草池塘，只有冷冰冰的钢筋水泥。连她最后一点珍贵的回忆，都要被永久地尘封在水泥地下了。

一个人来，一个人走，回到黛城，看着冷冰冰丝毫没有人气的屋子，花千树只觉得无力感袭来，来势汹汹。她赌气似的将屋子里的灯全部打开，还不满意，又打开了电视机。听到电视机里的说话声，她才觉得踏实了一点。

她抱着头蜷缩在沙发上，眼睛盯着电视机，看着屏幕里面的人嘴巴一张一合，说的是什么，花千树已经听不见了，她想，快点开学就好了，最起码，教室里是热闹的。

或许是上帝听到了花千树的祈祷，剩下的两天假期过得十分快。长假之后的通病，大家浪飞的心收不回来，上午好多人都是一副没睡醒的样子。只有花千树，异常地亢奋，不仅上课注意力集中，而且从头到尾也没见她打一个哈欠。

宋星语本来想问一问花千树国庆长假都干什么去了，可是见花千树沉迷学习无法自拔的模样，她觉得自己这种学渣不应该打扰花千树，便拉着同为学渣的莫小北讲起了国庆长假的趣事。

花千树偶尔听一两句，冷不丁就听到莫小北和宋星语在八卦楼西。

"我听说国庆的时候，楼西想逃跑，结果被他爸爸叫了保镖给捉了正着。"

"不是捉吧？我听到的版本怎么是他爸爸雇了人打了他一顿呀？"

亲爸花钱雇人揍亲儿子，这是什么家庭伦理剧？

国庆长假之后的第一周大家逐渐收心准备好好学习，做个合格的高三生，转眼到了星期五。放学前，班主任杨晓风例行到教室讲话，顺便提了一下下周月考的事情。此消息一出，底下顿时一片鬼哭狼嚎。

杨晓风拍了拍桌子："国庆之前就叫你们好好准备了，现在跟我哭也没用，趁着周末好好复习吧。"

高三年级到了星期五依旧要上晚自习，经过一个多月的相处，花千树和宋星语还有莫小北建立了革命友谊，三人约好晚自习放学后去喝奶茶。结果莫小北妈妈突然到学校接她，说是家里面来了客人，最后只有花千树和宋星语去了奶茶店。

花千树把书包给宋星语，宋星语去占位子，花千树去点奶茶。花千树其实不太喜欢吃太甜的东西，一来容易长痘，二来容易囤积脂肪。她扫了一眼点餐单，点了一杯柠檬水和珍珠奶茶，然后想了想，又给宋星语多买了一份草莓圣代。

她不知道宋星语喜不喜欢草莓圣代，反正那个小家伙挺喜欢的。其实她和那个小家伙也没见过几次，因为身份实在尴尬，小家伙却特别喜欢她。明明宋星语和小家伙两个人天差地别，可是花千树总能在宋星语身上看到小家伙的影子。

取完餐，花千树去找宋星语，却发现她被一群女生团团围住。

"星语。"花千树神色冰冷，扫了几个女生一眼，将餐盘往桌上一放，问，"怎么了？"

宋星语仿佛看见了救星，拉住花千树的手，软软地说："她们想抢位子。"

"宋星语，你会不会说话啊？什么叫抢？这位子明明是我们先看见的。"

宋星语有些害怕她们，但是花千树在场，她说话的时候隐隐多了几分硬气："是我先占到的。"

那个女生瞟了花千树一眼，阴阳怪气地说："怎么，找到靠山了？敢这么和我们说话！"

宋星语眼神闪躲，这原本是她的私事，她不想让别人知道太多，特别是她在意的人。

花千树冷冷地看过去，绕开她们坐到宋星语对面，将珍珠奶茶和圣代先给了宋星语，然后将柠檬水往边上一推："想要这位子也可以，等我们喝完吧。"

"你！"

花千树抬眼，眼眸里没什么温度："别随便用手指人，显得你特别没教养。"

那个女生气得不行，想要动手却被身旁另外一个长相甜美的女生拦住，声音也温柔："算了，苏丽，我们换一家吧。"

苏丽瞪着眼："蒋晗雅！"

蒋晗雅扯了扯苏丽的手臂，示意她算了。反正想找宋星语麻烦也不急在这一时，她们有的是时间，今天她身边的这个女孩看上去不好惹，况且她也不想闹大了。苏丽一脸气愤，最后瞪了花千树一眼，走了。

人走了，花千树才问宋星语："说说吧，怎么回事？"

宋星语眼眶发红，低着头迟迟没有说话。

花千树猜测："以前认识？"

宋星语点头："文理分科前是一个班的。"

花千树的目光闪了闪，宋星语性子软，又长了一副好欺负的样子，她大概已经猜到是怎么样的一个故事了。可是花千树不知道，她只猜对了一半，苏丽找宋星语麻烦还有另外的原因。

柠檬水在花千树手里转来转去，她最后没再问，只是安慰宋星语："别担心，以后她们找你麻烦就叫我，我来搞定。"

宋星语吃了一勺圣代，慢吞吞地说："可是她们很凶的。"

花千树被宋星语的样子逗笑了，莫名又想到了楼西的傻狗。

"有多凶？"

宋星语很认真地想了一下，说："抓头发特别凶。"

"那……打人呢？"花千树漫不经心地问。

"没见过。"宋星语摇摇头。

花千树点点头："改天让你见识一下。"

"啊？"

"啊什么啊，她们不是抓头发特别凶吗？你花姐我正好相反，我打人特别凶！"

宋星语看着花千树，突然觉得好像她真的抱上了一条不得了的大腿啊。

宋星语和花千树不顺路，出了奶茶店两人就各自回家了。花千树没打车，沿着公路慢悠悠地走，看见路边一个营业的小门面，她拐了个弯走进去。

老板正躺在椅子上看电视剧，见门口不声不响站了个女学生，先是自己吓了自己一跳，然后才问："同学，你要买什么啊？"

"打火机。"花千树说。

"同学，你买打火机干吗？你还未成年吧？"老板盯着花千树打量。

"我帮我爸爸买的。"花千树笑起来人畜无害，单纯又善良的模样让老板打消了疑虑，"你要什么价位？有一块钱一个的，还有贵一点的。"

花千树垂眸扫了一圈，纤细的手指在玻璃柜台上点了点："这个。"

取出打火机递过去的时候，老板还是问了一句："这么晚你爸没跟你一起出来吗？"

花千树笑了笑，随手往身后一指："我爸在车里等我。"

老板这才放心地把打火机卖给花千树。

转身刚走了几步，花千树就察觉到身后有人靠近，还没来得及转头，一条胳膊就压在她肩上，楼西贱兮兮地说："乖女儿，叫'爸爸'。"

花千树面色一沉，语气很不友善："把你的爪子拿开。"

"啧啧啧，怎么和'爸爸'说话呢？"

"你有病吧？"花千树将楼西的手从肩膀上扔下去，"有病就去医院，别在我这里发疯。"

楼西十分欠揍地一笑，花千树看着他从裤兜里掏出一把车钥匙，当着她的面，故意使劲儿一按，身后的车闪了两下。

楼西敞开双臂，得意地说："走，'爸爸'开车送你回家。"

花千树真想一拳打死他。

"别不好意思，'爸爸'的车可是跑车，一般人不给坐。"

花千树冷冷地瞥他一眼，警告道："楼西，你再一口一个爸爸，信不信我打到你趴地上叫姑奶奶！"

路灯的灯光将两人的身影拉长，楼西竟然被花千树的眼神震慑到了，但楼小少爷可是"不撞南墙不回头，不到黄河不死心"的主，非要死鸭子嘴硬。

"who 怕 who，你 father 就是你 father ！"

花千树勾唇一笑，慢慢靠近。

楼西秒怂，双手捂胸往后退，搞得像花千树要非礼他似的："别靠这么近，男女授受不亲。"

"刚刚你搭我肩的时候怎么没这觉悟？"花千树阴森森地笑，笑得楼西头皮发麻。

"那不一样。"楼西已经退到车边，后背贴着车身，又硬又凉。都怪他那帮损友，刚才 KTV 唱歌，非要给他点一首《凉凉》。

"哪不一样？"来自花千树零下五十度的灵魂拷问。

"那是父爱。"楼小少爷真的是在作死的边缘不断地试探。

花千树觉得，忍字头上一把刀，就拿楼智障试一试刀锋利不利："很好，今天就让你见识一下什么叫父爱如山！"

楼西压根没看清，只觉得手臂被一股大力扯住，一阵天旋地转，他似乎有半秒钟的悬空，然后腰被什么东西顶了一下，反应过来时他已经被花千树别着手，按在地上摩擦了。

花千树一屁股坐在楼西背上，还腾出一只手拍了拍楼西的脑袋，姿态痞中带着帅气："怎么样，父爱沉不沉重？"

楼西觉得脸都快被压变形了，说出的话也不清楚，但是花千树听明白了，楼西说的是"姑奶奶饶命"。呵，早点这么听话，还用得着她出手吗？

身后，卖烟的老板目睹了全过程，他赶紧跑进屋，抱着自家媳妇瑟瑟发抖："老婆，咱们还是生一个好。"

"为什么？"

老板心有余悸："两个容易打架争宠！"

Chapter 02
少年意气峥嵘月

高三的周末一晃而过，星期天下午，黛城一中所有的高三生已经回学校开始自习了。

宋星语趴在课桌上嚎，可惜她声音太软，像小奶狗嗷嗷叫似的："千树，为什么我要学习，为什么我要上课，为什么我是高三？"

莫小北转过身："再嚎下去，你就成'十万个为什么'了。"

花千树抬头，摸了摸宋星语的头："认命吧，星语，嚎完了还有两套试卷等着你。"

好友给不了安慰，宋星语只能选择去小卖部遨游。

"你们去小卖部吗？"

"不去。"莫小北指了指自己的试卷，"我英语的阅读理解还没做呢。"

花千树也晃了晃手里的练习册："我要做数学题。"

宋星语对着两人眨眨眼："我请客！去不去？"

莫小北举手："走！"

"你的节操呢，小北？"宋星语扯了扯花千树的袖子，撒娇道，"千树……"

花千树摇摇头："我就不去了，你们去吧。"

宋星语没有再勉强她，就和莫小北手挽手奔向小卖部了。

路上，莫小北和宋星语闲聊："星语，你说千树是不是家里有困难啊？我看她平时特别节俭，几乎不吃零食。"

宋星语摇摇头："不知道。"

"我看你和她关系好，又是同桌，你怎么不打听一下？"莫小北撞了撞宋星语的胳膊，问，"你不是挺八卦的吗？"

宋星语微微皱眉，本来听着莫小北的话，她就有点不开心，但是想到莫小北没什么恶意，就是好奇而已，也没有多说什么，只是回了一句："我不八卦朋友。"

"哦。"莫小北悻悻的，没有再继续问了，但是买零食的时候，宋星语问她要不要话梅糖，她拒绝了。

宋星语也没有在意，只当莫小北是不想吃。

教室里，花千树开始解数学题。转学过来之前，她就打听好了，黛城一中每年三月会有一场数学竞赛，八校联考，最后的优胜者有保送鹿林大学的资格，这也是她决定转学过来的重要原因。

数学题解到一半，莫小北慌慌张张地跑了进来，气都没有喘匀，就拉着花千树"吧嗒吧嗒"地掉眼泪。

"发生什么事了，星语呢？"花千树看了一圈，教室里不见宋星语的影子。

莫小北带着哭腔："星语被苏丽她们带走了。"

花千树眉头紧蹙，放下笔站起来，只觉得苏丽的名字耳熟："带我过去。"

一路小跑，莫小北体力不支，被花千树甩开了一大截，最后她停下来，朝着花千树喊："千树，游泳馆。"

好在宋星语平时喜欢拉着花千树逛学校，某些小道近路花千树也走过，知道苏丽带着宋星语去了游泳馆，她便抄小路跑，没想到半路又被傻狗拦了路。

楼西躺在石凳上，脑袋底下垫着书包，脸上压着一本英语书，似乎在睡觉，听到狗叫，他动了动，然后书掉在地上，他慢悠悠地睁开眼。

花千树着急去游泳馆："把你的狗牵好。"

"这么冲干吗，要去打架啊？"楼西虽然嘴上这么说，但碍于花千树的身手，还是默默地将哈士奇拉到自己身边。

"是啊，打架，所以，你离我远点，不然先拿你练手。"说完，花千树就朝着游泳馆跑去。

楼西站起来，看着马上就要跑不见的身影喊："狗借你，多个帮手。"

花千树："滚！"

自从上周五在奶茶店丢了面子之后，苏丽一直耿耿于怀，没想到宋星语却乖乖送上门来，唯一遗憾的是，另外一个人没在。

苏丽一帮人推搡着宋星语，将她带到学校游泳馆后面堆放器材的仓库。国庆节一过，黛城这边天气就开始转凉了，游泳馆这边人少，平时基本没人过来，除了每周定期清扫的阿姨。

苏丽吃着宋星语买的薯片，坐在软垫上晃着腿："宋星语，知道我今天为什么带你过来吗？"

宋星语摇摇头，往后靠了靠："不知道。"

"啧啧啧，怎么又是这副样子？那天在奶茶店你不是挺嚣张的吗？"

宋星语没接话，怕苏丽生气打她。苏丽最讨厌宋星语这副样子，走上前踢了宋星语一脚："借点钱花花。"

宋星语小声说："没……没有。"

"没有？那天我们可看见许律给你钱了。"苏丽拔高声音，笑得不怀好意,"没有,那我们就搜身了。"

一帮人哈哈大笑,宋星语想到初中时被她们欺凌的种种,面露惊恐。

"蒋晗雅,你最近不是学习化妆吗?正好今天有一个免费的模特,你可以试试手。"苏丽说。

蒋晗雅有点犹豫,她虽然讨厌宋星语,但是也有点担心做得太过分,惹了许律不高兴。不过,到时候许律真的知道这件事了,她也可以全部推在苏丽身上。

她转身问宋星语:"可以吗?"

宋星语根本没法拒绝,苏丽已经让人按住了她。

蒋晗雅微微一笑,蹲在宋星语面前:"你放心,我会把你化得很好看的。"

宋星语含泪摇头,蒋晗雅的笔已经落在她的脸上了。周围都是嬉笑声,她觉得这笑声像是一把一把的刀,要将她凌迟。

还是这样。她以为只要远离许律,离那个人远远的,就不会有人过来找她的麻烦,她可以好好上学,交朋友。原来并不是。

突然,仓库的门被一脚踢开,刺眼的阳光射进来。苏丽等人抬手遮眼,隐约看见一个身影,逆光而来。

花千树目光落在被按着的宋星语身上,冷冷地开口,语气像是裹了寒冰:"把你们的猪蹄子给我移开!"

宋星语仿佛看见了救星:"千树。"声音带着浓浓的哭腔。

花千树走过去,冷眼看着苏丽一帮人,沉声问:"她脸上的东西是谁画的?"

蒋晗雅站出来,甜甜一笑:"我和星语闹着玩呢,你说是不是,星语?"

花千树看向宋星语,语气听不出喜怒:"宋星语,你说。"

宋星语抬头,看着花千树,又看着蒋晗雅,眼里有尚未退去的恐惧，有犹豫，有迟疑……诸多的情绪混在一起，她迟迟未开口。

苏丽上前，挡住花千树："你算什么东西？在这里指手画脚！"

花千树抬手挡开苏丽伸过来的手，眼神里像覆了一层霜雪："别随便碰我。"

苏丽愣怔了一下。

花千树对宋星语说："我把决定权给你了，是人还是狗，你来选。"

宋星语的父母从小就教育她，要与人为善，所以初中的时候，被同学孤立，她总是想一定是自己做得不够好，所以大家才不愿意和她玩，于是她拼命学习，拼命地想要融入她们。

她们喜欢追星，好，她便恶补追星的常识，一夜之间从路人变成了铁粉；她们喜欢讨论穿搭，她就每周都去买时尚杂志，借给她们看；她们喜欢化妆，她便每天看美妆视频，只为了能和她们说上一句话；她们喜欢喝奶茶，她便经常请大家喝……

可是最后，所有的一切都变成了无情的掠夺和压榨。她们在宋星语身上予取予求，却从没有把她当作朋友，甚至当作一个人，整天将她像狗一样地呼来唤去。明明她们才不是人！

后来，苏丽和蒋晗雅无意间发现了她和许律见面，许律给她钱，给她送伞，然后噩梦重现，她们再次将她孤立。

宋星语抹掉眼泪，挣开按住她的人，从地上站起来，理了理校服，她死死地盯着蒋晗雅："你真能装！这样是闹着玩，要不要我也在你脸上画只癞蛤蟆？"

她又看向苏丽："当初是人是狗没看清，这些年被你们用掉的钱，我就当喂了狗。"

多年的委屈发泄出来后，宋星语的眼神坚定了很多，她拉住花千树的手："千树，她们从来不是我宋星语的朋友，你才是。"

"那你还怕吗？"

"不怕。"

"之前我答应过你，有机会让你见识一下。"

"啊？"宋星语没明白，"见识什么？"

花千树拍拍宋星语的手，将她护在身后，目光扫向苏丽和蒋晗雅等人，一字一顿，故意说得极慢："见识什么才是真正的凶。"

苏丽好笑道："就你一个人，打得过我们一帮人吗？"

"星语。"花千树喊道，开始活动筋骨，"你先出去。"

宋星语点点头："好，我跑去叫老师！"

"叫老师？小学生吗？"花千树转头看她，眉眼之间散发着自信和骄傲，她说，"出去给我把风，等会画面太'血腥暴力'，少儿不宜，你记得把大门关上。"

宋星语不放心，毕竟苏丽她们五个人。花千树拍拍宋星语的头："乖，外面等着。"

第一眼的时候，宋星语就觉得花千树不太一样，今天那种感觉更加强烈，她一步三回头地往外跑，花千树朝她挥了挥手。

"嘎吱"一声，仓库的大铁门被宋星语关上，她不敢离开，只能守在外面等着。忽然，旁边凑过来一个人："啧啧啧，又是一场灾难啊。"

宋星语看着突然出现的楼西，一脸惊恐："你怎么在这里？"

"遛狗呗。"果然，游泳池里，那只傻狗正在撒欢地刨水。

"楼西，你来得正好，你进去帮帮千树吧，她一个人怎么打得过五个人！"

"不不不。"楼西从门缝往里面看，翘臀撅起一个优美的弧线，他十分肯定地说，"以花爷的身手，以一打十不成问题。"

"花，花爷？"

他掀开头发给宋星语看："看到没？我脸上这些伤疤都是花爷英勇的勋章。"

宋星语眨眨眼，难道在她不知道时候，花千树把楼西揍了一顿？

宋星语忽然有了踏实感，能打赢一个男生，身手应该很厉害吧？

仓库里，花千树将丸子头拆成了马尾："听说你们扯头发挺厉害的，今天你们要是扯到我的头发，我认输。"挑衅味十足。

苏丽撸起袖子就要上，扬言要花千树跪地求饶。蒋晗雅拉住苏丽："小心有诈。"

花千树低头看了看时间："别磨叽，速战速决，我还有三道数学题没做呢！"

苏丽被花千树这么一激，哪还管蒋晗雅的劝告："都给我打。"

"这就对了。"花千树双手握拳，"很久没活动筋骨了，今天先用你们练练手。"

十分钟后，仓库的门由里而外被推开，扒在门上听动静的楼西和宋星语猝不及防地跌坐到地上。

花千树看见楼西，眉头一皱："怎么哪儿都有你？"语气嫌弃到了银河系。

楼西拍拍屁股站起来，眼睛管不住往仓库里面看："是阿肥带我过来的。"阿肥就是楼西那条哈士奇。

花千树明显不信，伸手拉起宋星语，对她说："进来报仇吧。"

宋星语跟着花千树进去，看见苏丽和蒋晗雅等五个人被围着柱子绑了一圈。身上看着没什么伤，就是头发都被扯得乱糟糟的。

花千树拾起地上的笔递给宋星语："五张脸，你想画什么画什么。"

苏丽大喊："宋星语，你敢！"

宋星语走上前："有什么不敢的？这些都是你们欠我的。"

宋星语在每个人的脸上都画了一只乌龟。

楼西问："你画的是瓢虫吗？"

"是乌龟。"

"哦。"楼西点点头，凑近看了一眼，"仔细一看也有点像王八。"

"楼西。"花千树叫他，"把你手机给我。"

"怎么，你要和我交换生辰八字吗？"

花千树想一巴掌抽上去。

"好吧，给你。"

花千树打开手机录像功能，对着苏丽和蒋晗雅等人："以后，再让我看见你们欺负宋星语，我就把这个视频放到学校贴吧里面，供人观赏。"

回去的路上宋星语先找了厕所洗脸，花千树等在外面，楼西站在她旁边。花千树瞥他一眼，嫌弃的意味十分明显："这是女厕所。"

楼西眨了一下眼，无所谓地说："我知道啊。"

知道还站女厕所外面，是不是变态？

"我发现，你对我还是挺好的。"楼西突然四十五度仰天感慨。

花千树眼皮一抽："你是有斯德哥尔摩综合征吧。"

"不是，刚才在仓库里我看见你的身手了，明显是练过的，所以，星期五那天晚上，你对我是手下留情了。"

楼西分析得头头是道，花千树都差点信以为真了。不过真相往往比较残酷，她那天纯粹是因为饿了，没力气。

"而且，我发现，你教训人竟然不分男女！"楼西说。

花千树淡淡一瞥："这还有性别之分？"

楼西骄傲地挺着小胸膛，说："我就不打女人。"

这什么理论？花千树拒绝和楼西说话。

宋星语洗好了从厕所出来，感激地看了一眼花千树："千树，谢谢你。"

"真想谢我？"

"嗯。"

"那明天中午请我吃鸡腿饭。"

宋星语破涕为笑："好。你还想吃什么？我请客。"

花千树想了想："其他的先欠着吧。"

一旁的楼西插话进来："我想吃烤肠。"

花千树凉凉地看他。

"我带着阿肥在外面给你放风，还借手机给你，足够换两根烤肠了吧？"

"脸皮真厚。"花千树得出结论。

"那好。"宋星语蹦蹦跳跳地往小卖部跑去，"我这就去买。"

没一会儿，宋星语拿着四根烤肠跑回来："这两根没有辣椒的是楼西的，有辣椒的是我和千树的。"

分完烤肠，花千树和宋星语都警惕地看着阿肥。楼西被两个姑娘的表情逗笑了："放心吃吧，阿肥没我的命令不敢乱动。"

然而，下一秒就被"啪啪"打脸。只见哈士奇一个矫健的身姿晃过，楼西手里的烤肠瞬间没了。楼西不敢相信自己的眼睛。

花千树和宋星语对视一眼，笑着一溜烟先跑了，独留楼小少爷在女厕所外怀疑人生。

回到教室，大家安静地上着自习，花千树和宋星语开了后门偷偷溜进去。

"宋星语，花千树，你俩去哪儿了？"班主任杨晓风坐在讲台上看着两人。

宋星语朝着杨晓风笑了笑，捂着肚子说："杨老师，我刚才肚子特别疼，千树带我去了医务室。"

都是青春期的女孩子，杨晓风看了宋星语一眼，不疑有他，便让两人回了座位。

刚坐下，莫小北就趁着杨晓风不注意，转过头问："星语，你没事吧？"

宋星语摇摇头："没事，多亏了千树。"

莫小北双手合十："谢天谢地，你们没事就好，真是吓死我了。"

花千树看着灵动乖巧的莫小北，忽然问她："小北，你带我去了仓库就消失了，你去哪儿了？"

莫小北一脸歉意："我本来想跑回来叫老师，可是在操场被杨老师抓回教室了。"

宋星语说："那你正好可以告诉杨老师，苏丽她们欺负我啊。"

莫小北表情为难："我本来是这样打算的，但是我怕老师误会。"

宋星语不明白："误会什么？"

莫小北吞吞吐吐："误会……"

"算了。"花千树随意翻开数学习题集，"老师没来才好。"来了，怕是要被记过。

"对，老师要是来了，就看不到千树以一敌五了。"宋星语崇拜地看着花千树，现在，她宋星语就是花千树的头号粉丝。

莫小北惊讶："千树这么厉害啊！"

"那是。"宋星语说。

花千树在草稿本上演算，打断了两人的谈话："好了，上自习吧。"

花千树专心解题，这道数学题虽然有点超纲，但是能解出来。大概花了十分钟，花千树才演算出结果，她抬手正准备捏一捏肩膀，宋星语就伸手给她按摩了。

花千树转过头看她，宋星语笑："你继续做，我给你捏。"

"还是我自己来吧。"

宋星语收回手，捧着脸看花千树。花千树觉得有些莫名其妙："怎么，我脸上有东西？"

"没有。"宋星语摇摇头，说，"千树，我发现你长得真好看。"

花千树的长相不是那种一眼惊为天人的，而是验证了她的名字，"忽如一夜春风来，千树万树梨花开"，你越看，越会被这张脸吸引。

两人正说着，忽然前门被人推开，楼西抱着他的狗站在门口。众人的目光被吸引过去。

"杨老师，校长叫你过去一下。"

杨晓风点点头，起身吩咐林蔚："班长，你上来看着纪律，谁要是不遵守纪律，你就把名字记下，回头给我，我来处理。"

交代完了，杨晓风和楼西一起走了。

宋星语望着前门，担忧道："千树，楼西不会真的被开除吧？"

花千树笔尖一顿，目光落在习题上，半晌才说："不会。"

毕竟，祸害遗千年，智障永不倒。

校长办公室里，楼西和楼万山坐在沙发上。楼万山黑着脸，因为这种原因被请到学校，他可能是第一人。楼西低着头顺狗毛，明显对处理结果毫不在意。

杨晓风虽然面上不好说话，态度严厉，遇事却相当维护自己的学生，她对校长说："楼西行为恶劣，但是情有可原，我建议先向刘主任赔礼道歉，然后留校察看。"

年级组数学组长袁王春第一个站起来反对，她瞪眼看着楼西："必须开除！放狗咬自己的老师，这种学生长大了也要危害社会。"

袁王春正是被哈士奇咬伤的刘主任刘英超的妻子，一个严谨刻板的数学老师。

楼西抬起头，眼神冷冷地看向袁王春："我最后再说一遍，我没有放狗咬人，是刘主任先用棍子打阿肥的，阿肥要是不反抗，腿已经被打断了。"

"这种狗就该打。"袁王春恶狠狠地说。

"呵！"楼西冷笑一声，安抚着呜呜叫的阿肥，冷眼看着对面的人，"袁老师，照你这逻辑，那我觉得，刘主任也活该。"

"你……"袁王春指着楼西，简直要被气到昏厥，她看向校长，毫不退让，"高校长，我今天就把话撂这里了，你要是不开除楼西，就开除我吧。"

"袁组长！"一直沉默着没有说话的楼万山终于开口了，他看向袁王春，眼神带着商人的精明和不可捉摸，"刘主任的医药费、精神损失费，我全赔。"

他一开口，气势压人："但是，请你先为刚才的出言不逊，向我儿子道歉。"

楼西闻言，惊讶地看了看楼万山。他这爹今天抽什么风，这么维护他？

楼万山继续说："当初，我出资建造黛城一中，本意是树德育人，后来三中和八中与一中合并，'德育'依旧是办校核心，如今，袁组长直言学生是社会危害，这话，真是违背了我办校的初衷。"

楼万山小时候在黛城长大，后来下海，发家致富之后开始经商，并回到养育他的小镇建设家乡，仅仅花了几年的时间，就把黛城发展成了旅游胜地、商业大城。再后来他出资办校，大力发展教育事业，还被政府评为先进人物。

尽管一中、三中、八中三所中学合并为黛城一中后，楼万山把管理权还给政府，但是楼万山依旧留有影响力。

高校长出来打圆场："我看这样吧，楼西带狗来学校确实违反了校规，就罚他写检讨，并且在明天的升旗仪式上当众道歉。"

"凭什么我要道歉？是刘主任先打我的狗，才被狗咬的。"楼西冷冷地说，他一贯的作风就是人不犯我我不犯人，人若犯我，我就放狗咬死他。

杨晓风觉得这样挺好："楼西，先认个错，然后回来上课。"

高校长看着楼万山："您看这么处理行吗？"

楼万山点点头，没什么意见。楼西确实需要好好管教，正好可以借这个机会挫一挫他的傲气。

高校长悬起来的心终于落下去，只要楼万山点头了，其他的都好办。他又看向袁王春："袁老师，你觉得呢？"

"我的意见有用吗？"高校长得罪不起，楼万山也得罪不起，袁王春最后看向杨晓风，出言讽刺，"杨老师，这种成绩垫底、品行不端的学生，你觉得有前途吗？"

高校长余光瞥了楼万山一眼，对袁王春说："袁老师，你少说几句吧。"

袁王春失望地看向高校长。

杨晓风也站起来，态度比刚才强硬了几分："袁老师，我们老师不仅教书，还要育人。成绩不好不证明人品不好，楼西有些行为确实过分，但是也没有你说的这么严重，只要以正确的方法加以引导，我相信他以后会有出息的。"

这话杨晓风不是随便说的，楼西确实人品不错。放学路上，她不止一次看见楼西扶老奶奶过马路，这样的孩子，能坏到哪里去？成绩不好，只能说不是这块料而已。

"绝对不可能。"袁王春肯定地说。

"杨老师，"楼西笑着，笑容却带着不屑，"我本来不太喜欢学习，但是看在你这么维护我的分上，我也不能让你丢脸，是不是？"

楼西站起来，阿肥好像能听懂主人的话，也跟着楼西站着，威风凛凛地瞪着众人。楼西说："袁老师，明天我会在升旗仪式上当众向刘主任道歉，但是如果这学期期末考试我进了年级前一百名，你就为今天说的每一句话向我和我的班主任道歉。"

说完他微微停顿，目光落到阿肥的狗头上，修长的手指抚过狗头："以及，我的狗。"

楼西一天打鱼三天晒网，经常不来上课，已经是全校皆知的事情，成绩更是差得不行，袁王春当然不信楼西可以考进年级前一百名。她觉得可笑，笑楼西不自量力，但是也接下了楼西发起的挑战书。

"好，但是如果你没有考进年级前一百名呢？"

"那我和我的狗任凭你处理。"

楼万山接下来要去望舒市谈生意，没有在学校多待。他们父子见面的机会不多，所以算不上多亲近，更多的时候是针锋相对、矛盾重重。不过今天楼万山在校长办公室维护他，倒是出乎意料。楼西本以为，楼万山对他除了疾言厉色，便再无其他。

楼万山总是喜欢在每次离开前交代一大堆事情："小西楼酒店别住了，免得让底下的人看笑话，说我楼万山的儿子，有家不回。"

楼西点点头，酒店他确实也住够了。

"家里的电脑设备已经全部换好了，全部是按照你的要求换的。"楼万山顿了顿，"另外，你现在还小，车子的事情等你成年再说。这次考试你尽力而为，我也不奢求你考进前一百名，别不及格就行了。"

楼西自嘲地笑笑，看着楼万山："原来，你也不相信我可以考进年级前一百名。"

楼万山还想说什么，楼西摆了摆手："你走吧，这学期，我会证明给你看，我会凭自己的实力拿回属于我的公道。"

楼万山张了张嘴，最后只说了五个字："照顾好自己。"

司机等在校门口，楼西牵着狗目送楼万山离开，然后才跟着杨晓风回教室。

自习课还没有结束，楼西就被杨晓风领着进来了。大家都好奇地抬起头，杨晓风说："从今天开始，楼西就回来和大家一起上课了。"

同学们用热烈的掌声表示了欢迎，阿肥也跟着欢快地摇起了狗尾巴。杨晓风目光在教室里扫了一圈，又说："等会叫到名字的同学换一下座位。"

底下一阵鬼哭狼嚎，对于换位子都充满了不愿意，毕竟，大家都和现在的同桌有着深厚的友谊。

宋星语戳了戳正在题海中徜徉的花千树："千树，太好了，楼西没有被开除。"

花千树闻言，抬头看过去，讲台上的少年还是一脸无所谓，似乎开除或者不开除对他而言，没有什么不同。不知道他什么时候换上的一中校服，普通的蓝白校服穿在他身上，像是第一缕阳光洒在清晨的露珠上，闪闪发光。

这是第一次，花千树认真地看楼西。她发现他的五官长得很好，凑在一起莫名地好看，让人看得舒服。

忽然，两人的目光隔着半个教室在空气中相撞，讲台上的少年咧嘴一笑，露出一排整齐的白牙，他缓缓抬起手，朝着花千树的方向一指，对杨晓风说："老师，我想坐新同学旁边。"

此话一出，教室里安静了三秒，然后全班起哄。大家的目光饶有深意地在两人之间来回扫，周毅杰更是夸张地拍着桌子，说："楼西，你别祸害人家新同学了。"

楼西眉毛一挑，直接堵回去："周毅杰，那我来祸害你吧？"

周毅杰连忙摆手，转过头对花千树说："新同学，上帝与你同在哦。"

花千树面无表情地看了他一眼。

"好了，都安静一下。"杨晓风拍拍手，"现在开始换位子。"

杨晓风目光扫到教室后面："宋星语，你把桌子搬到前面讲台边来，你这学期成绩下滑得厉害，到前面好好听课，别一天到晚躲在后面讲话。"

周毅杰举手，自告奋勇："老师，我帮宋星语搬。"

杨老师点点头，周毅杰幸灾乐祸地跑过去了。

"楼西，你把你的桌子搬到花千树旁边。"杨晓风说。

楼西把书包往阿肥脖子上一挂，撸起袖子，双手提着课桌就慢悠悠地往教室后面走。

而宋星语苦着一张脸，委屈巴巴地说："千树，我不想坐前面，我想坐你旁边。"

花千树只能安慰她："下课你也可以过来找我的。"

杨晓风又点了几个同学的名字调换座位，看着宋星语还在磨蹭，便说："大家动作快点。"

宋星语不情不愿地坐到了讲台边，从此开小差是路人了。

楼西搬着课桌站在花千树旁边，花千树目光看着讲台边的宋星语，压根没搭理他。楼小少爷觉得自己被忽视了，故意将课桌使劲往地上一放，说："同学，请你坐里面去。"

花千树这才慢悠悠地给了楼西一个眼神："不去。"

楼西指了指里面，又指了指自己的腿："里面太窄了，我腿长，坐不下。"

花千树不想妥协，而杨晓风正看着这边，她转过头狠狠地瞪了楼西一眼，说："仅此一次。"

楼西如愿坐到了外面，和花千树成了同桌，他一转头，就可以看到她的侧脸。这会儿下午五点多钟，入秋了，虽然光线不太好，但楼西觉得，独独他旁边，霞光万丈。

他余光瞥了一眼花千树的课桌，赞扬道："你是有强迫症吧？把书摆得这么整齐！"

花千树瞥了眼楼西的课桌，冷冷一笑，毫不留情地嘲讽："你也不赖，和阿肥不愧是亲兄弟。"都是凌乱的狗窝。

楼西笑了笑，他也不是第一天领会花千树的毒舌了。他忽然想到什么，问："我上次给你的大白兔，你是不是没有吃？"

"扔了。"

"怪不得，嘴还是这么毒。"楼小少爷一副早就料到的样子，他把手伸进课桌里，好一阵摸索后，将摸出来的东西往花千树课桌里塞。

花千树眉头一皱，低头去看，是一大袋大白兔奶糖。

"拿回去。"

"见面礼，以后你要多多关照我。"

花千树表示并不想要，拿了糖就往楼西课桌里塞，结果楼西动作更快，直接俯下身，整个人挡着课桌，还死不要脸地说："你要是碰我，我就告诉杨老师你袭我胸。”

这人真不要脸。

花千树盯他了几秒，最后凉凉一笑，手一松，奶糖眼看着要掉到地上，阿肥蹿起来，稳稳地接住了糖。楼西简直不敢相信自己的眼睛，花千树这女人，太狠了。

楼西抱住阿肥的狗头，摇它：“傻狗，赶紧吐出来，你想成为第一只得糖尿病的狗吗？”

阿肥对这个人类的社会一无所知，眼睁睁看着到嘴的吃的被无情地夺走了，狗生艰难啊！

杨晓风看位子都调整得差不多了，抬了抬手，示意大家安静，然后看着众人说：“月考时间已经定下来了，就在这周四，考两天，我希望大家重视，每一次月考都是对高考的一次检验。现在的位子都是根据你们的成绩调整的，你们要在学习上互帮互助，在考试中取得好的成绩。”

刚说完，下课铃响了，自习课到此结束，杨晓风看向教室后面：“花千树，楼西，你俩跟我来一下办公室。”

杨晓风的办公室在三楼，花千树和楼西并排站在办公桌前。

“千树，你虽然才转学过来，但是你在望舒市上学的成绩我都看过，十分优秀，希望你在后面的考试中也能取得满意的成绩。”

花千树点点头：“谢谢老师。”

杨晓风对花千树从学习到生活表示了关心，然后微微一停顿，才切入主题：“其实今天叫你和楼西过来，是有件事情想和你商量，希望你平时能多关爱一下学习上有困难的同学。”

如今学习紧张，谁都不愿意分出自己的时间，杨晓风也只是提议，如果花千树拒绝，她也不会强制要求。

楼西懒散地站着，杨晓风话音刚落，他就点点头，十分有自知之明地对花千树说：“我就是那个学习上有困难的同学。”特困的那种。

杨晓风大概的意思，花千树明白了，原来这就是她换座位的原因。

杨晓风继续说："千树，其实你也不用费多少心，只要楼西能在期末考试中进年级前一百就行了。"

前一百名？

花千树拒绝："杨老师，我做不了。"她又不是天神下凡，楼西这分明不是补课，而是补智商啊。

杨晓风叹了口气，只求楼西自己能争口气了。

楼西早就料到花千树不会轻易答应，所以他也没觉得有什么，只是在花千树明确表示拒绝之后，说："你试一试呗，我很聪明的，如果我进了前一百，你可就是头号功臣。"

花千树回了他一个白眼。两人从三楼办公室回到教室，人都走得差不多了，就剩下宋星语和阿肥大眼瞪小眼。

"星语。"花千树走过去，"你怎么没去吃晚饭？"

"我要替楼西看着他的狗。"宋星语委屈巴巴地说，"我不想换位子，楼西，我们换回来吧。"

楼西将书包随意地挎在肩上，牵着阿肥，边走边说："不行，我是立志要成为花爷同桌的男人。"

花千树毫不掩饰脸上的嫌弃："这人绝对有病。"

宋星语点头赞同。

"中二病晚期。"花千树说。

两个女生对视一眼，笑成一团。走在楼梯口的楼西听到笑声，心情也莫名好了起来，哼着小曲摇摇晃晃地走了。

Chapter 03
少年风华正茂时

花千树陪宋星语吃完晚饭时，天已经黑了，宋星语沉浸在被讲台专属座位支配的恐惧中，心情不好，花千树将她送回了女生宿舍。

临别时，宋星语自我安慰："千树，我已经想好了，接下来的考试我要考进年级前一百，这样我就去和杨老师讲，我要换到你旁边。"

"至于楼西……"宋星语说，"就勉为其难地让他先鸠占鹊巢吧。"

为了节约上下学的时间，花千树原本申请了住校，结果老师告诉她，高三住校的学生多，宿舍已经满了，于是她只能选择走读。

虽然黛城一中距离花千树住的地方车程只有十分钟，但花千树不太喜欢坐车，多数时候她选择走路，一边走，一边背诵文言文和古诗词，也不觉得有多远。

刚刚默背完《出师表》，花千树就觉得身后有人跟着她。起先她没有在意，这条路她走了很多次，而且周围都是商店居民楼，比较安全。直到走到公园里，她才察觉到身后确实有人在跟着她。

她不动声色地从书包里摸出一根中性笔，去掉笔盖，露出笔尖，紧紧地握在手里，只要那人靠近，她就用中性笔狠狠地戳进他的肩膀。

花千树放慢脚步，从地上可以看到身后的影子越来越近，忽然，她一个转身，握笔的手高高扬起，这才发现猝不及防扑向她的，竟然是一只狗。阿肥跳起来扑向花千树，尾巴摇得跟拨浪鼓似的。

楼西挠了挠后脑勺，站在阿肥身后，眸子在夜色的映衬下越发清亮，他笑嘻嘻地和花千树打招呼："好巧啊。"

巧个大头鬼！花千树才不信。

"你跟着我干什么？"花千树警惕地看着他，"想报仇？"

楼西眨了眨无辜的大眼睛，说："报什么仇，我们有仇吗？我们明明就是相亲又相爱的同桌关系。"

去你的相亲相爱！阿肥对花千树太热情，花千树有些招架不住，她从没见过赶都赶不走的狗。花千树看向楼西，眼神带着警告的意味："把你的狗弄走。"

"阿肥，阿肥。"楼西连着叫了好几声，结果阿肥一个眼神都没有给他，俨然是一个叛徒。楼西走上前几步，提了提蓝白色的宽松的校服裤腿，半蹲下，撸着狗头，"阿肥，你给我矜持一点，拿出你作为哈士奇的气势好吗？"

阿肥摇着尾巴"啪啪"扇了楼西一脸。

"呕。"楼西吐了一嘴狗毛，正准备动手和阿肥大战一场，忽然鼻子猛地吸了吸，像是想到什么，他抬头看向花千树，"你不会在书包里藏了什么好吃的吧？"

花千树沉默，她的书包里，有刚才宋星语塞给她的面包和烤肠。

楼西低头笑，一巴掌拍在狗头上，又抱着阿肥的狗脑袋摇晃："就属你的鼻子灵。"

公园里有一处供孩子们玩耍的游乐场，花千树坐在秋千上，书包放在腿上，阿肥仰头蹲在她面前，哈喇子因为嘴馋流了一地。

花千树无语，默默撕开面包，又拿出了烤肠。这到底是什么人狗孽缘？自从这条傻狗在篮球场外抢了她的烤肠之后，它每次见到她，就跟见到烤肠一样，尾巴摇得跟吃了炫迈一般，根本停不下来。

楼西坐到旁边的秋千上，因为他人高腿长，不能像花千树那样缩着腿坐，只能双腿伸直，撑着地。花千树用余光瞥了他一眼："你这么大一坨，不怕把秋千坐断了？"

这量词让楼西相当不喜欢："你说'一根''一条'我都能接受，'一坨'是什么鬼？听起来像是在形容阿肥的便便。"

因为每次阿肥乱拉被楼西发现后，他都会大骂："傻狗，看你拉的这一坨屎，信不信我让你当场表演吃屎？"

花千树嘴角弯了弯："你倒是挺有自知之明的。"

楼西盯着花千树，忽然凑近她："你刚才是笑了吗？"

嘴角瞬间抿住，花千树故作严肃地说："你看错了。"

楼西脚撑着地轻轻晃动秋千，蓝白色校服来回晃，随风带来一股清爽的香味，不似花香，却容易让人沉醉。阿肥吃饱了趴在花千树的脚边，柔软的毛发蹭在她脚上，让她的心软了很多。

"你为什么上学总是带着阿肥？放家里不行吗？"花千树轻声问。

楼西偏头朝右边看了看，少女的侧颜十分恬静，她耳边的碎发别在耳郭后，露出粉白的耳朵，在暖黄的灯光下，小茸毛都变得立体生动了。

原来，这就是女生啊。楼西觉得心里好像被阿肥的尾巴扫了一下，有些痒。他收回视线，看着前方，万家灯火，却没有一盏是为他亮起的。

"你们小时候有父母陪伴，而我，这些年只有阿肥。"楼西眼神落寞，自嘲地笑，"说出来也不怕你笑话，我妈妈在我很小的时候就离开了。那时候她嫌弃我爸穷，却怎么也没有想到，十几年后，我爸富得流油。"

楼西絮絮叨叨地说："我爸觉得男孩子应该独立，所以在我很小的时候，他就不管我了，完全是让我自生自灭。我觉得，他那只不过是给自己生意忙找借口而已。后来我长大了些，明明已经习惯一个人了，却在看到阿肥的时候，想把它带回家。"

花千树不会安慰人，楼西说了这么多，她只能静静地听着。或许是她太过安静，楼西偏过头看她："喂，你也好歹说一句话啊，我一个人说，我觉得有点尴尬啊。"

"阿肥为什么咬刘主任？"花千树问。

"哼！"说到这个楼西就生气，"根本不是阿肥先咬他的，是他先拿了棍子打阿肥，阿肥咬他完全是自卫。"

"可是其他人不知道，他们只看到刘主任被咬伤，没有看到阿肥当时后腿都抬不起来。"说完，楼西从秋千上下来，蹲在阿肥身边，抬起它的后腿给花千树看，"你看，这里的毛就是当时被刘主任活生生拔下来的，这得有多痛啊。"

阿肥极为配合地"嗷呜"了一声。花千树看着阿肥的伤口，说："那刘主任只是被咬倒，真是便宜他了。"

"难道拿上麻袋，把他套起来，拖进小树林打一顿？"楼西问。

"不是。"花千树摇摇头，想起自己在学校公示栏看到的优秀教师照片墙，眼睛微微一眯，说，"应该像他拔阿肥的毛一样，让他彻底告别地中海。"

"告别地中海？"楼西认真思索着花千树的话，半晌，忽然灵光一闪，他一拍脑门，抬头看着花千树。

四目相对，两人眼底都充满了笑意，异口同声地说："卤蛋。"

楼西脑补了一下刘主任顶着一颗卤蛋在学校里走来走去的样子，他捂着肚子笑瘫在阿肥身上。结果楼小少爷一激动，踩到了阿肥的尾巴，阿肥猛地跳起来，顶住了楼西的下巴，楼西一个趔趄，倒在了花千树的腿上。

校服裤子薄薄的一层，还打滑，楼西一不小心连蹭了好几下，好不容易稳住了身体，一抬头，就看到花千树黑着一张脸，面无表情地盯着他。楼西只能傻笑着缓解尴尬："那个……花千树，我们和解吧？"

"和解？"花千树阴森森地笑着，一巴掌将他从自己的腿上打下去，然后拍了拍裤子，站起来看着坐在地上的一人一狗，"和解可以，如果你敢让阿肥当着全校师生的面给我道歉，我们之前的所有恩怨一笔勾销。"

"当真？"楼西的眼睛发光。

"当真，我花千树说话算话。"

"好，你等着。"

花千树以为这一等会很久，最起码自己可以清静一段时间。没想到第二天的升旗仪式，楼西就带着他的狗登上了主席台。

黛城一中每周周一都会有升旗仪式，全校师生都会出席。文科八班的位置刚好在主席台正中间，迎着朝阳，升完了国旗，高校长又发表了讲话，然后才到了重头戏。

"下面宣读对高三（八）班楼西同学的处分结果：经年级组讨论决定，给予楼西留校察看处分。"

高校长说完了，楼西带着他的阿肥站到主席台中间，朝着台下众人鞠了一躬，才接过话筒，拿出百度好的检讨，开始读："大家好，我是高三（八）班的楼西，因为我私自带狗来学校，咬伤了刘主任，所以在这里，我诚心诚意地向刘主任道歉，对不起了……"

洋洋洒洒好几千字，楼西不紧不慢地读完。高校长接着说："楼西同学认错态度良好，希望大家引以为戒，切勿再犯。"

楼西小声打断高校长，说："校长，我给刘主任道歉了，但是我的狗还没有呢。"

高校长看了一眼站在旁边的袁王春和已经出院的刘主任，说："好，你来吧。"

两人说话的时候话筒是关掉的，大家并不知道楼西和高校长说了什么，就看见楼西重新拿起了话筒，牵着阿肥走在主席台前面。

"来，阿肥，道个歉。"阿肥极度配合，它蹲坐着，举起前掌，朝着台下作了一个揖，可爱又蠢萌，惹得大家纷纷发笑。

宋星语扯了扯花千树的胳膊："千树，以后我也要养这么可爱听话的狗。"

花千树冷笑了一声，好啊，很好，原来中了臭小子的套。

周一整个上午，花千树都没有搭理楼西，楼西也没说什么，一整天两人都相安无事。可是越安静，越是暴风雨前的宁静，等到下晚自习，花千树一边收拾书包，一边对楼西说："你跟我来。"

楼西和花千树都是走读，两人朝门卫大爷出示了走读证，一前一后地出了校门。楼西牵着阿肥，跟在花千树后面，一人一狗玩心大起，蹦蹦跳跳地在花千树身后踩影子。

两人一狗终于走到小公园后面的小树林，花千树的下巴朝里面一指："跟我来。"

楼西被花千树弄得紧张兮兮的，他牵着阿肥往里走，阿肥好像怕黑，一个劲地往后退，不肯去，他只能蹲下来，抱着它跟在花千树的后面。

大概过了十分钟，小树林的鸟儿都飞走了，树林里传来楼西"嗷嗷"的惨叫。然后花千树牵着阿肥先走了出来，没一会儿，楼西衣衫不整，满脸惨相，委屈巴巴地出来了。

花千树站在路灯下看他，眼神非常嫌弃："你能不能把校服穿好？搞得好像丢了清白的黄花大闺女似的！"

楼西委屈："难道不是吗？"

花千树懒得同他瞎扯，将狗绳子丢给他："狗还你，我花千树说话算话，既然你让阿肥当着全校师生的面给我道歉了，我们之间的恩怨就一笔勾销。"

"那你答应给我补课吗？"楼西问。

在小树林里，楼西已经将杨晓风为什么给他换座位，以及他和袁王春之间的赌约都告诉了花千树。

花千树双手抱在胸前："可以，但是得看你的表现。"

"好啊。"楼西将滑到胳膊上的校服拉起来穿好，"我保证上课的时候不打扰你。"

"再说吧。"其实今天中午吃饭的时候，宋星语就给花千树提了一下，说放学后能不能给她辅导一下功课，因为她想换座位。如果楼西表现得好，到时候可以考虑顺带带上他。

"花千树，如果我考进年级前一百了，我请你吃烤肠。"少年的承诺掷地有声，他朝她伸出小拇指，"拉钩。"

花千树笑了，送他两个字："幼稚。"

面前的少年明明和花千树差不多大，却比她高出了好长一截，她看着他，忽然说："你蹲一下。"

楼西不疑有他，微微弯腰。

楼西的头发柔软，轻触到指尖有些痒，花千树摘下他头上的枯树叶扔到地上，嘴上说着不太讨喜的话："你别像阿肥一样脏兮兮的，注意下我们学校的形象好吗？不要拉低了黛城的颜值水平。"

楼西怎么能忍受别人质疑他不爱干净，他对着花千树超凶地说："我比阿肥爱干净多了，不信你闻。"

说着就把胳膊凑上去，被花千树一巴掌拍开："闻你妹。"

楼西秒变委屈脸。

隔天，楼西起了个大早，原因是前一晚他竟然做梦了。梦里他摇身一变，成了丐帮第一万三千二百五十代帮主，穿得破破烂烂的，捧着一个缺了一半的破碗，挂着一根打狗棒，晃晃悠悠地在街上乞讨，唯一值得安慰的是，他身后跟着一群小弟。

于是楼小少爷早早地爬起来洗了澡，特意找住在隔壁的姐姐借了粉底和遮瑕，换了一套新衣服，出门前，还不忘喷了喷香水。

这几天他已经摸清了花千树的上学路线，于是，他早早地凹好了造型，等候在她上学的必经之路上。

花千树晚上刷题到半夜两点，早晨闹钟也和她过不去，坏了，好在她凭借着强大的生物钟醒了过来，不过，仍比平时晚了些。顾不上吃早饭，她背着书包急匆匆地往学校跑，跑着跑着，余光瞥见路边站了一个奇怪的人。

花千树脚下加速，像一道闪电，"嗖"地一下，就从楼西面前跑开了。楼西一脸茫然，他取下墨镜揣进衣服口袋里——他这么帅的人站在这里，就这么没有存在感吗？

楼西好歹也是曾经包揽男子800米和男子1500米赛跑冠军的人，没一会儿他就追上了花千树，和她并肩跑。花千树瞥他一眼，满眼嫌弃："你这身打扮是要去相亲？"

楼西甩了甩自己中分的发型，微微侧着脸："你难道没觉得我今天特别干净帅气吗？"

花千树勉为其难地又转头看了他一眼，楼西的皮肤本来就挺好的，今天看着格外粉嫩，皮肤光滑白皙，花千树竟然有些羡慕。她摇摇头，甩走心中的想法，对他说："你要听真心话？"

楼西点头："朋友之间，肯定听真心话。"

两人已经跑到校门口了，再往前走几米，就是学校大门，现在正是上学的时间，周围来来往往都是学生。没有穿校服的楼西站在人群中十分显眼，频频吸引周围的目光。

花千树抬头打量他，从头到脚地评价："发型吧，放到抗日剧里不用化妆就是汉奸，这脸吧，粉涂太多，假白，放到都市家庭剧，活脱脱的就是一个小白脸。"

"这衣服，配这紧身裤，你不觉得别扭吗？"花千树摇摇头，继续说着，最后她精简总结，"总之，今天的你 gay 里 gay 气的。"

花千树侧眼看他，问："你该不会是……"

"不是。"楼西欲哭无泪，所以他早早爬起来捣鼓这么久，最后就得到这么个评价？楼小少爷感觉男人的自尊受到伤害。他拍着并没有肌肉的胸说，"我是纯爷们。"

花千树瞥他一眼，冷笑已经说明了一切。楼西急吼吼地证明："我喜欢女孩子。"

花千树继续冷笑。

"我喜欢你这样的女孩子。"

屁咧！花千树才不信，喜欢自己？除非这人脑壳有洞，有强烈的受虐倾向！还是说，上次给他的过肩摔，他觉得不够狠？

"你们这是在早恋吗？"旁观了好一阵的周毅杰突然出现在两人面前，他左手提着豆浆，右手拿着油条，嘴巴闪着油亮的光泽。

花千树和楼西对突然出现的周毅杰很无语，但是两人的沉默在周毅杰看来就是默认。

于是，我喜欢女孩子 + 我喜欢你这样的女孩子 = 楼西喜欢花千树，谣言以超过光速的速度在高三（八）班传播开。

周毅杰那个大嘴巴，就跟行走的叫卖大喇叭一样，但凡碰见个人，他都神秘兮兮地凑过去，然后不出一分钟，那人就跑过来找楼西求证。整整一个上午，花千树听得最多的一句话就是："楼西，你竟然喜欢花千树？"

楼西本来还想点点头，和同学们开开玩笑，结果大腿上传来一种旋转扭曲的疼痛感，楼西憋着眼泪，忍着痛说："谁在胡说八道？信不信我放阿肥咬他！"

尽管如此，谣言仍没有停下来的趋势。高三生活本来就压抑，现在终于有了一个和学习无关的话题，大家下课凑一堆，上课就传小纸条。

楼西一个大男孩，大腿被花千树威胁着，他没胆子跟着周毅杰他们起哄，只能乖巧懂事地认真上课。这一节是楼西最讨厌的英语课，他看着一个一个的字母就犯困，脑壳不停地点啊点，中分的发型都被困意点没了。

花千树斜睨他一眼，二话没说，一脚就踢了过去。她本意是想他清醒一下，结果美梦中的楼西受到惊吓，反应太大，一下子从椅子上跳了起来，人还没有站稳，张嘴就背："唧唧复唧唧，木兰当户织……"

英语老师姓秦，二十多岁，整天板着一张脸，严肃又刻板，她看着楼西，脸色发黑："织什么？"

楼西还晕乎着："织毛衣。"

全班哄笑。秦老师拿着直尺往讲台下面走，楼西在笑声中清醒过来，终于找到了自我，他求救似的目光落在花千树脸上。

花千树毫不心软，送他四个字："自作自受。"

说好的相亲相爱呢？

秦老师推了推眼镜，看着楼西的课本上空空如也，她让记的重点他一个都没有记，她强调的重点词汇他也一个没勾，更别提她讲了半节课的语法。她气得不行，用直尺指着英语书上的课文："抄十遍，放学前交到我的办公室。"

楼西撇了撇嘴："知道了。"

高三的每分每秒都是宝贵的，秦老师没有多说，转身回讲台继续讲课。结果她刚一转身，一个白晃晃的纸团擦着她的空气刘海从她面前飞过。

秦老师看向周毅杰："你也想抄课文是不是？"

"你们到底有没有身为高三学生的自觉，课上睡觉、传纸条，要不要在课堂上蹦迪啊？"秦老师气呼呼地走上讲台，把直尺往桌上一拍，一番社会主义高三教育后，指着周毅杰，"课文抄十遍，放学前交到我办公室。"

"哈哈哈哈。"教室后幸灾乐祸的笑声传过来，是楼西。

秦老师板着脸看过去："你还好意思笑别人？"

楼西捂住嘴，肩膀忍不住不停地摆动。

秦老师扫了一眼大家，说："刚才周毅杰扔的纸团，交上来。"

花千树暗觉不好，整个上午周毅杰就做了一件事，就是传播她和楼西的八卦。结果真的是想什么来什么，秦老师打开纸团，念出来："楼西高调示爱花千树，原来他爱的不仅仅是狗。"

花千树想宰了周毅杰。

楼西忍不住打了个哆嗦，转头一看，妈呀，花千树简直面如北极，厚厚的全是冰，他小声说："放心吧，我会和老师解释清楚的。"

此番此景，落到秦老师眼里就变成了眉目传情。她一直觉得，学生就该读书，在学校谈恋爱，简直就是社会毒瘤。

"你们，简直无法无天了！"秦老师说，"楼西，抄课文二十遍，下午上课之前交。"

这回轮到周毅杰捂嘴笑了。楼西任务重大，之后的英语课他没听进去多少，只好埋头苦抄，一直到下课，他只完成了总任务的二十分之三。

秦老师刚离开，杨晓风就过来把花千树和楼西叫到了办公室。办公桌上，皱巴巴的纸团被展开，正是秦老师没收的那张纸。

杨晓风看着两人，一个是成绩优异的好学生，一个是……算了，她真的找不到词来形容楼西。于是她开门见山地问："你们俩在谈恋爱？"

"没有。"不假思索，两个人都回答得干脆。

杨晓风将信将疑。她想到之前楼西主动提出要和花千树做同桌，莫非，这只是他的单相思？

"解释一下这个纸团是怎么回事？"杨晓风看着两人。

"杨老师，这东西是周毅杰写的，你不问问他，问我们干什么？我们严格算起来，是受害者，是弱势群体，是需要班主任温柔的羽翼保护的，你这般公正严明，一定不会冤枉我们的。"

楼西这一番话，又是蜜枣又是糖，杨晓风竟然觉得他说得挺有道理的。这纸条她一眼就可以看出来是周毅杰的笔迹，而周毅杰向来是个不着调的人。她想了想，对花千树说："你过去把周毅杰叫过来，你就不用过来了，回去上课吧。"

花千树离开没多久，周毅杰过来了，他一进门就嚷嚷："杨老师，我还有十遍课文没抄呢！"

楼西看着周毅杰就来火，他一脚踢过去，周毅杰像只灵活的猴子，一扭屁股就躲开了。

"拜你所赐，我二十遍。"楼西咬牙切齿地说，周毅杰的心里突然平衡了不少。

"你们也别贫了，赶紧解释一下，这纸条是怎么回事？"杨晓风说。

楼西没什么好解释的，瞪了周毅杰一眼，坦坦荡荡地说："我和花千树之间什么也没有。"

周毅杰挠挠头，看着杨晓风："杨老师，我就胡乱写的，我看大家学习压力太大，想找点好玩的逗逗大家。"

楼西抛出冷冷的一句话："那你为什么不造谣你自己谈恋爱？"

杨晓风目光在两人之间来回审视，周毅杰又说："我傻啊，造谣自己？"

楼西无话可说。

一个表情坦荡，一个嘴里也没什么老实话，或许换个人说，杨晓风还会谨慎些，但是周毅杰……算了算了，她越想越头疼，语重心长地把两人教育了一番，便让两人回去上课了。

周二上午最后一节是历史课，楼西把所有的课本堆在桌上，自己躲在后面抄英语课文，二十遍，他就算是章鱼也写不完啊。

讲台上，历史老师正在带领大家复习近代史，从鸦片战争讲到五四运动，冷不丁一眼扫过来，花千树看着埋头奋笔疾书的楼西，好心提醒："楼西。"

声音太小，楼西压根没听见，继续徜徉在英文字母的海洋里。

"楼西。"历史老师特别高，往讲台一站，就是俯视众生的气质，楼西这点掩耳盗铃的技巧，在老师眼里十分幼稚可笑。

楼西站起来，呆呆地望着讲台上的历史老师。

楼西和袁王春打赌的事情，年级老师之间早就传开了，历史老师觉得楼西也算有骨气，没刻意刁难他，选了个比较简单的问题："五四运动爆发的导火索是什么？"

楼西下意识地看向花千树，花千树默默翻开课本。

"旁边的女同学，请关上你的书。"老师火眼金睛，花千树只能乖乖合上课本。

楼西倒也不慌，外援没了，自己动脑筋啊，就凭他的聪明才智，他觉得他可以想到一个合情合理的答案。于是，楼小少爷灵光一闪，张嘴说道："'五四'运动爆发的导火索是'五一'放三天假。"

花千树不可思议地抬头，少年端端正正地站着，下颌的曲线像是一根导火索，直接烧到她的脑门。原来，学渣的"逻辑能力"这么强吗？这个答案，仔细一想，没毛病，十分有道理啊。

历史课的小插曲很快就过去了，楼西给大家带来了快乐，把悲伤留给了自己。直到放学，楼西才抄了五遍，他甩了甩胳膊，瘫倒在椅子上。

宋星语过来找花千树和莫小北去吃午饭，顺便慰问了一下楼西："要不要我帮你带个饭啊？"

楼西摆摆手："你们吃吧，我先抄完。"

宋星语和花千树对视一眼，没再多说什么。前面的莫小北从书包里拿出面包："楼西，你先吃个面包吧，不然饿着肚子也抄不完。"

三人没有再打扰楼西，结伴去了食堂。刚走到食堂门口，莫小北突然说："千树，星语，你们先去吧，我回教室拿点东西。"

莫小北使了个眼神，本来还想多问的宋星语懂了，女生嘛，总有不方便的时候。宋星语问："要不要先给你把饭打上？"

"不用了，我肚子疼也吃不了多少，你们先去吧。"

于是宋星语和花千树又相约吃了鸡腿饭。

楼西本来想一口气写完，结果中途尿意袭来，他憋到最后一秒才跑去厕所。出来的时候，正好碰到莫小北慌慌张张地从楼上下来。楼西本来还想打个招呼，结果一溜烟她就跑不见人影了。楼西洗了洗手，又坐回教室，继续抄课文。

花千树和宋星语吃完午饭回来，楼西已经抄了十遍了，总算完成了二分之一。花千树接了一杯热水，余光瞥见他桌上的小面包，问："你中午什么也没吃？"

楼西点点头，抬头迅速地看了一眼教室前面的挂钟，又低头"唰唰"地抄写。

花千树突然想到什么，在书包里翻找了好一阵，然后翻出一个东西扔到楼西的课桌上。

一颗大白兔从天而降，楼西终于停下来，看看糖，又看看花千树，问："这糖你没扔啊？我还以为你不喜欢吃糖呢，原来是悄悄留着。"

花千树拿出英语课本，说："这件事我也有份，你先吃颗糖，休息一下，剩下的我来帮你抄。"

楼西觉得自己饿到出现了幻听，花千树竟然愿意帮他抄课文，还给他糖？他将信将疑，手却不受控制地将英语本往花千树那边推："笔迹不一样，秦老师一眼就看出来了。"

花千树微微偏头一笑，眼里是满满的自信，她转动着手里的中性笔，说："学着点，姐姐教你怎么做人。"

上课预备铃准时响起，楼西刚啃完一个面包，花千树就把已经抄好的英语本端端正正地放在他的桌上。楼西赶紧翻开看了看，妈呀，笔迹真的是一模一样，得此同桌一枚，他此生无憾啊。

下课的时候，周毅杰假装接水，绕到教室后面想嘲笑一下楼西，得知楼西的二十遍已经交给秦老师后，他无比震惊地说："楼西，其实你真实身份是章鱼吧？"

不然，没有八只手，怎么能在这么短的时间之内写完呢？

楼西往后靠着椅子晃动，姿态慵懒又随意，他看着讲台上擦黑板的花千树，觉得此刻虽然她只是一个背影，那也是仙女的背影，是大哥的背影。

"周毅杰，平时多积点德，你也会遇到好人的。"

周毅杰顺着楼西的目光看过去，瞬间明白，然后又转头看了看楼西，颇为痛心疾首地说："同样是差生，待遇咋就差这么多呢？"

楼西一脚踢过去："你才是差生。"

周毅杰不服："你倒数第二名，还敢说自己不是差生？"

楼小少爷凉凉一瞥，轻飘飘地说："反正我不是倒数第一名。"

周毅杰心痛，因为常年稳居倒数第一名的是他。

花千树刚擦完黑板，上课铃就响了，她来不及洗手，就坐回座位上了。

"周毅杰怎么了，为什么看我的眼神里充满了杀气？"花千树问。

"他那是日常嫉妒我。"楼西笑着说，看起来心情很好，"谁叫他没有可爱又厉害的同桌呢？"

说后半句话的时候，楼西撑着头看花千树，眸子干净又明亮。花千树微微愣了一下，反应过来楼西这是变相夸她呢。她微微一笑，伸出一根手指轻轻一点楼西撑着脸的那条胳膊，楼西猝不及防，下巴和课桌来了一次亲密接触。

花千树拍拍手："怎么样，还可爱吗？"

楼西揉着下巴，说的话特别违心："可爱，宇宙无敌超级可爱。"

少年委屈又不敢反抗的样子，和阿肥一模一样，又蠢又萌，让她忍不住想欺负他啊。但花千树还是忍耐住，搓了搓手，翻开了课本。

楼西往旁边瞥了一眼，突然像发现了什么似的，迅速从包里拿出一包湿巾："你擦擦手吧，上面全是粉笔灰。"

花千树盯着楼西递过来的樱桃香味的湿纸巾，问："你还随身带这个？"

楼西颇为得意地甩了甩头发，说："毕竟我是一个精致的男孩子。"

黛城一中高三年级下午四节课，今天周二，最后一节课正好是体育课。周毅杰一下课就过来找楼西："等会打球去。"

宋星语也凑了过来："千树，我们等会去打羽毛球吧。"

花千树一边收拾课桌一边说："我不想打羽毛球。"

宋星语问："那你想打什么球？乒乓球？棒球？排球？"

花千树淡淡地说："篮球。"

周毅杰大呼："你还会打篮球？"

楼西也侧眼看过去。花千树秀眉一挑，面对质疑，直截了当地说："单挑？"

黛城一中，会打篮球的女孩子没几个，敢和男生较量的也没几个。花千树此话一出，周毅杰倒没觉得多可怕，内心多少都有点看不起她，他是不信花千树能有自己厉害。于是周毅杰振臂一呼："大家都听到了啊，是新同学主动找我单挑的啊，打哭了可不关我的事。"

宋星语是真的为花千树担心，她扯扯花千树的胳膊："千树，要不算了吧？"

宋星语虽然不太懂篮球，但是她知道，周毅杰曾经代表学校到望舒市参加过比赛，还拿了冠军。

周毅杰也不想被大家说欺负女同学，便对花千树说："实不相瞒，人送外号单挑王，你现在后悔还来得及。"

花千树勾唇，邪魅一笑："单挑王吗？好好享受吧，因为过了今天，你就不是了。"

楼西热烈鼓掌——狂，他的同桌真狂。

上课铃响，体育老师带领着大家做了准备活动，然后便解散，自由活动了。因为花千树约了周毅杰单挑，一解散，大家都看好戏似的围到篮球场上。因为是一对一单挑，八班的其他同学分坐在篮球场边，充当啦啦队。

花千树和周毅杰站在篮球场中间，两人互相看着对方，做拉伸。宋星语、莫小北，还有楼西站在场外。

宋星语还是很担心："你们说，千树会赢吗？"

楼西一脸淡然："肯定能赢。"

莫小北说："千树毕竟是女孩子，而且周毅杰很强的，上次年级友谊赛，周毅杰把十五班虐得多惨啊。"

楼西看着场上的花千树，莫名觉得她肯定会赢。作为同桌，楼西虽然不能上场帮忙，但还是可以在场外为同桌加油打气。于是，楼少爷振臂一呼："来来来，同学们，下注了，觉得花千树会赢的站这边，觉得周毅杰会赢的站对面。"

瞬间对面就站满了人。楼西有些尴尬地摸了摸后脑勺，花千树选择对楼西这种幼稚的行为视而不见。

楼西也不怪同学们没眼光，毕竟他们都没有见识过花千树的真正实力。周毅杰固然厉害，花千树也不见得比他弱，所以最后结果怎么样，还没有定论。

他继续给同学们做思想工作："大家要想清楚了，今天我就把话撂在这里了，如果周毅杰赢了，我、宋星语、莫小北就承包一学期的值日工作，但是，如果花千树赢了，你们不仅要承包一学期的值日工作，还要承包一学期的厕所。"

楼西看着对面："怎么样？现在过来还来得及。"

对面有人不服了："为什么我们输了还要扫厕所啊？"

楼西指了指身边的宋星语和莫小北，理所当然地说："我们人少啊。"

隔了几分钟，零星有几个人转换了阵营，楼西觉得时机差不多了，招呼着身边的人坐下，笑着朝花千树挥了挥手，然后摆好一个帅气的姿势，手做成喇叭状放到嘴边，大声吼道："低调低调，千树驾到，不要掌声，只要尖叫。"

楼西单手指天，姿态帅气无比："嗷呜……"

场上一阵十分尴尬的安静。花千树扶额，此人多半脑壳有包。

周毅杰觉得，虽然支持自己的人多，但是气势上被楼西一个人超了好大一截，他颠球耍帅，对支持自己的同学们说："来一个。"

班长林蔚是个正经人，也是个老实人，觉得不应该整这些虚的，可是大家都看着他，他想了一会儿，想出一个口号。

"锻炼身体，增强体质，比赛第二，团结第一。"林蔚一板一眼地说。

身后又是一阵比刚才还要尴尬的安静。倒是对面的楼西特别捧场，拍手叫道："好，班长说得好。"

场子因为两边的互喊口号已经热起来了，周毅杰秉持着女士优先的绅士风度，把篮球运给花千树，结果走到跟前，却是虚晃一招。

花千树笑了笑，一个灵活的转身，将球抢了过来。

周毅杰本来只是想试探一下花千树的实力，却没料到球直接被她抢走了。

场外的楼西无情嘲笑："幼稚。"

花千树熟练地运球，从呆愣的周毅杰身边跑过，然后三步上篮，"砰"的一声，篮球稳稳地被投进了篮筐中。

一个漂亮的转身，花千树接下球扔给周毅杰，温暖的阳光照在她身上，炙热又张扬，她说："拿出你的实力，把我当成对手，而不是女同学。"

一对一，打法很简单，各凭能力进球。因为刚才周毅杰的假意试探被花千树轻易化解，所以比赛正式开始之后，他没敢大意，拿出了打比赛的实力。

两人势均力敌，比分你追我赶，众人本来以为是秒杀结束比赛，却没想到半节课过去了，比分依旧胶着。

场下，楼西十分平静，似乎这样的结果早就在他的意料之内。倒是宋星语，虽然看不懂比赛，但是花千树每一球都进了啊，她已经吼得声嘶力竭："千树，加油！"

楼西摇摇头，看着场上已经疲乏的两人，站到前面对宋星语说："你这样加油，根本没有用。"

宋星语不懂："那我现在去买个喇叭？"

"是打比赛，又不是比嗓门大。"楼西看起来颇有心得。

"那要怎么加油才管用？"宋星语问。

楼西站得笔直，本来高中男生个子就高，他朝场上扬了扬下巴，说："看好了啊。"

然后宋星语就看到楼西慢慢撸起袖子，站在台阶上，对着场上喊道："千树千树，芳华永驻，拿下第一，任你摆布！"他那扭动的姿态，别提有多骚气了。

场上的花千树刚好抢过周毅杰手里的球，闻言，下意识地朝楼西看过来，结果走神的瞬间，周毅杰就包抄过来抢球，花千树躲避不及，只能一个弹跳，远远地投篮。

那一刻，空气似乎都停住了，如果这一球进了，花千树拿下三分球，就赢得了比赛，否则周毅杰胜。

众人屏息凝神，球进了。

Chapter 04

少年玉树临风前

楼西比场上的花千树还要激动，此刻的他，简直就像是阿肥变身，飞奔向花千树。花千树嫌弃地躲开了楼西的狗熊抱，然后将后跑过来的宋星语抱了满怀。

女孩子抱成一团，楼西摸摸脑袋，站在花千树身后，举着双手，朝着支持周毅杰的同学们说："一学期的值日生加厕所哦。"

林蔚也跑了过来，刚才的比赛他看得热血沸腾："千树，你以前也学过篮球吗？"

花千树笑着说："没有，业余爱好。"

周毅杰擦着汗走过来，刚好听到花千树说的话，他说："虽然我不想承认，但是你这种打法，和我这个专业的不相上下。"

"那是当然。"楼西就跟开家长会的时候，自己是三好学生的爹一样，特别自豪，特别高兴，起哄说道，"来，叫出我们的口号。"

"千树千树，芳华永驻，拿下第一，任你摆布。"

花千树的嘴角抽了抽，只有她知道，刚才，因为楼西，她最后分神了，要不是运气好，最后那个三分球进了，现在输掉比赛的就是她了。

所以她将莫小北递过来的矿泉水一把塞进楼西的嘴里，笑着说："来，辛苦啦，多喝水。"

篮球比赛耗费了花千树不少体力，她去厕所洗了脸，准备回教室休息。结果她一出厕所，就看到楼西拿着毛巾，特别帅气且做作地靠在厕所外面的大理石柱上。

因为刚刚洗了脸，花千树脸上还挂着晶莹的水珠，她抬眼看楼西，抹了抹脸问："干什么？"

楼西走上前，将毛巾搭在花千树脸上，双手抱在胸前，有些吊儿郎当地说："没想到，你打篮球的路子够野啊！"

花千树扯下毛巾，想也没想就塞回给楼西："拿走。"

楼西扯开毛巾给她看："你别嫌弃啊，这是新的，没用过。"

花千树看都不看，她不习惯用别人的东西，特别是异性的。

楼西却不这么想，这是他专门为花千树准备的，她就必须用。于是他追上去，把毛巾搭在她的肩膀上，指了指她的脸颊，说："你擦擦，脸上全是水。"

花千树扯下来，楼西知道她要还，就伸手去挡，一来二去就变成了两人在女厕所外拉拉扯扯。这一幕，刚好被站在教学楼二楼的杨晓风看到，她面色又黑又臭，瞪着两人，说："你们两个跟我来办公室。"

"啪。"刚一进办公室，杨晓风就扔了一沓照片在桌上，她看上去心情不好，好在语气仍算温和："作为班主任，我无条件信任你们两个，但是有人匿名举报，你们看看这些照片，解释一下为什么大晚上还在公园里拉拉扯扯？"

花千树站得笔直，桌上的照片凌乱地摊开。她抬眼去看，正是她和楼西在公园里的照片，看情形应该是周一晚上，因为楼西诓她，她把他拉进小树林教训了一顿，没想到却被有心人偷拍。光是看照片的话，她和楼西确实很像在偷偷约会。

楼西随便拿了几张看了看，觉得有些好笑，说："杨老师，我觉得吧，偷偷拍下这些照片的人才应该被找出来好好教育一下。大晚上不在家好好学习，天天向上，却鬼鬼祟祟地跟在别人后面偷拍，要么是别有用心，要么就是心理有毛病，是个偷拍狂魔。谁知道他除了偷拍我这样的花季男孩子，还有没有偷拍单纯善良的女同学呢？"

楼西说得头头是道，花千树安静地站在一旁，听到最后，她觉得自己都要被楼西给说服了。杨晓风听完楼西的话，自己琢磨了一会儿，好像真的是这个道理。

黛城一中管理严格，出入学校必须出示证件，就算有家长拜访，也要学生亲自去大门口接，所以，外面的人根本不可能轻易进入学校，更不会有机会把偷拍的照片放到高三班主任的办公室。

综合推测，匿名举报的肯定是学校里面的人，而且有可能就是自己班级里面的人。

杨晓风越想越觉得事情有些可怕，诚如楼西所说，这个匿名举报的人费这么大心思跟在两人后面偷拍，不管是无意还是有意，动机是值得深思的。

她看向站在自己跟前的两个学生，特别是花千树，不过十七八岁的年纪，皮肤好，相貌也好，很难不让人喜欢。但是作为班主任，她不可能放任自己的学生明目张胆地早恋。

她沉思片刻，然后问："千树，楼西虽然解释了，但是我想听听你的理由。"

"杨老师，"花千树目光平静，"其实那天，我和楼西打架了。"

楼西侧眼看她。

杨晓风吃惊，微微皱眉问："打架？"一男一女？

"楼西，你先动手的？"杨晓风下意识地以为是楼西先动手的，因为平时楼西就是个不着调的。

"没有没有，杨老师，你看我这弱不禁风的身体，怎么可能是花千树的对手。"楼西连忙摆手否认，他英明一世，可不能小小年纪就背负上打女人的污名，这样以后长大了还怎么娶媳妇？

楼西说完，怕杨晓风不信，便撩起了自己的刘海，露出光滑额头上的伤疤给杨晓风看："杨老师，这就是证据啊！"

花千树斜了他一眼，心想果然奥斯卡欠楼西一座影帝的奖杯。虽然伤疤是真的，但那根本就不是花千树动手打的，是他自己从小树林里面出来没看路，一头撞上树干，自己撞的。

花千树也没有拆穿他，将计就计地说："杨老师，楼西说的没错，是我先挑的头，因为我不喜欢楼西做我同桌，我觉得他会拖累我，影响我学习，所以就约了他在公园见面，实则准备对他痛下杀手！"

这话杨晓风也是相信的，因为当时换座位，花千树的表情十分不情愿，但她没想到结果竟然这么严重，直接上升为打架，还一男一女？

杨晓风心生愧疚，要不是自己，楼西的脸也不至于被花千树打到破相啊。她起先听到是打架，害怕楼西不知道轻重，伤到花千树，没想到一米八多的高个子竟然被花千树打到了额头？杨晓风的目光扫了一下花千树，这姑娘以前怕不是跳高队的吧，弹跳能力这么好？

"千树，换座位这件事没有考虑到你的感受，老师很抱歉，你要是真的不愿意，我可以把楼西换走。"杨晓风思考了片刻，最后决定征求一下花千树的意见。

楼西一听，脱口而出："不行。"

杨晓风幽幽地看过去。

"不用了，杨老师。"花千树摇摇头，看了一眼楼西，解释说，"楼西什么都告诉我了，我觉得这件事不仅关乎他一个人的尊严，更是关乎整个高三（八）班的尊严，所以，我愿意辅导他学习。"

花千树的表情认真，不像在开玩笑："杨老师，毕竟我现在也是八班的一分子。"

杨晓风总担心花千树半路转学到黛城一中会难以融入新环境，也怕她和同学们产生矛盾。却没有想到，这才一个月多，花千树不仅和大家相处得十分好，而且还这么有集体荣誉感，杨晓风真的有些感动。

楼西咽了咽口水，侧着头问花千树："那如果以后，你讲题我听不懂，你讲过的题我又错了，你会打我吗？"

杨晓风也转头看着花千树，楼西这孩子，基础差太多，要教起来确实麻烦，就连她这个常年和学生斗智斗勇的班主任都觉得不好办。

花千树面上笑嘻嘻，心里早就把楼西过肩摔了八百次。奈何在班主任办公室，她也就心里想想，嘴上还是说着漂亮话："当然不会打你啊。我们是同桌，又不是仇人，以前的恩怨早就一笔勾销了不是？以后啊，我们要团结互助，相亲相爱啊，楼同学。"

楼西觉得她虽然在对着他笑，但是笑里面藏着刀，左一刀，右一刀，砍得他背脊发凉。

杨晓风没发现两人之间微妙的氛围，她点点头，这件事发展到现在，早就不是袁王春和楼西两个人的事了。

"千树说得对，这件事情，事关班级荣誉，我们八班绝对不能输。"

赢了，争的是一口气；输了，毁的是一个人。

杨晓风看着桌上的照片，沉思了一会儿，抬头对站在面前的两人说："你们两个我是相信的，这件事我就不追究了。"

"杨老师，"楼西神色难得严肃，一本正经地说，"这件事必须追究，拍这个照片的人也必须要抓出来，咱们黛城一中也是时候肃一肃风气了，免得什么妖魔鬼怪都出来作怪。"

"好。"杨晓风点头，"这件事我会给学校反映的。"

花千树问："杨老师，这照片是什么时候出现在你办公室的啊？"

杨晓风想了想说："我中午吃饭之前都没有，下午前面没有课，我就回了趟家，下第三节课直接去了教室，我是第四节才看到桌上的照片的。"

花千树简单推算了一下："也就是说，这照片应该中午午饭到第四节上课之前，有人放进来的。"

平时没有明令规定，所以学生往来老师办公室都比较随意，要查可能不好查，来来往往这么多人，到底是谁也不知道。于是杨晓风问："你有什么线索吗？"

"没有。"花千树看了一眼墙上的挂钟，对杨晓风说，"老师，我们可以回教室了吗？"

"可以了。"杨晓风将照片收起来，"照片这事，我会好好调查的。"

花千树和楼西并肩从三楼往教室走，花千树一直低头看手里的照片。这是她临走的时候找杨晓风要的，楼西也不知道她要来干什么。不过这几张照片拍得还不错，照片里他和花千树站在路灯底下，柔和的暖光从头顶泻下来，两人的脸上都晕上了一层光晕，特别是他的侧脸，简直帅得惨绝人寰。

下楼的时候，他生怕花千树摔着，在她旁边紧张兮兮地盯着她，心想，莫不是高冷学霸大姐被他美丽的容颜迷倒了？

其实花千树是想从照片中找点线索，每个人都有自己拍照的习惯，这照片看起来不是用手机随便拍的，而像是专业的相机，能随身携带。花千树推测是微单。

她想得有点久，等她从照片中回过神，看着身边的楼西，问："你干什么啊？"

"保护你啊！你下楼不看路，万一踩漏了，摔下去磕坏了门牙，我作为唯一目击证人，怕是要被你灭口。"

花千树笑了笑，拍拍楼西的肩膀，说："不错嘛小伙子，现在越来越有自知之明了啊。"

黛城一中是楼西他爸楼万山出资修建的，所以在设计上，楼万山也注入了他的一些独特审美，比如教学楼的楼梯全是旋转楼梯，复古中带点低调的奢华，像极了建筑界的楼万山，被楼西吐槽是暴发户的恶趣味。

花千树沿着旋转楼梯慢慢往下走，时不时回头吐槽楼西几句："这楼梯，就算姐闭着眼睛，也能走下去！"

花千树身材清瘦，校服不是量身定做的，均码对她而言稍显宽大。她扎着马尾，一大把头发束在脑后，随着她转头的动作律动着，从窗户溜进来一抹金光，落到了她的侧脸上。

似乎什么都刚刚好。天气刚刚好，阳光不太耀眼，却足够照进心底。微风刚刚好，不太柔情，却足够撩起她耳边的秀发。距离刚刚好，没有太近，也没有太远，却足够让他看清，她笑起来，嘴角绽放的烟花，它有一个诗意的名字——梨窝。年纪也刚刚好，不太小，也不太大，刚好处在懵懂躁动的时期，知道那一瞬间的美好，叫青春。

楼西便在这一切刚刚好的时刻，有短暂的失神，但是他很快追了上去，在花千树的身后扬起笑，指着旋转楼梯说："那你闭着眼给我走一个。"

花千树白了他一眼，似乎在嘲笑他幼稚。楼西又说了什么，花千树直接抡起拳头开打。

回到教室，宋星语趴在桌子上感叹人生，看到花千树和楼西一前一后进来，颇为八卦地问："你俩同时消失去哪儿了？"

花千树朝她走过去："杨老师办公室，想去吗？"

"啊？"宋星语问，"杨老师还是觉得你和楼西有问题啊？周毅杰不是已经解释过了吗？"

花千树摇摇头，想着还没有足够的证据，就没有向宋星语透露太多："不是，其他问题。"

宋星语见花千树不想多说，也没深究："千树，今天你赢了周毅杰，我和小北不用做值日了，晚上下了晚自习，我们要不要去喝奶茶啊？"

花千树今天确实挺高兴的，要是没有照片这一遭，心情应该会更好，所以宋星语的邀约她没拒绝："好啊，今天我心情好，我请客。"

周毅杰不知道什么时候从旁边路过，手里抱着好几瓶农夫山泉，他探出半个身子硬挤到两个女生中间："加我一个呗，输了比赛，我需要奶茶安慰自己。"

花千树瞅他一眼，她本和周毅杰不算熟，但是今天一场比赛打下来，花千树是欣赏周毅杰的球技的，于是稍加考虑后，她说："行吧，你也来。"

周毅杰咧开嘴巴笑了，一扫输掉比赛的不开心。

回到座位，楼西凑过来问："刚刚周毅杰和你说什么呢？他是不是输了比赛，心里不平衡，又找你麻烦了？你不要怕，你现在是我同桌兼辅导老师，周毅杰要是敢动你一根毫毛，我就让他变成铁公鸡。"一毛都没有，哼！

花千树转头看着义愤填膺的楼西："你在脑补什么宫廷大戏？周毅杰只是单纯地想让我请他喝杯奶茶而已。"

"你答应了？"

"对啊，一杯奶茶又没什么大不了，而且，我本来就和宋星语约好了，多一个周毅杰也不是问题。"花千树说。

"真的吗？"楼西眨着眼睛，可怜兮兮地看向花千树，举起手指头指了指自己，"那加我一个也没有问题，是不是？"

花千树睨他一眼："给我一个理由。"

楼西大言不惭，撩了撩自己的刘海，说："我比周毅杰帅，比周毅杰高，比周毅杰瘦，比周毅杰有钱，比周毅杰白，怎么看，我都比周毅杰拿得出手。"

明明是三个人的约会，突然莫名其妙多了两个人。

宋星语和花千树嘀咕："周毅杰跟着来我还能理解，楼西跟着来干什么？"

花千树无奈地表示："日常无聊吧。"

莫小北喝了一口奶茶，看了看对面正在互损的两个男生，轻声说："其实，楼西以前也是学校篮球队的。"

花千树和宋星语同时转头看向她，莫小北接着补充了一句："他很厉害。"

年轻而稚嫩的脸庞，喜怒哀乐都写在上面，那时候，谁也不懂得掩藏。花千树看了莫小北一眼，很快收回视线。

这事宋星语好像也知道，只是隐约有个印象："小北，你不说我真的一点都不记得了，你倒是记得清楚。"

花千树若有所思地吸了一口奶茶，就听到右边的莫小北小声说："我就是记性比较好，我和楼西是初中同学。"

对面打打闹闹的两个男生没完没了，花千树越看，目光越发慈祥了，就跟自己带着调皮捣蛋的孙子出来遛弯一样，最后宋星语先受不了了。

"你们两个能不能低调一点！大家都在看我们呢。"

周毅杰单手抵着楼西的脸："是看楼西吧？大家可没有兴趣看我。"甩一口锅，先砸到了自己。

楼西的手臂没有周毅杰长，索性偏头张嘴咬："怎么没兴趣？免费的长臂猿供大家观赏啊。"

眼看着两人又要吵起来，花千树冷冷地出声："奶茶还喝不喝了？"

楼西在周毅杰的大掌指缝中偷看了对面的花千树一眼，总觉得有一种祖奶奶的威严感向他袭来。于是，他收起了打闹的心思，端端正正地坐好，并警告周毅杰："离我远点，我要专心品尝奶茶了。"

"哟！"

周毅杰鄙夷地看了楼西一眼，非常贴切地比喻道："比阿肥还怂。"

说到阿肥，周毅杰比较感兴趣，或许男生普遍比较喜欢狗吧。于是他和楼西暂时休战："怎么今天没有看到阿肥跟你来学校？"

楼西语气平淡："我把阿肥送到奶奶家了。"

"啊？"周毅杰一根筋，思维又直又简单，"你爸因为刘主任的事情不让你养阿肥了？"

楼西瞥周毅杰一眼："你问这么多干什么？那是我的狗，我想送到哪里就送到哪里，楼万山的话没有用。"

末了，他流露出一点伤怀的表情："等我高考完，就把阿肥接回来了。"

花千树虽然转学到黛城一中不久，但是和楼西那条狗颇有缘分，狗喜欢她，她也喜欢那条傻狗。不过上学带条狗，怎么看都不对，毕竟学校是公众场合。

周毅杰在旁边说风凉话："就怕那时候接回来的不是阿肥，而是阿瘦了。"

这话，楼西没堵回去。

宋星语好奇地等着下文，见两人同时不说话，便忍不住问："为什么啊？"

周毅杰明显不想说。楼西慢慢地抬起头，做出双手合十的姿势，说："阿弥陀佛，我奶奶信佛，吃素。"

对面三人心想，真是可怜了无肉不欢的阿肥了。

都是高三的学生，东扯西聊了一会儿，话题转来转去，总会回到学习上，宋星语十分担忧："你们说，像我这种成绩，期末考试逆袭翻盘的机会大吗？"

周毅杰夸张地摆了摆手："就你？比我好不到哪去，省省力气，回家被揍的时候还能躲一下。"

宋星语一下子焉了气。

莫小北安慰道："星语，我相信你。"

宋星语有气无力地趴在桌上，对自己的认识很到位："我都不相信我自己。"

花千树拍拍宋星语的肩："我也相信你。"

楼西自然是有样学样，放下手中的奶茶，说："我也相信一下。"

周毅杰觉得这群人是不是疯了，在座的除了花千树实力不详，剩下的哪一个不是拖班里平均分的？他问："是谁给你们的勇气，梁静茹吗？"

楼西瞥他一眼："周毅杰，想想你在篮球场上的样子，你会还没有上场，就告诉自己这场比赛会输吗？"

"当然不会。"周毅杰几乎是脱口而出。

花千树笑了笑，觉得楼西有时候说话还是很有道理的。

宋星语眼珠子一转，突然有了主意："我有一个提议。"

花千树说："说说看。"

"反正就高三这一年了，不对，如今不到一年了，高一、高二浑浑噩噩过了两年，要不要我们也试一试，看看到底能不能逆袭翻盘？"

大家一致看向宋星语，等待她继续说。

"正好今天大家都在，我们就以千树为头，组建一个学习小组，平时一起学习，不懂的地方我们就请教千树。"宋星语说完看向大家。

"但是这样会不会耽误千树的时间啊？"莫小北一句话说到关键点。

大家的目光又齐刷刷地看向花千树。如果是才转学过来的花千树，这样的提议她不用思考就会一口回绝，一来这不是她的义务，二来她根本不想浪费时间。但是现在嘛……

花千树的目光闪了闪，最后说："我没意见。"

莫小北诧异地抬头看向她："千树，你不是在准备竞赛吗？"

花千树准备竞赛这件事儿，知道的人真的不多。她记得她好像没有和班里的同学讲过，宋星语问起来，她都只是简简单单的一句话带过，莫小北怎么知道的？

迎着花千树的目光，莫小北解释："我看你平时一直做题，都是竞赛题，所以我猜你可能准备参加竞赛。"

花千树看了看莫小北，过了一会儿，大大方方地承认："对，你猜得没错，我是在准备参加明年的数学竞赛。"

楼西的心思也转了一转，所以花千树最开始不愿意给他辅导，是因为她自己要准备竞赛吗？他心里多少有些欢喜，原以为那时候花千树是因为十分讨厌他才不愿意的。

宋星语听到莫小北这么说，顿时觉得自己的提议有些过分了。

周毅杰往后一靠，大大咧咧地说："差生就该做差生的事情，学习，不适合我们。"

"千树，刚才的话我就是随口一提，你别当真啊。"宋星语有些不好意思，她和花千树做了这么久的同桌，她都不知道她在准备竞赛。

"那要是我当真了呢？"花千树看着大家，"时间是我的，怎么安排我心里有数，其他的话我也不多说，我觉得星语的提议可以，也愿意做这个头，但是前提是你们自己愿意。你们难道不想体会一下，自己的名字出现在红榜上，曾经和你们一个水平线上的人被你们碾压的感觉吗？"

花千树的话带着一种蛊惑人心的意味，听得周毅杰都有点热血沸腾了。

他问花千树："你觉得我们可以吗？"

花千树表现出一种不符合年纪的从容和淡然，她看着周毅杰："这得问你自己，你觉得你可以吗？"

明明奶茶店是热闹的，人来人往，这一桌的人却突然沉默了，好像在森林里面迷路太久，不知道要干什么。只是曾经有人说，要走这条路，走到尽头才有出口，于是大家就都走这一条路，走啊走，一走走了好多年，越走越迷茫。然后突然有一天，森林里来了一个人，对大家说，我有另外一条路可以出去，你们愿意同我一起走吗？

"我可以。"最先做出选择的是楼西，他看向花千树，眼里全是信任，无条件的信任，他说，"我一直觉得，我就是被阿肥耽搁了，其实我也可以是年级第一名。"

周毅杰本来都有点想哭了，班里倒数第二名的人坚定地说着自己可以出现在光荣红榜上，是多么需要勇气的一件事。他受到了鼓舞，结果楼西冷不丁加了后面一句，原本严肃的气氛瞬间就充满了欢乐的因子。

周毅杰虽然表现得无所谓，但是无处安放的手泄露了少年的心思："倒数第二名都这么有自信，倒数第一名不能认输，我也来。"

宋星语眨眨眼："那也加我一个吧，我只想省点力气多吃几碗鸡腿饭。"

众人都表态了，就剩下莫小北了，大家看着她，她想了想，说："我不来了，我妈妈给我报了英语补习班，我时间调不过来。"

宋星语有些遗憾，她下意识觉得补习班不一定有花千树教得好，因为她以前也补课，收效甚微，不仅浪费钱，还浪费时间。但是她看了看莫小北，也没说什么，反而想到另外一件事："你们说，我们的学习小组要不要取一个名字啊？就那种一听就是要考上清华、北大的。"

周毅杰想到一个："火箭组。"就跟休斯敦火箭队一样。

楼西鄙视周毅杰："你篮球打傻了吧？"

周毅杰一眼瞪过去："那你说一个。"

楼西眼珠子转了转："要不叫'复仇者联盟'吧？差等生向优等生的复仇计划。第一步，就是在成绩上给他们狠狠一击，把他们按在地上摩擦，让他们看看我们差生发起狠来，连教导主任都害怕！"

花千树点点头："名字不错。但是差等生和优等生这种标签谁定的，划分的标准又是什么，成绩吗？搞笑。"

顿了顿，花千树双手抱在胸前，背挺得笔直，一言一语之间颇有指点江山的气势："不要把自己分到差等生里面，你们只是优秀得不明显而已。"

"好。"楼西拍着巴掌，一个劲地点头，眼睛里亮晶晶的，他举起双手比画出小心心，"花老师，我简直爱死你了。"

——什么鬼称呼？

周毅杰不甘落后："花老师，我也爱您。"

宋星语忍不住提醒道："呃，花老师，你是不是该去买单了？"

Chapter 05
少年磨砺扶摇上

第二天要上学，大家很自觉地没有在奶茶店待到太晚，加上刚刚成立了学习小组，每个人都热情高涨，嚷嚷着要早点回家学习。

花千树结账出来，才发现只剩下楼西一个人了。她问："他们呢？"

"走了，说要回家抓紧时间学习。"

花千树点点头，目光落在楼西身上："你呢？"

"我？"楼西撩了撩刘海，"等你啊，同学。"

花千树才知道，之所以以前能在放学和上学的路上经常遇到楼西，是因为他们两家在同一个方向，虽然小区不同，但是离得挺近的。

走回去一路上都有路灯，现在天气渐渐转凉，晚上人少，两人走了好一阵，都没遇到路人。楼西抱着胳膊抖啊抖："这天气怎么下一次雨就跟要过冬一样啊？"

见花千树没有搭话，他忽然心生感慨："要是阿肥在就好了，天冷了，我可以把手脚伸到它的肚子下取暖。"

花千树转头看他，凉凉地抛出一句："你就不怕阿肥被熏死吗？"

看来比起自己，这位同桌明显更加喜欢他的狗，这么说，把阿肥送到乡下去体验生活是非常明智之举了。

两人并排又走了一会儿，到了小公园。公园里静悄悄的，楼西忽然觉得这个自己走了很多次的公园有点阴森和恐怖，上次被花千树拖进去的小树林黑漆漆的，树影幢幢，像张牙舞爪的怪兽。

楼西瞥了一眼前面的花千树，无声地朝她靠近了些。见花千树似乎没发觉，他又往前走了一小步，和她靠得更近了。花千树骤然停步，楼西猝不及防，撞上她的肩膀，然后呆呆地看着她。

花千树看着他，警告道："能不能好好走路！再靠我这么近，我就在你身上试一试我新学的泰拳。"

楼西委屈，他很想告诉花千树自己害怕，但是又觉得这样说出来十分没面子，便强忍着后退了一步。

花千树目光淡淡的："再退一步。"

他咬了咬牙，又退了一步，然后可怜兮兮地说："好了吧？这距离够远了，再远了我都听不到你说话了。"

花千树想说："你是聋吗？一条成年人胳膊的距离，怎么可能听不到？"

花千树懒得理他，转身就走。楼西不敢抬头四处看，盯着唯一能给他安全感的花千树追了上去。

"照片的事你打算怎么查啊？"楼西挺好奇的，到底是谁对他的私生活这么关心？简直比他爸楼万山还要关心。

"很简单啊，这照片明显是针对我和你的。你想一想，你在一中有没有得罪什么人？"花千树下午从杨晓风的办公室出来就想了这个问题，她才转学到黛城一中不久，得罪的也就苏丽那帮人，但是她手里有苏丽的视频，她们应该不敢乱来。

"我啊，从小人见人爱，花见花开，车见车爆胎，讨厌我的人还真没有。"楼西非常自恋，也不看花千树的表情，对自己就是一顿吹捧，"但是吧，黛城一中讨厌我的人也不是没有，比如袁王春，比如袁王春的老伴刘主任，还有其他老师。"

算了算了，想要从楼西这里找线索，还不如自己去找。花千树又琢磨了一会儿，楼西在这边的时间很久，这照片应该针对的是自己。想通了这一点，花千树自然而然地把怀疑对象算到了苏丽身上。只是苏丽她们不是消停了吗？怎么会突然搞这一出？

花千树似乎想到什么，转头问楼西："三楼办公室外面的走廊上的监控怎么看？"

"去监控室看啊。"楼西天真无邪地说。

花千树翻了个大白眼："我当然知道在监控室看，但是你以为监控是谁想看就能看的？"

说起来也是，但是这些对于楼西来说都不是问题，也不看看他楼少爷在黛城的威望，不就是看个监控吗？楼西拍拍胸脯，夸下海口："不用担心，明天中午我带你去监控室看，那里面，我有人。"

楼西说到做到，第二天中午午饭还没吃，他就拉着花千树去了监控室。刚一进去，花千树就闻到一股冒菜的味道，简直香到爆。

"小成哥，你又在办公室吃冒菜。"楼西说着就往里走，花千树跟在后面，终于看到了楼西嘴里面的小成哥。

小成哥大名张小成，是楼西家司机的儿子，上学的时候成绩差得不行，大学没考上，出去读了技校，几年下来技术没学到，钱全部打了水漂。楼万山想着张小成的爸爸给他开了那么多年的车，便在黛城一中给他找了个清闲的职位——监控室负责人，平时也不做其他的事情，就负责学校的监控，所以楼西说的"有人"倒也不假，关系还挺近的。

前一天晚上楼西就给张小成说明了情况，张小成抬眼看了看他们，没多问，指了指里面的监控室，一边夹菜，一边说："都在里面，自己去看吧。"

前一天中午发生的事情，看起监控来不费时，花千树按了快进，画面切得很快，她盯着看了一会儿，看到一个熟悉的身影进了办公室。

楼西端了板凳坐在花千树旁边，看着监控器里面的画面，他说："咦，原来昨天莫小北去了杨老师的办公室。"

花千树转头看他："你见过？"

"嗯，我昨天中午去上厕所，碰巧看到她从三楼下来。"

花千树若有所思，没一会儿画面里又出现一位老朋友，苏丽也进了办公室，然后莫小北就慌慌张张地跑出来了。

楼西大胆推测："这苏丽不会在办公室把莫小北打了吧？"

他想起来那时候看到从三楼跑下来的莫小北慌慌张张的，就好像后面有人在追她一样。这么一联想，楼西脑补了一场狭路相逢，恶霸欺负小绵羊的戏码。

花千树关了监控，拉开椅子站起来往外走。

楼西赶紧追上去："看完啦？"

"嗯。"其实没什么好看的，有些事情，花千树只是想不通而已。

楼西给张小成说了一声，追上花千树一起往教学楼走，突然，肚子不合时宜地叫了起来。

花千树盯着他的肚子："饿了？"

楼西点点头。

"可是现在食堂应该没有饭菜了。"花千树看了看时间，提议道，"要不，我们去外面吃吧？"

楼西举双手赞同："好啊，我想吃过桥米线。"

黛城一中外面有一家过桥米线，味道特别正宗，开了很多年，风风雨雨地送走了一批又一批学生。楼西和花千树刚走进去，老板娘就过来招呼了："同学，吃什么啊？"

"两份过桥米线。"楼西说。

店里的人不多，楼西和花千树找了一个靠里面的位置坐下。没一会儿，过桥米线就端上来了。楼西本来想直接开动，但是他顿了顿，先推给了花千树："你先吃。"

花千树没想到楼西还给她来这招，她笑了笑，推回去："你先吃吧，我还不饿。"

楼西也没再推来推去了，直接撸起袖子开吃，他是真的饿坏了。

花千树早饭吃得晚，现在还没有饿，过桥米线三分之一都没有吃到，她就停筷了。对面的楼西一抬头，看着花千树的那一大碗，问："你不吃了？"

花千树点点头，然后楼小少爷二话没话，直接把碗拉过去就开始吃，这操作，简直了。

花千树愣了一下，随后提醒："这碗米线，我刚刚吃过了。"

楼西头也不抬："我知道啊，但是有一句话你要记住——'谁知盘中餐，粒粒皆辛苦'，我们不能浪费粮食。"

啧啧啧。花千树觉得，黛城一中应该给楼西发个奖状。

楼西招了招手，让老板过来收钱。

"老板，多少钱？"

"一共二十四块钱。"

楼西摸了摸裤兜，完蛋，他的钱好像塞在衣服口袋里，而衣服在教室。他尴尬地抬起头，笑眯眯地盯着花千树，开口就是："姐，你带钱了吗？"

花千树也是一本正经地保持微笑："弟弟啊，要不把你压在这里，姐姐回去取钱来赎你？"

转眼就到了周四，新学期的第一次月考正式开始。考试座位号按照上学期期末考试的成绩排列，楼西、周毅杰、宋星语三人一如既往地在一个考室碰面，只是这一次多了一个花千树。因为她才转学过来，没有成绩排名，就被放到了最后。

月考两天，一眨眼就过去了。这种本校组织的月考成绩出得很快，周五考完，星期天试卷就已经全部阅完。

周一一早，杨晓风拿着成绩排名单出现在教室里，从她的脸色就知道这次考试八班可能又垫底了。

"你们是不是不想学了？"杨晓风严肃地看着下面，"一次比一次差，生怕别人不知道高三（八）班拖了整个年级的后腿吗？"

一番教育之后，杨晓风吩咐林蔚把排名张贴在教室前面。下课了同学们都围过去看，宋星语坐在位子上思考人生，隐约听到有人说："哇，花千树成绩原来这么好吗？"

"看不出来。"

"人家大城市来的。"

宋星语忍不住好奇地挤过去看，恰好周毅杰和楼西从外面回来。

"你那成绩看来看去还不是在我前面！"周毅杰很有先见之明，宋星语倒数第三名。

"我才不是看自己的，我看千树的。"宋星语个子小，挤半天一个字都没看见，楼西就这么路过，无意识瞥了一眼，便被吓到心律不齐。

他亢奋地坐下，看着正在做题，对成绩毫不关心的花千树："你知道你考得怎么样吗？"

"第一名吧。"花千树考完就估算了一下，班级第一不成问题。

"班级第一名，年级第三名！"楼西觉得自己的同桌是个宝藏女孩，"你这成绩，将来肯定是建设国家的栋梁之材。"

彩虹屁吹起来呀。

花千树情绪没多大的波动，楼西看见她在本子上写下"还有进步空间"，学霸太可怕了！

按照约定，花千树、楼西、宋星语、周毅杰四人组成的"复仇者联盟"学习小组，每天晚自习之后都要到图书馆继续奋斗，于是四人先去吃了饭，然后转战图书馆。

他们不是每科都差，花千树让他们先对自己做一个全面的分析，从最薄弱的学科入手，然后整理出一套符合自己的学习计划。

花千树唯一欣慰的是宋星语，她算是三个人当中基础最好的，只是学习方法不对，走了很多歪路，导致成绩一直和付出不成正比，久而久之，宋星语自己也失去了学习的动力。所以，花千树对宋星语的要求是先从方法入手。

高三（八）班是文科班，文科生不可避免的就是文综。宋星语决定先从历史入手，文综里面她最头疼的就是历史，因为时间老是记不住。

花千树觉得宋星语的问题是典型问题，便拿出来和大家说："其实历史学起来不难，我以前有一个同学，从来不看历史课本，却把历史学得特别好，不管老师说什么，他总能对答如流，那是因为他从小就喜欢看历史文学，所以人家看过的历史文学书比我们这几本历史书多多了，人家能学不好吗？"

楼西和周毅杰不愧是难兄难弟，总是找不到重点："但是我们这么大了，再看书也来不及了啊。"

花千树说："不是让你们学他，而是让你们明白学习是需要方法的，你们现在只有不到一年的时间，能学的只有书本上的知识。刚才星语说，她记不住时间，我猜你们两个也是啥都记不住，所以接下来我要讲的至关重要。"

宋星语点点头，赶紧拿出小本本。周毅杰和楼西有样学样，也拿出了小本本。

花千树颇为欣慰，想了想说："历史，就是一部发展史，所以时间很重要，自然，时间也是突破历史的关键，你们看看我们学的历史书是不是就这六本？"

大家点点头。

花千树继续："别看这只有六本书，浓缩的是整个世界的发展。"

"首先，这厚一点的三本，我们给它概括一下，就是两个点——

古代史和近代史，时间也就从这两个节点切入。然后细分一下，又分为中国的古代史和近代史、国外的古代史和近代史。这里面又有一个小秘诀了。"

花千树顿了顿，喝了一口水，继续说："我们亲切地称中国的古代史为发展史，近代史我们叫作屈辱史。所以我们在学习的时候，古代史基本上就是在讲我们大中国有哪些成就，近代史就是我们遭受了什么摧残和打击。这么讲你们明白了吗？"

楼西皱着眉头，不自觉地咬着笔尖，似乎真的在思考。周毅杰眉头皱得更深。宋星语点点头，有一种恍然大悟的感觉。

花千树怕说太多大家一时间消化不了，便说："好，我们今天就先从古代史入手，你们自己翻课本，总结一条时间线。记住，一定要是属于自己的时间线。"

学习从来就不是一蹴而就的事情，所以花千树也没有指望三个人能一下子明白，学习得自己去探索、去实践、去总结出自己的学习方法，反正慢慢来吧。倒是楼西，因为和袁王春的赌约在，他的时间更加紧迫，必须要抓紧才行。

为了不相互打扰，花千树一讲完，周毅杰和宋星语就散开去了别的小隔间，楼西先自己按照花千树刚才说的，把古代史看了一遍。看完后，他一脸茫然。

花千树刷完一套竞赛题，抬头就看见楼西眉头紧锁，很不开心的样子，也不知道这几天嚷嚷着"学习使我快乐"的人去哪儿了。

花千树将中性笔头在桌面轻轻敲了几下。楼西抬眼看过来，她问他："哪儿不会？"

"我按照你的方法想自己梳理了一下，但是你看，"他把自己的本子递过来，上面有一条长线，写满密密麻麻的时间和事件，"我觉得这样整理下去，我会累死在半途。"

花千树拿过楼西的书本翻了翻，很好，就跟新的一样，不累死才怪。

她把自己的历史书递给楼西："以后上课老师带着我们复习的时候，我希望你能好好记一下笔记，好吗？"

楼西从花千树的眼睛里看到了明晃晃的威胁，他点头："一定好好记。"

花千树表面上看着酷酷的，其实内心是个老妈子性格，忍不住又多说几句："你之所以觉得累，是因为你没有记笔记，上课也没有认真听讲，所以抓不到重点。你先看我的历史书，把笔记抄一下，重点的地方，我用红色的笔标记好了。"

楼西猛地点头，觉得花千树对他太好了，这算不算开小灶啊？

有了学霸的笔记，楼西便开始埋头苦干。他当初在办公室和袁王春立下赌约不是随口说说的，他就算是拼了命，也要为自己和阿肥争一口气。

花千树一直觉得成绩不好不可怜，可怜的是自己已经放弃了自己，放弃了现在的自己，也扼杀了未来的自己。

每天晚上约定学习两个小时，花千树提醒他结束时，楼西只觉得过得好快，他分明觉得这不过才过了半个小时啊。

花千树说："书，我先借你，上课的时候给我就行。"

楼西点点头，盯着花千树的书包若有所思："花老师，其他的笔记能借我抄抄吗？"

花千树想了想，说："可以，但是我这人最爱惜书，我小学的书都还在，你必须保证书给你的时候是什么样，还回来的时候还是这样。能做到，我就借给你。"

楼西举手发誓："我保证做到，书在人在，书亡人亡。"

"好。"花千树这天只带了三本历史书，本来打算回家翻看一遍，不过借给楼西也没有关系，她还有自己的错题总结本，"现在就只有这三本，你先把这三本弄清楚了，剩下的再给你。"

楼西接过书，宝贝地放进自己书包里。

又是那条放学之后的必经之路，两人一边走，一边背课文。多半时候是花千树在说，因为楼西根本答不对题，比如先从语文必考的古诗文默写开始，花千树说上句，楼西接下句。

"问君能有几多愁。"

"孜然铁板烧肥牛。"

花千树决定验收一下当天的学习成果。

"五四运动的导火索。"

楼西曾经在这道题上被狠狠地羞辱过，所以这天抄笔记的时候特别注意了一下这个问题，当花千树问出这个问题的时候，楼西终于有一种"农奴翻身把歌唱"的感觉了。

他颇为自信，还绕了两步，走到花千树面前，敞开双臂朗声说道："五四运动的导火索是巴黎和会上中国外交失败！"

花千树停下来看他，故意调侃："不是'五一'只放三天假吗？"

楼西摇摇头，假装听不懂的样子："当然不是，我们高三生就应该有高三生的自觉，'五一'放不放假和我们有关系吗？"

前面就是公园的花坛，楼西一步跨上去，一手叉腰一手指天，俨然一副少年豪杰的样子："花千树，我告诉你，我楼西，一定可以考上鹿林大学的。"

十七八岁的年纪，什么都敢想，什么都敢做。我们尚未被生活打到，也未曾打倒过生活，但是我们有梦想，我们敢冲，敢拼搏。

灯光下，少年的身姿挺拔颀长。

花千树背着书包，穿着蓝白色的校服站在下面仰头看他，半晌，嘴边漾开一个笑容："楼西，我们一起考鹿林大学怎么样？"

少年的眉眼如朝阳，璀璨而艳丽，楼西朝花千树伸出小拇指，在半空中勾了勾："好啊，花千树，我们一起考大学。"

学习就像打哈欠，看着别人打，自己总会忍不住。

"复仇者联盟"学习小组自从成立以来，楼西、周毅杰、宋星语三个人的学习态度来了三百六十度的大反转，就连班主任杨老师都私下找他们谈过话。了解到情况后，作为班主任，杨晓风很是欣慰，所以开班会的时候，特意在班里表扬了三人。

班会后，有同学私下打听，也想加入进来，周毅杰做不了主，把人打发到了宋星语那里。宋星语觉得花千树帮助他们三个已经够累了，再加人进来可能不太好，也没有回应。最后大家又跑到楼西那里去问，楼小少爷一听，面无表情地说："不加人。"

本来也不是什么大事，后来大家私底下传来传去，就变成花千树拉帮结派，不团结同学。

这话后来有一天在课间被花千树听见，她在女厕所的一个隔间里，听到外面洗手台上传来"哗哗"的水声和两个女生的说话声。

"不就是一个学习小组吗？搞得谁稀罕一样。"

"是啊，听别人说，当初楼西他们是私下给花千树交了钱的，好像每人五百块。"

"花千树穷疯了吧……而且她的成绩也没有很好吧。"

"你说她能考过许律吗？"

"她一个转学过来的，还想考过我们年级第一名？就等着看她的笑话吧。"

"嘎吱"一声，隔间的门被推开，花千树不紧不慢地走出来，走到洗手台边开了水龙头。

两个女生都是八班的同学，一个叫潘茹，一个叫庞珊。这些话平时都是背地里说说，如今被当事人撞见，两个女生下意识地就想走，却被花千树叫住。

"不打算道歉吗？"花千树关了水龙头，慢慢转过身，甩了甩手上的水珠，轻声问。

"道什么歉？"潘茹说。

花千树凉凉地看过去，她本来也不是好说话的人，她转学过来，便是想和过去做一个告别，却总是有人不断挑战她的底线。

"你们知道，在古代，像你们这样在背地里说人坏话的被称为什么吗？"

她说话不疾不徐，却带着一股凉意："长舌妇是要被割舌头的！"

"花千树，你变态吧！"潘茹有些慌，总觉得花千树这样子说话有些恐怖，转身就想走。

花千树两步跨过去，堵住了出去的路，冷冷地盯着两人说："今天我不和你们计较，但是请管好你们的嘴。"

说完，花千树侧开身，潘茹和庞珊赶紧跑了。

过了一会儿，宋星语和莫小北从厕所隔间里出来。宋星语非常气愤，一边洗手一边说："也不知道庞珊和潘茹在哪儿听的谣言。五百块？这分明是在羞辱我们千树，就千树的水平，怎么也得一千块一个小时啊。"

花千树笑了笑。

莫小北看着花千树，安慰道："千树，这些话你别放在心上。"

花千树抱着手靠在墙边，闻言笑了笑："你们知道许律吗？"

"许律？"宋星语说，"知道啊，我们学校年级第一名啊，反正从升入高中以来，我就从来没见谁考得过他。"

说到这里，宋星语就觉得心痛，接着说："还不止，从幼儿园到高中，这家伙简直就是我的噩梦。"

眼看宋星语就要长篇大论，莫小北及时拉住她："星语，我们放学再说吧，马上就要上课了，先回教室吧。"

回到教室，看到楼西伏案奋笔疾书，周毅杰靠在椅子上背古诗，花千树老母亲般欣慰地笑了笑，接了水准备回位子，林蔚突然叫住她，塞给她一张纸。

林蔚说："拿回家填，填好了下周一给我。"

楼西正在抄历史笔记，虽然他平时看起来粗心大意，但是有些事情他还是很细心的，比如这课本，花千树答应借给他是情义，他不能霸占着这份情义不还给她啊，所以楼西加足马力使劲抄，终于只剩下最后一本了。

花千树刚坐下来，上课铃就响了，她把刚才林蔚给她的单子放在桌面上，盯着"贫困生补助申请表"几个字看。

楼西拿出下节课要用到的课本，余光瞥见花千树桌上的表格："谁让你填这个的？"

"林蔚。"过了一会儿，花千树小声地问楼西，"我看起来真的很穷吗？"

楼西憋住笑，拍了拍花千树的肩，安慰道："比起我，你是挺穷的。"

"滚。"

这一周很快过去，放学的时候，周毅杰过来对花千树说："花老师，这周我有一场篮球比赛，就不和你们去图书馆了。"

楼西巴不得此人不来，闻言笑得贱兮兮的，说："少你一个也没差。"

花千树："行，你加油。"

周毅杰没急着走，反而去和楼西挤一个位子，一边挤一边说："你要不要来？我们两个联手，一定打到他们呼爹喊娘。"

花千树确实手痒，但是她现在最重要的还是准备竞赛，于是她笑着拒绝了。周毅杰也没有强求，他原本就是随口说说，花千树一个女孩子，带过去也不方便。

没一会儿，宋星语也背着书包过来，说："千树，这周我也有事。"

花千树点点头："没关系，你去就是了。"

宋星语撇了撇嘴："其实我一点也不想去，但是我妈非要让我去。你也知道，我妈就是许律的脑残粉，星期天许律生日，我妈非要带我过去贺寿。"

周毅杰在一旁开玩笑："我看，你妈是把许律当亲儿子了吧？"

宋星语讳莫如深地摇头，然后缓缓说："不是，我妈是丈母娘看女婿，但是她也不想想自己女儿几斤几两，人家许律看得上吗？"

宋星语如此黑自己也不是没道理的。宋许两家很久之前就是邻居，后来老房子拆迁，两家人商量后同时搬到黛城，还将房子买到一个小区，门对门，继续做邻居。这期间就苦了宋星语，从小生活在许律的阴影之中。

于是到了周末，"复仇者联盟"学习组只剩下两个人。

楼西已经将历史笔记全部抄完，抄了一遍，就当过了一遍。楼西现在看起来也不吃力，反而觉得花千树说得没错，抓到了重点，学习起来事半功倍。一个上午的时间，他就把古代史一整本书看了一遍，中途花千树休息的时候，他让花千树抽知识点考他，百分之八十的正确率。

花千树挺吃惊的，合上历史课本问他："你其实以前都是装的吧？"

楼西一脸的天真无邪，抬头看着花千树笑，笑起来眉眼像染上了朝阳似的："不是啊，我以前没真学，一旦认真学起来，什么许律，什么年级第一名，统统靠边站。"

这话说得大，放别人身上是吹牛，放楼西身上却有一种莫名的……搞笑感。花千树惊叹楼西的学习能力，如果能保持这样，最后考上鹿林大学也不是不可能。

"那你继续保持。"花千树说得很官方。

过了一会儿，花千树听到对面的楼西问："你最近好像对许律很感兴趣？"

花千树看向楼西："怎么这么问？"

"每次下课宋星语都过来和你说许律的事情。"他说起来，语气竟然有几分委屈，就像冷宫失宠的妃子一样。这也不能怪楼西多想，因为花千树这种高冷学霸除了学习，没见她主动关心过什么，最近却老是和宋星语打听许律的事情。

"哦，"花千树没什么表情，"那是因为，知己知彼百战不殆。"

年级第一名而已，她花千树来了，这个位子不管是谁的，都得腾出来。

过了一会儿，花千树问："你给我说说许律吧。"

楼西连忙摆手，摇头拒绝："我和他不熟。"

"真不熟？"

"真的，我发誓。"

这话楼西倒没有乱说，他和许律真的不熟。唯一的交集，怕是高三开学那天，许律作为学生代表上台发言，而他作为典型案例，上台检讨，简直是一个天上，一个地下。

中午，楼西带着花千树去吃了小吃城的砂锅，他点了一个鸡肉丸子，花千树点了三鲜。周末小吃城的人特别多，楼西用书包占了个位子，等他点完菜回来，桌上的书包却不翼而飞了。

花千树忽然在他旁边一指："那个书包是不是你的？"

楼西顺着看过去，可不就是他的吗？他撂下一句话："你先吃，我去把书包抢回来。"

说完他就朝着小偷逃跑的方向追过去了。花千树又怎么吃得下，提上自己的书包，也跟着追了上去。

小吃城是由黛城以前的一片旧城区改造过来的，这边的路又多又杂，弯弯绕绕特别多。花千树最先还跟着楼西，后来拐了几个弯，人给跟丢了。她有些担心，不知道对方是一个人还是团伙作案。花千树对这边地形不熟悉，绕来绕去，反而先把自己绕晕了，没办法，她只能先报警。

再后来，警察来领走了花千树，花千树就坐在警车里等，没一会儿，楼西和那个小偷都被警察带过来了。

花千树打开车门跳下去，身后安抚她的女警看了，在她后面喊"小心些"，花千树仿佛没听见，一直往前跑。

楼西蓝白色的校服染上了一团团黑色的污垢，头发也乱糟糟的，嘴角还裂开了，流着血，样子看起来很狼狈。

四五步的距离，花千树却没往前走了，她望着对面的少年，眼里满是担忧。

楼西先是愣了愣，然后故作轻松地拍了拍书包，笑着说："你看，你的书都好好的。"

十八岁的少年可以义无反顾地保护她的书，那他也一定可以，义无反顾地保护他喜欢的人吧？那时候，花千树想。

她和楼西坐着警车去了派出所，大家看他们两个是学生，一路上十分照顾他们。

到了派出所，女警就把两人带到了会客室，她接了两杯水过来："你们也不要害怕，等会有人会过来询问事情经过，你们如实回答就行了。"

楼西点点头："不害怕，我们一定配合警察姐姐的工作。"

楼西从小就嘴甜，小时候因为楼万山常年工作出差，请来的保姆也不是个老实的人，常常偷懒，应付了事。楼西说给楼万山听，楼万山却不信他，从此之后他就不说了。保姆做饭太难吃，楼西便左邻右舍地串门，小时候的楼西长得可爱，嘴巴又会哄人，深得阿姨和姐姐们的喜欢。

后来，楼万山回来，邻居都给他反映他家保姆有问题，他就算不信楼西，最后还是辞了家里的保姆，从此再没给楼西请过家庭保姆。

就这么一会儿的工夫，楼西就把警察局里面的姐姐们逗得开开心心的——又帅又可爱的男孩子，谁不喜欢啊？

花千树捧着水杯，静静地听着，也没怎么说话。

过了会儿，警察姐姐八卦地问："你们两个是不是在处对象啊？"

花千树闻言猛地抬起头，楼西和警察姐姐吓了一跳，就听到她呆呆地说："没有，我们是同桌。"语气严肃又正经。

"哦。"警察姐姐意味深长地点点头。虽然她毕业很久了，但是也是过来人，知道这个年纪最美好的就是朦胧的好感，看透不说透，所以她没有故意去调侃两人。

没一会儿，来了两个年级偏大的警察，问了问事情经过，楼西声情并茂地形容了一番。警察叔叔笑了笑，说："勇敢是好事，但是前提是保护好自己，下次再遇到这种情况，不要一个人去追，先报警。"

楼西拍着胸脯保证："下次一定第一时间找警察叔叔。"

"好了，今天你们也应该吓坏了，现在可以回家了。"

从警察局出来，已经下午三点了。图书馆这会儿肯定没有位子了，楼西看了看天，时间还早，总不能就这样荒废掉啊。

这个念头一出来，楼西自己都吓了一跳。明明以前他一有时间肯定先选择玩，如今竟然觉得有时间不学习就是浪费。啧啧啧，果然学习使人疯魔。

花千树一路上沉默不语，她背着书包，走在楼西前面三两步的距离，不知道在想什么。楼西跟在后面，琢磨着她是不是被吓到了，但是她不像是会被这种场景吓到的人啊。

突然，花千树停了下来，楼西一个激灵，赶紧刹住脚步，问："怎么不走了？"

花千树缓缓转过身，眸子黑沉沉的，脸色有一些苍白，看上去真有几分惊吓过度似的。她抬头盯着他，说："楼西，我收回那句话。"

"啊？"楼西被花千树搞蒙了，"什么话？"

"我的书，没什么宝贵的，你弄坏了或弄丢了都没关系。"

楼西琢磨着花千树的这句话，总算是回过味儿。原来不是被吓到了，是自责啊。楼西哥们似的拍了拍花千树的肩膀："你不用自责，我这不是没事吗？"

花千树摇摇头，张了张口，却什么也没有说。她不是自责，她是害怕。

楼西会哄小姐姐，但是看着面前的花千树，他还真束手无策。他尴尬地站了好一会儿，觉得学霸应该用学霸的方式来驱赶烦恼，便抬手一指："前面就是我们家的酒店，我们去那儿学习吧。"

楼万山涉及的产业很多，除了房地产，就是酒店和餐饮业，这家小西楼酒店就是楼万山的产业。所以楼西领着花千树进到酒店的时候，前台小姐姐立马就给楼万山的助理打了电话。

楼西在这里有总统套房，视野极好，他轻车熟路地带着花千树上去了。一路上，不停地有人给楼西打招呼，叫的都是"小老板"。花千树觉得挺好笑的，明明也不大，非要装老成。

到了总统套房，楼西拿出英语课本，规规矩矩地坐好，仰着脑袋对花千树说："我们补一下英语吧。"

总统套房的环境很好，巨大的落地窗，将不稷山的美景尽收眼底。楼西让前台送了醒神的咖啡，便开始完成花千树出去之前给他布置的单词任务。花千树考虑到楼西的基础，在量和质上都做了缩减，就二十个单词加十个短语。之后，便下去给他买处理伤口的东西。

楼西一边写一边背，花千树回来的时候就看到他盘腿坐在地毯上，眉毛和眼睛都快皱到一起了，嘴里念念有词，跟念大悲咒似的。

花千树轻叹了一口气，走过去在楼西对面坐下，拿出刚买的酒精和药，说："先处理一下伤口。"

楼西的伤口不深，是在和小偷扭打的过程中被抓伤的，但是这么英俊的小脸，挂着彩多影响美观啊。

楼西嘴上应着，却是头都没有抬一下，痛苦又专心地背着单词。

忽然一只手伸过来将英语书抽走，楼西的目光跟着课本落到花千树身上，她将酒精和棉签往前一推，说："先消毒。"

楼西对着花千树眨眼，故意卖乖："花老师，能不能先背单词？

我还有一点就背完了。"

少年的睫毛又长又密，眼珠是嵌在下面的黑宝石，花千树差一点就心软了："不行，先消毒，再学习。"

楼西撒娇无果，便伸手拿起了酒精，拧开瓶盖往手上一倒，然后"啪啪啪"地往脸上拍，那手法，就跟花千树早上拍爽肤水一样。

花千树嘴角一抽，在楼西更加恶劣地对待自己的脸之前，她出手制止了他，"你手都没洗，这样拍上去全是细菌。"

楼西可能真的有点傻："那我去洗手。"

花千树真想把棉签一根一根地扔到他的脸上，她黑着脸，一把夺过楼西手里的酒精，对他说："把头伸过来！"

语气又冲又凶。楼西观察着花千树，身体迟迟没动，害怕自己的这颗头有去无回。

看着被自己一句话吼蒙了的少年，花千树也意识到自己的语气可能太凶了，但是真的有这么令人害怕吗？

"把头伸过来，我给你处理伤口。"她又说了一遍，尽量让自己的语气听上去温和些，为此，她还对着楼西笑了笑。

不过这笑落在楼西眼里，就有点不怀好意的意味，他内心好一阵挣扎，才慢慢地撑着桌子，把脸凑过去。

楼西的大眼睛要眨不眨的，里面晕了一层朦胧的水汽，花千树看着心烦："把眼睛闭上。"

楼西乖乖听话，闭上了眼，花千树看了少年的脸一眼，莫名有些羡慕这样的睫毛和肌肤。

棉签蘸了酒精涂在伤口上，楼西"嘶"了一声，眼睛一下子张开，睫毛扫过花千树的指尖，她微微一愣，就听到楼西说："花老师，你这手法，真像我妈。"

花千树手里一使劲，顺势捏住他的下巴："那叫声来听听。"

花千树想到了才转学到黛城一中的时候，她去买打火机，被楼西撞见，少年自称"爸爸"，结果被自己毫不留情地过肩摔了。

楼西眼里有一瞬间的黯然，很快又换上了嬉皮笑脸的表情："花老师、花姐、花爷，你行行好，让我再背背单词，不然我就真的要输给袁王春了。"

花千树放开他，把药膏扔到楼西面前："把药膏涂了，然后继续背单词。"

楼西很听话，这次知道自己拿着棉签涂了，涂完了就抱着英语书开始背单词。花千树也拿出习题开始做，却总是有些静不下心。

耳边是楼西嘤嘤嗡嗡的声音，花千树用笔敲了敲桌面："默背。"

楼西觉得好委屈，他要读出来才有感觉，看着专心做题的花千树，他很自觉地换了一个地方。

花千树想说她不是这个意思，但是话到嘴边又说不出来了。楼西带着书去了房间里，她在外面还是静不下心来，总觉得耳边还是有嘤嘤嗡嗡的声音。

这非常不像她，以前的情况比现在恶劣一百倍。在闹市中，她依然可以摒除外界的一切干扰，认真学习和做题，现在却怎么也静不下来。她的脑子里乱乱的，总是会想到楼西提着书包，对她说"你的书都好好的"那一幕。

这样下去不行，她还要参加竞赛，花千树拍了拍头，强迫自己去看题目。

刚做了两道题，楼西就打开了房间门，小心翼翼地探出头，给花千树汇报："花老师，我背好了。"

花千树关上练习册，说："过来听写。"

二十个简单的单词加十个短语，楼西基本上全军覆没。两人你看着我，我看着你，相对无言。他有些难为情地摸着后脑勺："我说了我的英语不太好。"

"你这叫不太好？"花千树佩服楼西的乐观，这分明就是差到姥姥家了。

想了半晌，她问："那你会什么？"

"我也不知道。要不，你就随便问，我来翻译成英文。"

花千树随口说了一个："苹果。"

楼西抢答："这个我知道，apple。"

楼西这水平，花千树也不敢贸然增加难度，随手用手机找了些少儿词汇考他。

"香蕉。"

"Banana."

"狗。"

"Dog."

花千树连续抽了几十个，楼西都没有出错，正确率竟然是百分之百。花千树又提高了单词难度，从少儿英语词汇到中学必背词汇，最后直接上了雅思词汇，让她吃惊的是，楼西百分之九十都能回答上。

花千树突然意识到了什么，她问楼西："你该不会是会认、会说，不会写吧？"

楼西因为刚才的稳定发挥受到了花千树的表扬，这会儿笑得像地主家的傻儿子一样："我也不知道啊。"

虽然楼西这样说，但是这个想法在花千树心里越来越强烈，她当即用手机播放了一段她下载的BBC广播听力："你听听这个，然后告诉我讲了什么？"

这段听力十来分钟，是花千树平时用来练习自己的听力的，她每天晚上睡觉前都会听一遍，基本上这一段她已经会背诵了。她一边放，一边观察楼西的表情，他看起来好像很轻松，捧着脸撑在桌上，一边听一边朝她傻笑。花千树颇有些无奈，感觉这人怎么跟傻子似的，最后她不得不提醒他，注意听。

听力放完了，房间里安静了几秒钟，花千树说："来吧，讲一讲你听到了什么，不用说得太详细，讲个大概吧。"

"哦。"然后楼西就跟讲故事一样，一会儿就讲完了，基本上和标准的原文翻译差不了多少，这水平，比她似乎还好。

花千树沉思片刻，问："楼西，你是不是故意在我面前装学渣？"

楼西很无辜地看着她："我就是学渣本渣啊，还用装吗？"

"那你为什么听力这么好，雅思词汇你也会？"

楼西想了想，解释道："可能是因为我在国外待过一段时间吧。但是这都不是重点，重点是我看英美剧都是'啃生肉'的。"

花千树面露不解："啃生肉？"

终于遇到花学霸不知道的事情了，楼西觉得自己有义务也有责任扩宽学霸的知识面，便给花千树解释："'啃生肉'的意思就是无字幕、没翻译，直接看。"

花千树点点头，觉得这确实是楼西英语听说好的原因，至于写这一块，花千树还得再琢磨一下，怎么在短时间内提高楼西的写作能力。

楼西看了看时间，快下午六点了，他站起来收拾书包："走吧，我请你吃饭，然后把你安全送回家。"

花千树想了想，说："饭就不吃了，我直接回家。"

楼西本来想说这怎么行，可是余光瞥到花千树的表情，到嘴边的话又被他吞了回去。

两人一同坐电梯，楼西突发奇想，要牺牲自己，逗花千树开心，便说："你知道以前初中，英语老师有多讨厌我吗？"

也不等花千树回复，他就开始说："那是相当讨厌了，因为我带偏了全班一半以上的人。"

楼西开始举例子："比如说老师让我翻译热水，我就说 gulugulu water。

"贵宾犬是 VIP dog。

"人山人海是 people mountain people sea。"

说着说着楼西自己先笑为敬，笑完了看着面无表情的花千树，说："花千树，我笑你不笑，我好尴尬啊。"

花千树转过头看着楼西，那眼神分明在说——这怕是个傻子吧？

"叮"的一声，电梯到了一楼，花千树先走出去，楼西跟在身后，走了几步，见楼西没跟上来，她转过身看他，就见楼西盯着酒店大堂的休息区，然后叫了一声："爸。"

楼万山已经在这里守株待兔很久了，小小年纪不学好，带着女生来"开房"？要不是酒店经理张友良安抚着，他怕是早就提着棍子上去了。

楼万山盯着自家不争气的儿子，沉声道："给我滚过来。"

楼西不知道楼万山发什么疯，慢悠悠地走过去，眼神恨恨地瞪了一眼打小报告的张友良，被楼万山骂道："看什么看！自己做了混账事，还不准别人给我汇报吗？"

其实楼万山也只是临时路过黛城，本来没有打算回来，在机场转机的时候刚好接到酒店经理张友良的电话，顿时火气就上来了，他让秘书推迟了行程，专程回来教训自家这个不成器，还到处祸害小姑娘的流氓儿子。

楼西一脸无辜的表情，最近他可是好好学习，天天向上，除了睡觉吃饭，就是背书做题，怎么就成了混账事？

"爸，你别随便给我扣帽子，我最近乖得不得了。"

楼万山觉得自己儿子这副嘴脸好油腻，他怎么就生出这么个浪荡子？他气得一下子站起来，张友良连忙替楼万山顺气。

他气势汹汹地说："你带着人家小姑娘来酒店，你还有脸了？"

楼西转头看了一眼花千树，不解地看着楼万山："是啊，我带着她来酒店怎么就没脸了？"

图书馆没位子了，找一个安静又舒适的学习环境有错吗？楼西根本不明白楼万山在这里生什么气？

楼万山觉得楼西这是死不悔改，抡起旁边的手杖就要朝他身上打，却没想到一个身影突然跑过来，单手握住了楼万山的手杖。

花千树看着楼万山，只说了三个字："别打他。"

楼万山纵横商场这些年，什么样的人没见过，面前这个小姑娘眼里蕴藏的东西竟然让他觉得有些熟悉，他看着她，没有表态。

花千树接着说："叔叔，我想你应该是误会了。"

楼万山看了一眼张友良，张友良识趣地离开，他重新坐下，拿出了在外面应酬的那种派头。

"说说看，怎么误会了？"

楼西脑子不灵光，没明白楼万山生气的原因，花千树却从只言片语中明白了楼万山所指的事情，于是她打开书包，用事实说话："我在给楼西补习英语。"

"你？"楼万山没立刻相信，他看着在自己面前站得笔直的小姑娘，说，"你和我儿子一样大吧？"

"没错，我是楼西的同桌。"花千树不卑不亢，"但是能力不是按年龄来估算的，我现在有能力给楼西补习。"

楼西被花千树护在身后，她的背影，就像五岁那年他的母亲送给他的超人。他听着花千树对他父亲说的每一句话，看着她拼命为他解释。忽然，楼西觉得心上被什么东西刺了一下，先是微微的刺痛，然后是无尽的柔软。

楼万山余光瞥了一眼自家正在吃软饭的儿子，心里骂了句：没出息，自己都不知道主动站出来解释一下吗？

楼万山沉声："我怎么相信你说的？"

花千树刚要开口，就被楼西抢了先。他将她拉到身后，护犊子的劲上来，对楼万山也没什么好口气："你爱信不信，不要把每个人都想得和你一样不堪。"

说完这句话，楼西拉着花千树就要走，却不知道空空的酒店大厅什么时候出来了十几个保镖，黑压压地站一排。楼西怒火中烧，转身就要和楼万山干架，却不想楼万山轻飘飘地来一句："既然是给我儿子补课，那就一起吃个饭，交流交流心得。"

楼万山私下已经让秘书向学校了解到情况，现在自然是相信花千树的，只是面对自家傻儿子恶意满满的眼神，他突然不知道要怎么开口了。

楼西的想法很简单，这分明就是楼万山给他和花千树准备的鸿门宴，他小声对花千树说："待会一有情况你就先跑，我来断后，我是他的亲儿子，他不会对我怎么样的。"

花千树转头看他一眼："好。"

Chapter 06
少年忽梦多情事

　　楼万山订的是一家火锅店，他本是寒门出生，这些年虽然发家致富了，但是骨子里还是喜欢最简单的东西，比起西餐，他更喜欢热腾腾的火锅。

　　火锅店是中式装修，古色古香，服务员们穿着旗袍，将他们引入一个包间。楼万山扫了一眼菜单，随手勾了几个菜就递给花千树："小同学，你来选吧。"

　　花千树接过菜单，扫到楼万山勾的那几个菜，不禁抬头看了一眼楼西，或许他们父子的关系并没有她想象的那么糟糕。

　　随便选了一些素菜和荤菜后，花千树将菜单递给服务员。服务员退了出去，包间里三个人相对无言。

　　楼西玩着自己面前的杯子，时不时抬头看看自己的同桌，然后又像一只发狠的哈士奇瞪着楼万山。

　　楼万山差点被自家儿子的傻样气到失态，他端起茶杯慢悠悠地喝了一口，然后问花千树："听口音，小同学不是黛城人吧？"

　　"嗯，我转学过来的。"

"到黛城多久了？"

"一个多月了。"

楼万山又问："还习惯吧？"

花千树答："习惯。"

旁边的楼西实在看不下去了，出口就是冲着自家老爹嚷："你和我同学尬聊什么，你不知道自己的年龄和我们有深不见底的代沟吗？"

楼万山脸一沉："你不堵我就皮痒，是不是？"

楼西"哼哼"一声，又低头玩杯子了。楼万山摇摇头，觉得自己养了一个丢脸的货。

这家火锅店上菜速度十分快，就这几句话的工夫，锅底和菜就上齐了。

楼西颇为绅士地将筷子从餐具里取出来，递给花千树："多吃点，反正不是咱们付钱。"

花千树笑了笑，接过筷子搅了搅油碟。火锅的香味钻进她的鼻腔里，像是有一只手，伸到胃里勾着她一般。诚如楼西所说，花千树这一顿吃了不少。

楼西也放开肚子大吃特吃，几杯饮料下去，没一会儿就跑厕所了。包间里只剩下花千树和楼万山两人，还有桌上火锅"咕噜咕噜"的沸腾声。

楼万山终于开口："小同学，我这个儿子什么水平，我比你清楚。以前我也给他请过不少家教老师，都是名师，可是一点效果也没有。虽然你是出于好心给楼西补习，但是在我看来，这不过是在耽误你自己的时间。"

花千树放下碗筷，看向楼万山："我不觉得是在浪费时间。"

楼万山依旧云淡风轻，一副商人做派，他往椅子上一靠，眼神里透着探究的意味："那你是喜欢我儿子吗？"

直白的质问，花千树先是愣了一下，然后笑了："楼叔叔，你希望我怎么回答？我回答喜欢，你是不是就要扔给我一些钱，让我离开你的儿子？或者我说不喜欢，你接着又要质问我是不是别有居心？楼叔叔，你是不是国产伦理剧看多了？"

顿了顿，花千树又说："该说的我已经说过了，给楼西补课我就当自己又复习巩固一次，并没有浪费时间，如果你还是不相信，那我们就期末考试成绩上见分晓，楼西没有你想象中的那么差。"

楼万山看着花千树，她怎么知道他曾经确实有过想给她一笔钱的念头？楼万山沉思，正想开口，上完厕所的楼西推门而入。

楼西在花千树旁边坐下，余光瞥向楼万山，小声问花千树："他有没有说什么奇怪的话？"

花千树笑了笑，都说"知子莫若父"，到了楼西和楼万山身上好像反过来似的，楼万山一点也不了解楼西，楼西倒是对他爸爸的做派了解得不得了。

"没有。"花千树轻声回答。

楼万山沉默地坐着，也不知道在想什么，过了好一会儿，他看着花千树，提议道："小同学，我聘请你当楼西的家庭教师吧？"

楼西一听，当场就被饮料呛得满脸通红，他一边咳嗽，一边说："你抽什么风啊？"

"可以，不过聘请我不便宜。"花千树淡淡地说。

楼万山看都不看抓狂的儿子一眼，只是和花千树谈："你开个价。"

"一小时一千，每周十二个小时，如果成绩有所提高，你得支付额外的奖励。"

千树说完，看向楼万山："怎么样，楼叔叔接受吗？"

本来这样的要价十分不合理，楼万山是个商人，会考虑风险，也在乎利益。这明显就是风险大利益少，怎么算都是吃亏的交易，却不想楼万山淡淡一笑，看着花千树说："成交，我就把我儿子交给你了。"

花千树微怔："楼叔叔你认真的？"

"那是自然，我从不开玩笑，"楼万山说，"明天我会派人过来和你签合同，还有什么条件你今晚回去想想。"

楼西一直插不上嘴，只能去拉花千树。花千树现在也有点蒙。她原本只是想提出不合理的条件，让楼万山打消这个念头，却没想到他直接就答应了，这就好像自己挖了一个坑，活生生地把自己给埋进去了。

花千树看着楼西不停地对自己说："别理他。"

楼万山却一点也不着急，好像是认定了这样的条件她不会拒绝。

过了好一会儿，花千树说："行，我会好好考虑的。"

楼万山叫了司机送两个孩子回去。楼西正在气头上，果断拒绝了楼万山的好意，拉着花千树转身就走。

司机看着自己的老板，又看看已经走远了的小老板，问："老板，要不要我开车追上去啊？"

楼万山意味不明地一笑："不用追，多给小年轻们一点空间。"

黛城入秋特别快，不到十月底，天气就转凉了。

楼西因为生气，一个人走在前头，起先还走得很快，后来慢慢就不快了，始终保持着和花千树四五步的距离。

花千树穿了一件粉色的卫衣，因为有些凉，所以她将帽子戴起来了。她双手插在卫衣前面的口袋里，目光落在前面少年单薄的背影上。

原来男生发脾气是这样的啊！一个人生闷气，怪可怜，也怪可爱的。

旁边的店铺亮了灯，灯光斑斓。和下班的路人擦肩而过，听着周围的喧嚣，花千树内心十分平静。路边有一个文具店，宋星语带花千树来过，是上周新开的，老板为了吸引小姑娘，在门口挂起了星星灯和各种干花，橱窗里是一整排的小猪佩琪。

花千树看了一眼楼西，本想喊他一声，后来想了想，自己进去买了一个笔记本，很快就出来。

楼西其实早已经不生气了，只是前面表现得好像有些过了，现在要他装作什么事也没有，继续和花千树笑嘻嘻，他也做不到，便只能保持高冷。他走一会儿，就假装不经意地回头，看看跟在身后的花千树还在不在，有时候会不小心对上她的眼神，有时候她低着头也不知道在想什么。

看着旁边的路人捧着热腾腾的奶茶，楼西想，这会儿她应该也手冷吧？他转头，身后哪儿还有花千树！

花千树以前上学独来独往，也没什么交心的朋友，更别提和朋友闹矛盾了。哄人的话她说不出口，但是如果送一个小礼物，对方应该知道她是在道歉吧？最后她选了一本封面是一棵大树的笔记本，简单，清爽，挺适合男生使用。

她刚结完账出来，就被冲过来的楼西拉住。由于楼西拉得急，花千树没站稳，跟跑了好几步。

楼西很生气："你跑哪儿去了？"他说话声很喘，就跟跑了八百米似的。

花千树站稳，仰头看着他："我去买点东西。"

看着她手里的东西，楼西竟然不知道说什么了。刚发现她不在的时候，他很慌，非常慌，脑海里有一个声音不停地告诉他：她走了，她不见了，她抛弃你了……那时候楼西只有一个念头——去找，找到她。

"那你为什么不告诉我？"

"你一直在走，我追不上。"

"你可以叫我的。"楼西说。

"大街上这么吵，我叫你，你能听得到？"

"能！"楼西毫不犹豫地说，"你只要叫我，我就能听得到。"

花千树笑了笑，把笔记本递给他。

楼西问："给我的？"

"嗯。"楼西正想伸手接，她突然将手收了回来，说，"我先给你放进书包里吧，回家再看。"

花千树转到楼西身后，将笔记本塞进去："好了，走吧。"

"等一下，"楼西说，"你站在这里等我一下。"

花千树不解地看着楼西。他跑进一家店，不一会儿，就提了一杯奶茶出来。

"给你，暖手的。"明明天气是冷的，楼西的脸颊却是红的。

花千树接过来，确实很暖和，她笑了笑："奶茶暖手，你好奢侈。"

楼西挠了挠头，看上去竟然有些不好意思。花千树瞅他一眼，问："你是不是有什么想问我？"

"你真的答应我爸，要给我当家庭老师吗？"楼西这话真的是憋了一晚上了。

他不知道楼万山在算计什么，但是肯定没有安什么好心。他很了解自己的父亲，亏本的买卖绝对不会做，虽然这个交易看上去对花千树有利，但是一定有什么是他没想到的，那是对于楼万山来说是绝对稳赚不赔的东西。

"你不愿意吗？"花千树不答反问。

"我愿意。"楼西当然愿意，只是他担心楼万山在后面憋坏招，"花千树，你不觉得我爸他像个坏人？"

花千树先是一愣，然后大笑起来。楼西很少见到她这样笑，他静静地看着她，等她笑完了，才听到她说："楼西，你真是太可爱了。"

刚刚花千树说了什么？楼西只觉得这短短的一句话像是裹了棉花糖的大白兔奶糖，连空气都带着奶香的味道。

他看着她，以前他觉得她身手好、脾气差，学习好、态度差。现在啊，他伸出手，轻轻地放在她的头上，说："你也很可爱。"

这天，回到家的楼西迟迟睡不着，他觉得身体里充满了能量，跑上几个一千五米都不成问题。他把花千树送的笔记本压在枕头下，睡之前又拿出来看了看，笔记本的扉页上，写了一句话：好好学习，天天向上，加油！

这一晚，楼西一夜好梦。

新的一周没什么不同，只是直到升旗仪式结束，花千树都没有看到莫小北。

宋星语一边偷偷吃着辣条，一边说："你不知道啊，小北去望舒市参加摄影比赛了，请了一周的假。"

"摄影比赛？"

花千树突然想到什么，问道："你看过小北的摄影作品吗？"

"看过啊。"宋星语躲在桌子底下，偷偷拿出手机，打开微信，"她以前在朋友圈发过，我给你找一找。"

"咦？奇怪，我记得明明发过啊，好像被她删掉了。"

"算了，你赶紧把手机收起来。"花千树若有所思，她想了想，问，"小北这个比赛我们可以看到吗？"

"好像不能。"宋星语记得当时莫小北没细说，只是大概给她说了一句下周请假参加比赛，具体情况她也不清楚。

距离上课还有几分钟，花千树去了厕所，在最后一个隔间，她拿出手机，给在望舒市的言乔发了消息。

"帮我打听一下，望舒市这周的摄影比赛。"

花千树的爸爸是搞艺术的，所以以前也有摄影方面的朋友来家里，那时候她认识了比她大几岁的言乔。言乔在摄影方面颇有天赋，所以时常被他的老师带在身边。

中午的时候，花千树收到了言乔的回信："有一场青少年摄影比赛。"

花千树立马回过去："帮我打听一个人，莫小北，十七岁，黛城人。"

那边没回消息了，直接一个电话打过来了。

花千树想也没想，直接挂断，发消息说："我在学校！"

"哦，忘了你现在是高三生。"

花千树能想象到言乔现在一定是笑着发过来这句话的。她时间不多，外面排队上厕所的人越来越多，她只能赶紧发消息："记得帮我查一下，我先上课了。"

自从花千树在体育课上大展风采后，每逢体育课，周毅杰都要来约花千树打篮球。

楼西护犊子似的将花千树护在身后："滚滚滚，自己打去，花老师要陪我学习。"

周毅杰单手顶着篮球耍酷，上次的比赛他确实没有过瘾，花千树路子野，他心里打着偷师学艺的算盘，结果每一次都被楼西挡住了。

周毅杰一副要和楼西干架的气势，他将手里的篮球扔给楼西，单手撑在课桌上，说："凭什么啊？人家花千树又不是你的私人老师，没义务天天陪着你学习吧。"

花千树接受楼万山的提议，做楼西家庭教师的事情，大家都不知道，两人也很有默契地谁都没有说，就好像这是属于他们两个人的小秘密。果然楼西贱贱地一笑，趁着周毅杰不注意，掀起他的衣服下摆，把篮球塞了进去。

周毅杰弹跳了起来，模样滑稽，引得班上的同学哈哈大笑。

周毅杰转头狠狠瞪着楼西，而楼小少爷靠在椅子上轻轻地摇啊摇，手里转动着自动铅笔，说："周毅杰，敢不敢和我单挑？"

"哇！"八班的同学们沸腾了。单挑王对上终结者，黛城一中的建校之战啊！

周毅杰一愣，目光不自觉地落到楼西的脚上，不确定地问："你玩真的？"

楼西眉毛一挑，歪头看向他，眼神里充满了挑衅："你看我像是在开玩笑吗？打不打，一句话，婆婆妈妈跟个小姑娘似的。"

周毅杰一咬牙："打就打，我是不会让着你的。"

楼西站起来，舒展了一下四肢，瞅了周毅杰一眼，贱兮兮地说："谁要你让！你就等着被我按在篮板上摩擦吧。"

"滚。"周毅杰想把楼西的脑袋装进篮筐里。

上完厕所回来的花千树正好看到被众人围着下楼的楼西，这人不是才和她说好，要利用这节体育课背完一单元的单词吗？

宋星语也喜欢凑热闹，连忙叫住还在教室的林蔚问："班长，他们干什么去啊？"刚才那架势，根本不像是上体育课，倒是像去打群架。

林蔚推了推眼镜，他本来也打算在教室做题，一直以来，他身为班长，什么都以身作则，做好榜样，可他也是一个青春期的男生，也是看《灌篮高手》长大的。他看了看宋星语，保持着面上的平静："你们也下去看看吧，楼西单挑周毅杰。"

言语间是掩饰不住的激动，说完，他也跟着大家去操场了。

宋星语转过头问花千树，询问道："你要去看吗？"她对篮球没什么兴趣，去不去对于她来说无关痛痒，所以她才征求花千树的意见。

花千树往自己座位走："不去。"

"好吧。"宋星语拿了自己的作业跑到后面，坐到楼西的座位上，"我陪你一起学习。"

数学竞赛的初赛时间已经定下来了，就在明年3月22日，所以时间对于花千树来说有些紧张。说来也奇怪，楼万山知道她要参加竞赛，竟然私下让秘书找了一个市里面的数学老师，给她提供免费辅导。花千树才不信世界上有天上掉馅饼的事情，她想也没有想就拒绝了，而且她也不需要辅导。

因为时常用到竞赛练习册，所以花千树把这本书放在课桌的右上角，她翻到最新的一页，里面夹了一张便利贴，上面写着："记得来看比赛哦，花老师。"

此时操场上传来了叫好声，想是比赛已经开始了，透过二楼教室的窗户，操场上的场景被树枝挡住，花千树看不真切。目光重新回到竞赛题上，她"唰唰"地做了五道题。

旁边的宋星语还在和一道几何题做斗争，不经意地转头，她看着已经做了好几道题的花千树，惊叹道："你是魔鬼吗？"

花千树微微一笑，继续埋头做题，好像在赶时间一样。

"算了，我没有见过你这么漂亮可爱的魔鬼。"宋星语自言自语，拿着量角器开始测量所求角的度数，这是她作为学渣最后的倔强。

大概过了五六分钟，花千树"啪"的一声合上竞赛练习册，说："走吧，我们去上体育课。"

"啊？"

宋星语抬起头，余光瞥了一眼花千树的练习册，问："你不做题了？"

"今天的任务已经完成了。"花千树站起来，顺手拉起宋星语，往教室门口走，"学习需要劳逸结合，当你想不出怎样解题的时候，需要出去呼吸新鲜空气，这样思路才会变得清晰。"

"那好，走吧，我们去操场呼吸新鲜空气。"宋星语很轻易就被花千树说服了，反正这种专门为学霸设计的题目，就算把她拆了回炉重造，她也做不出来。

花千树和宋星语走到操场才发现，除了他们八班的同学，一班的同学也在。宋星语扫了一眼，她就知道，许律那个魔鬼才不会浪费时间来上体育课呢，她放心地挽着花千树走到自己班的阵营。

篮球场上，楼西和周毅杰的比赛已经进入白热化了，双方比分咬得很死，一时间谁也没有更占优势。

宋星语戳了戳花千树的胳膊，给她科普黛城一中的八卦史："千树，你才转学过来，可能不知道，以前楼西也是校队的，因为打法太狠，被一中的人称为终结者。"

花千树显得很平静，没有过多吃惊，只是问："他现在怎么没在校队了？"

"是啊，这正是我想给你说的。"宋星语是土生土长的黛城人，从幼儿园开始就在黛城读书，后来小学、初中、高中，一路升上来，知道的事情不少，她回忆道，"应该是高一的时候吧，楼西作为校队的队长，带着我们学校的人出去打比赛，结果在赛场上被对手阴了，他的脚在比赛中受伤了。后来他休学了半年，听说是去国外养伤了，高二回来后，他就退了校队，也没怎么打篮球了。"

宋星语说着说着就流露出老母亲般的担忧，她撑着脸，看着比赛场上的楼西，问身边的人："千树，你说楼西的脚伤好了吗？"

赛场上的楼西神采飞扬，他正在运球躲过周毅杰的进攻。忽然，他一个假动作分散了周毅杰的注意力，趁着周毅杰侧身的瞬间，他一个快速的转身，侧身上篮，球进了！

周毅杰懊恼不已，楼西则是帅气无比。别人或许看不出来，但是真正懂球的人却能一眼看出，楼西现在已经有些勉强了，就连刚才那个看似漂亮的进球，也不过是他强撑下来的结果。

比赛暂停，周毅杰和楼西并肩走到休息区，周毅杰将矿泉水递给楼西："哎，要不要这么拼命？我可不想为你的后半生负责，输球又不丢脸。"

楼西仰头将矿泉水喝掉半瓶，然后甩了甩头发上的汗水："滚，谁要你负责！"

"切，我还不想负责呢！"周毅杰翻了一个白眼。

楼西贱兮兮地一笑，歪着头，抖着大长腿，说："周毅杰，你信不信，我就算瘸着一条腿也能轻轻松松盖你的帽。"挑衅的意味十足。

周毅杰真想一瓶水敲破楼西的脑袋，方才他已经感觉到了楼西动作的异样。高一那场事故发生时，他也在场，对方明显是商量好了的，比赛一开始便紧盯着楼西，不管楼西怎么改变战术，对方仍死缠不放，一有机会就狠下黑手。虽然事后对方被禁球三年，可是对楼西造成的伤害却是永远的。

周毅杰其实很佩服楼西，只是十八岁的男子汉怎么能这么矫情？虽然他嘴上总是和楼西吵个不停，但是这是他们之间的一种相处方式。

周毅杰说："行啊，你尽管放马过来，我也会拼尽全力的。"

休息结束，比赛正式开始，周毅杰一上场就势头凶猛，连着抢了两个球。

宋星语激动地扯着花千树的手臂晃："怎么办啊？千树，周毅杰这是吃了炫迈吗？"

花千树全程盯着楼西的脚，表情严肃。

"不行不行，这样下去不行。"

因为周毅杰连进两球，现在场上都是给他加油打气的。宋星语二话不说，拉着花千树站起来，拍了拍胸脯："我们给楼西加油打气。"

花千树以前都是在赛场上被别人加油打气的，从来没有试过给别人加油，她实在是有些难为情。宋星语瞅她一眼："千树，你跟着我学。"

说完，花千树就看到宋星语双手环作喇叭状，放到嘴边，然后朝着场上大喊："楼西楼西，勇夺第一。"

别看宋星语个子小，这一嗓子吼出去，赛场上就安静了几秒。她转头看着站在自己旁边发呆的花千树："快啊，千树，给楼西加油啊。"

花千树还是不习惯，宋星语一直在旁边催促她。最后，她学着宋星语的样子，喊了一句。

宋星语真是恨铁不成钢——原来学霸也有所不能的。她在旁边鼓励花千树："千树，大声一点。"

花千树又吼了一句。

"大声一点！"

"楼西加油！"

"再来！"

"楼西加油！"

"楼西加油！"

"楼西……加油！"

赛场上的楼西像是听到了花千树的呐喊，他嘴角漾起微笑，有一股能量似要冲破身体而出。然后如历史重演一般，周毅杰仿佛看到了高一时身为校队队长的楼西，连夺三球，次次三分，他很快就被楼西超过了。

"我去，你是魔鬼吗？"周毅杰一边挡球，一边吐槽。

"我是啊，这么帅的魔鬼，你小子没见过吧？"

汗水顺着楼西的两颊在下巴处聚成一滴，落入塑胶地面上，一瞬间就不见了。他眼睛里似乎燃起了一簇火，正熊熊地燃烧着。他说："周毅杰，睁大眼睛看好了，什么才是真正的魔鬼。"

接下来的几分钟，周毅杰才体会到为什么以前对手会给楼西起一个"终结者"的外号，因为他发起疯来，你根本毫无招架之力啊。周毅杰以为花千树的街头篮球已经够野了，没想到许久没打球的楼西，狂起来真的是六亲不认啊！

后半场周毅杰被虐得很惨，前半场的优势早就被楼西几个三分球扳平，现在周毅杰勉强挡球，就连宋星语都看出端倪了。

"千树，周毅杰是不是不想打了啊？"

花千树的目光追随着场上的楼西，比赛虽然没完，但是结果已经很明朗了，她拉着宋星语往人群外面走："周毅杰不是不想打，是打不动了。"

有时候，任你怎么顽强，如果对手是个疯子，你就毫无还手之力。

体育课还没有下课，两人从操场上走下来，宋星语觉得肚子有点饿，问花千树要不要去小卖部。

“你自己去吧，我想去一下医务室。”

于是，两人在教学楼前分开，花千树往左边走，去学校医务室，宋星语蹦蹦跳跳地往右边走，去了小卖部。

教学楼到小卖部有一条捷径，只不过要绕到教学楼后面，从小树林穿过去。这条路与其说是宋星语无意间发现的，倒不如说是她一个人偷偷摸摸踩出来的，反正现在成了一条路。

这条路上的树种得特别杂，好像是建校的时候剩了些树，没地方种了，便全部种到这边，长得也不错。如今入了秋，这边的树叶枯黄了，铺在路上像一条星光大道。

宋星语赶着往小卖铺跑，也没心思看风景了，却不想刚跑进去，就被人扯住了胳膊。那人目光清冷，面无表情，一双黑眸盯着她。

宋星语赶紧仰着脑袋四处张望一番，确认没人之后才对面前的人说：“许律，不是说好的，在学校我们要假装不认识？”

许律放开她，枯叶踩在脚下窸窣作响，他天性薄凉，声音也透着寒意：“放学等我。”

“为什么？”

许律没回答。接触到他的眼神后，宋星语也不想知道为什么了。

许律说完就走，宋星语不想这么容易就放过他，她像刚才他拉住她那样，拉住他。

许律淡淡地说：“放开。”

宋星语笑嘻嘻地放开，然后张开手，摊开粉嫩白皙的掌心，说：“给我点钱，我想吃零食。”

许律眉头一皱，最后还是从口袋里拿出五十元钱放到宋星语的手心，他难得好心提醒：“少吃垃圾食品，容易变笨。”

宋星语才懒得理他呢，就算她不吃垃圾食品，也聪明不过他啊。

楼西和周毅杰一同从男厕所出来，两人刚打完球，身上出了不少汗，在厕所简单用水擦了一下。

周毅杰百思不得其解："楼西，你后半场打兴奋剂了吧？不对，打兴奋剂也没你这么猛。"

楼西高深莫测地一笑，大白牙差点闪瞎周毅杰的眼睛："这大概就是学习的力量吧。"

周毅杰真的很想很想把面前这个赢了比赛还贱兮兮的人按在马桶上摩擦！

最后一节课是班会课，楼西回到教室，花千树正认真地刷竞赛题。因为天气转凉，她在蓝白色的校服里面加了一件白色的薄卫衣，她本来就皮肤白，在白色卫衣的映衬下，整个人似打了一层光，白得像个瓷娃娃。

楼西拉开椅子坐下，抬起胳膊闻了闻，确认没有汗臭味才凑到"瓷娃娃"旁边，眉眼弯弯地问："我的比赛看了吗？"

花千树听到这话，头都没抬，在书上继续写解题步骤："没看。"

"是吗？"楼西微微侧开身，拿出抽屉里的药，翻了翻，都是治疗脚部拉伤的。

他明知故问，脸像被后裔射中的小太阳："那……这是哪位贴心的小宝贝送的药啊？"

花千树眼角抽了抽，慢悠悠地转过头，签字笔被她按得"嗒嗒嗒"响，她用眼神威胁："楼西，你能不能闭嘴？"

"不行啊。"

楼西心情好，特别好，见花千树没有真的生气，反而脸上闪过一丝难为情，他就越发得寸进尺。

这些日子以来，楼西已经完全摸清楚了花千树的脾气，知道什么时候该退，什么时候该进，什么时候可以在言语上逗一逗她。

花千树气鼓鼓地瞪了他一会儿，最后拿出一把直尺放在地上："三八线，没有我的允许不准靠过来。"

楼西彻底被她逗笑了。花千树偶尔爹毛很可爱嘛，还三八线，又不是小学生。

放学之后，宋星语磨磨蹭蹭地说要等人，周毅杰现在也不想看到楼西那张脸，最后四人学习小组变成了两人一对一的辅导。

因为耽搁了一点时间，外面的奶茶店基本上都被其他人占领了，楼西想了想，提议道："去我家吧，反正你现在是我爸正大光明给我聘请的家庭教师。"

"你什么意思？以前给你辅导就是偷偷摸摸？"花千树问。

自从花千树和楼万山签了辅导合同，第二天她的账户里面就多了一笔钱。之后楼万山就跟失踪了似的，没有私下问过她楼西的学习情况，也没有派人来监督她给楼西辅导，完全就是给了钱，什么都不管。花千树最开始心里有些没底，她确实想不通楼万山为什么要这么做。

"不不不。"楼西连连摇头，过了一会儿才试探性地说，"要不然今天就算了吧，我自己回家看书就行。"

"不行，"花千树拿出班主任的架势，"今天原本的学习计划是给你辅导几何题，但是你去打篮球了，所以今晚必须要完成计划，不能拖到明天。明天等着你的还有函数题，明白了吗？"

楼西点点头，小眼神无处安放："明白了。"

"明白就明白，你不能正常点吗？你那是什么眼神？"

"觉得你好看的眼神。"

花千树警惕地看着楼西，过了一会儿，神秘兮兮地问："楼西，你是不是早恋了？"

楼西先是睁大了眼睛，然后傲娇地偏过头："我才不会早恋。"

花千树看着表面佯装平静，耳朵已经红了的少年，故意逗他："不要说得这么绝对，你看看你都害羞了，证明你心里面其实是向往的，是不是？"

楼西捂着耳朵往前走："不听不听，我才不向往，我才没害羞。"

"没害羞，你跑什么？"花千树追上去，从后面扯住他的校服，绕到他面前，歪着头说，"说说呗，是哪家小姑娘，姐姐帮你去问问？"

有一次花千树去杨晓风办公室交表，刚好看到楼西已经填好的表格，上面的出生年月都有，比花千树小，所以后来楼西一跟她皮，她就喜欢在他面前自称姐姐。

"什么小姑娘啊？你不要胡说。"楼西真的很难为情了，他还这么小，早什么恋啊？他只想好好学习，天天向上。

"是不是星语啊？"花千树并不打算放过他，"还是我们的文艺委员？学习委员也不错的。"

花千树一副要给楼西牵线搭桥的模样，楼西越看越生气，最后索性直接伸手把她说个不停的嘴给捂住了。

"花千树，你别说了，谁都不是。"

姑娘家的脸又白又凉，楼西愣了一下，盯着花千树露在外面的大眼睛，后半句话被他直接吞回肚子里面了。

花千树趁机咬了他一口，挣脱出来后，反手就把楼西的双手给锁住了，她有些微微喘气，说："楼西，你差点闷死我。"

此时两人靠得极近，楼西仿佛能感受到她的心跳。花千树放在女生中不算矮，可是在他面前就矮了一大截。他十分好奇，当初这个身板是怎么轻轻松松就把他过肩摔了？是他太弱了，还是她基因突变了？

两人打打闹闹，追来追去，没一会儿楼西就满头大汗。花千树也好不到哪里去，虽然没有像楼西出这么多汗，但是她已经感觉到了背部黏黏的。

楼西去便利店买水，花千树去买纸巾，两人一起进去，女孩子选择的时间永远比男孩子长，楼西早早就选好了水，在收银台结账。

这家便利店开在这边挺久了，楼西和店员也混眼熟了，他朝楼西挤了挤眼，问："女朋友啊？"

楼西赶紧捂住他的嘴，快速转头朝花千树看了一眼，说："别胡说，那是我的辅导老师。"

店员一副"你哄鬼"的表情，明明都穿着同样的校服。店员朝楼西暧昧一笑，一副完全了解的表情。

楼西保持微笑，喝口水压压惊，千万不能让花千树看出端倪。

花千树最后选了一款无香型的纸巾，付了钱之后拆开，随手塞了一包给楼西："擦擦你的汗吧。"

店员笑眯眯地看着，心里感叹着，年轻真好啊。

楼万山此人讲究排面，所以住宅也是无敌豪华型的。楼西一般不住这里，住在这里总是让他有一种住进泰姬陵的感觉。

花千树第一次来的时候，也被这金灿灿的外表给震慑住了。楼万山上辈子莫不是汉武帝，执念未了，跑到现代给阿娇盖了一座金屋？都说女儿是爸爸上辈子的情人，那儿子就是爸爸上辈子的冤家……

花千树的想象力插上了翅膀，差点就对着楼西脱口而出："楼阿娇。"

而且这房子不仅外表浮夸，里面也是一言难尽。楼西已经见怪不怪，他爸爸自从做生意赚了钱，这审美水平就是暴发户戴金链子，俗里俗气的。

楼西带着花千树进了自己的卧室，那是他最后的倔强。当初他冒着被赶出家门的危险，硬生生地把卧室的装修风格改了，不然按照楼万山的意思，楼西都能想象出来，绝对会让他徜徉在金色的海洋里。

楼西拿出数学书和一本《王后雄》，在桌子上摊开，颇有些大义凛然的意味："来吧，我已经准备好了。"

花千树将《王后雄》默默抽走，翻开数学书，对楼西说："少年，咱们不要太自信，还是从基础开始吧。"

一旦开始学习，楼西就安静下来。他静静地听着花千树讲题，遇到不懂的，他会等花千树讲完了，然后仔细询问。以前楼万山给他请过不少辅导老师,但是没有一个人能让他静下心来学习,后来他想了想,或许这就是主动学习和被动学习的区别吧。

主动学习的楼西仿佛被打通了任督二脉,以前连题目都看不懂的几何题,现在他也可以做出来前面两个题目了。等到他把课本上的练习题做完,花千树将《王后雄》还给他:"折起的地方我勾了三道题,解法是今天讲过的知识点或者变形,解出来了,明天奖励你一包大白兔奶糖。"

楼西眨了眨眼,问她:"真的吗?"

"我不骗小孩子。"

楼西笑眯眯,趴在桌子上跟花千树撒娇:"我才不是小孩子。"

花千树一边收拾东西,一边说:"你比我小,在我眼里就是小孩子。"

花千树甚至觉得楼西跟阿肥差不多,虽然蠢萌,但是非常忠诚,对朋友也特别有义气,他安静看着你时,你可以很清楚地感受到他眼睛里的忠诚。

时间不早了,楼西坚持要送花千树回家。花千树阻止不了他的热情,只能各退一步,最后楼西答应将她送到小区外。

一场秋雨一场寒,上周连着下了三天的雨,气温又降了好几度,楼西和花千树将卫衣的帽子盖在头上,外面套着校服,并肩走着,画面清新而美好。

"花千树,我爸给你发工资了吗?"楼西突然问。

"怎么,没给的话,你要给我补上吗?"

"行啊,不过要钱没有,要狗有一只。"

花千树摇摇头:"阿肥我养不起。"

"谁说那条狗是阿肥了?"

楼西低笑了一声,忽然向前大跨了一步,挡在花千树面前,等到她抬头看他时,他才笑嘻嘻地微微弯下腰,将脸凑到花千树面前,眨了眨眼睛，露出满口的大白牙。

"是我这条单身狗啊。"

"你啊……"花千树拖长了音，伸手拍了拍楼西的肩膀，十分配合地说，"可以考虑。"

楼西微微怔了一下，傻傻地看着面前明眸皓齿的花千树。

花千树伸手在楼西面前晃了晃，笑着问他："傻了？"

楼西站直了，不去看身边的人，挠了挠头，假装看向远处："天气真冷啊。"

真是不经逗啊。

楼西的家和花千树的家相隔一条街，再穿过一条巷子，拐出来就到了。在小区门口，楼西看着花千树进去。花千树走了几步，突然听到身后有人叫她。

楼西还站在路灯底下，暖黄色的灯光在他头顶开出一朵灿烂的花，他站得笔直，双手插在校服口袋里，眼神灼灼，语气异常认真、坚定："期末考试，我一定不会让你失望的。"

"好啊，我相信你。"

"我一定会让袁老师给阿肥道歉。"

"嗯，我支持你。"

明明想说的话还有很多，楼西却什么也说不出来了。

花千树笑着走到他的面前，对他说："考试完了，我们去看看阿肥吧。"

楼西微微一顿："好，到时候多买点肉，阿肥肯定饿瘦了。"

"楼西。"

"嗯？"

"高考结束了，你回答我一个问题好不好？"

"好。"

花千树笑了："你都不好奇我会问你什么吗？"

灯光将两人罩住，他们像是披上了黄金战甲，不管遇到什么事情都可以勇往直前。

楼西说："你问什么我都回答。"

花千树微愣，盯着楼西看了半晌，随后慢慢绽开一个暖暖的微笑。她从校服口袋里摸出一颗大白兔奶糖："乖，奖励你的。"

楼西的掌心里躺着一颗大白兔，虽然还未拆开，但他已经感觉到满心的甜了。

Chapter 07
少年今朝思无涯

这栋单元楼虽然是老房子，但户型偏大，贵在清静。

花千树如往常一样，拿出钥匙开门，她已经习惯了每次回家开门的瞬间被黑暗包围。这么多年，其实她和楼西的处境很相似，父母尚在，却总是孤身一人。

她将钥匙插进锁孔里，在旋转之前，门从里面打开了。

"傻站着干什么？进来吧。"花易安说完转身往屋里走。花千树愣了一瞬，才慢吞吞地走进屋。

不怪花千树一副见了鬼的表情，开门的瞬间，她还以为家里进了贼，没料到是花易安突然回来了。

花易安坐在沙发上，他转头看向在门口换鞋的花千树。才几个月不见，他总觉得女儿又瘦了一圈，就跟营养不良似的。

难道是学习压力太大了？

他拿起遥控器将电视关掉，问："高三学习很辛苦吗？"

花千树换好鞋，把书包放在玄关处，余光瞥见了茶几上烟灰缸里的烟头。

"还行，高三都那样吧。"

花易安点点头，他虽然照管女儿的时间不多，但是在学习上花千树从来不让人操心，她说还行，就是真的可以。

关心完学习，花易安又问了她的生活情况。一问一答，都是一些琐碎的问题，很快两人就安静了下来。

父女俩很少聊天，日常候也就这几句话，花千树看了看花易安，她不清楚他为什么回来，但应该是发生了什么事，而且这件事很大概率上和他的画作有关，不然他也不会抽烟解愁了。

"爸爸，没什么事的话，我先回卧室写作业了。"花千树站起来。

花易安摆摆手，点头同意。等到身后传来关门声，他拿出烟，又开始一根接着一根地抽起来。

花千树回到卧室便把自己摔进床里，她摸出手机看了看，有三个未接电话，都是言乔打过来的。言乔知道她平时都在学校，所以没什么重要的事情不会给她打电话，想来是让他打听的事情有了结果，于是花千树给他回了过去。

电话很快接通，男声清透，带着笑意，他开口调侃："哇，消失人口终于回电话了。"

花千树从床上坐起来，走到书桌前坐下，淡淡地说："刚才在外面。"

"这么晚还在外面，这可不像高三学生。"言乔开始大胆猜测，"花千树，你该不会是谈恋爱了吧？"

言乔什么都好，就是一颗八卦之心让人招架不住。花千树这些年早就见怪不怪了，她强行把话题转移回来，问："拜托你的事情怎么样了？"

莫小北参加的那个摄影比赛，言乔刚好是评委，他前一秒刚接完了花千树的电话，下一秒就在赛场上遇到了莫小北。以他这个专业人士的眼光来看，莫小北的摄影水平还是不错的，在众多参赛作品之中，还算比较有个人特色。干这一行，努力很重要，天赋更重要。

"确实有你说的那个人。我看过她的作品，挺有天赋的孩子。怎么，她是你朋友？"言乔问。

花千树曾经以为两个人会是朋友，但是有些人就是注定不能成为朋友。她思考片刻后，问："你可以把她的参赛作品给我看一下吗？"

"不行，"言乔当场打消了花千树的念头，他说，"比赛有规定，结果出来之前，不能向外泄露参赛作品。"

"比赛结束之后呢？"

"那当然没有问题。"到那个时候，获奖的作品会被拿出来宣传，所以即使给花千树看，也不存在什么问题。

花千树和言乔达成了一致。反正她也不急在这一时半会，等比赛结果出来，也就是一两周的事情。

言乔和花千树已经许久未见了。之前言乔一直跟着他的老师到各地采风，每到一个地方，他都会将拍好的照片发给花千树看，非要得到花千树的一句夸奖才肯罢休。他明明比花千树大了好几岁，有时候却像个小孩子一样幼稚。言家父母不止一次向花易安表示，希望两家结亲。可是言乔拿花千树当兄弟，花千树拿言乔当大哥，两个人之间只有友情，没有爱情。

言乔拉着花千树东扯西扯地讲了些有的没的，半天没讲到重点上。

花千树和言乔相识多年，就他的那点心思，她闭着眼都知道，她故意说："言乔，我要去学习了，你还有什么要给我说的吗？"

言乔夸张地"啊"了一声："快十一点了，你还要学习啊？"

"高三生的世界你不懂，挂了。"说着，花千树将手机拿远了些，就听到言乔"呀呀呀"地喊，她又把手机贴回耳边。

言乔顿了顿，才说："千树，我听老师说，你爸爸工作室的画都被彤姨卖了。"

言乔口中的彤姨全名张彤，以前是花易安的助理。花易安和花千树生母符一涵离婚后，张彤就想着法子想要成为花千树的后妈。说到这个张彤，以前花千树也被她伪善的外表所骗，以为她真的是比自己母亲还要懂花易安的人。后来她才知道，这个世界上没有谁能懂花易安，张彤所表现出来的懂，只不过是为了自己的利益不择手段而已。

花易安意志消沉的那段时间，所有的画都由张彤管着。如今言乔说张彤把花易安的画卖了，她一点也不吃惊，因为这是张彤会做出来的事情。

花千树一直没说话，言乔以为她是心里难受，便使出浑身解数，安慰的话说个不停。

"言乔，我不难过。"花千树的语气异常平静，她盯着纯白的天花板，"就算张彤把我爸给卖了，那也是他自作自受。"

言乔其实想问，你爸没了经济来源，你吃穿住行，还有上学怎么办？话都到嘴边了，他才想起来，没了爸爸，不是还有妈妈吗？符一涵拍一部电影的钱好像也不比花易安卖一幅画的钱少啊。

挂了言乔的电话，花千树去洗了个澡。再去客厅接水的时候，花易安还是维持着刚才的姿势坐在沙发上，面前的烟缸里，烟头又多了一些。

花千树换了一个杯子，接了水端到花易安面前。他好像在想什么，没有注意到坐到旁边的花千树。

她把水推到他面前，轻声叫了句"爸爸"，花易安才猛地回过神，摁灭了烟头，对花千树笑了笑："学习完了？"

花千树压根就没看书，和言乔打了电话就洗澡去了。不过她在花易安面前的形象该维持的还是要维持，便说："嗯，学习完了。"

花易安非常欣慰，心里似乎也没有这么烦闷了。他拿起遥控器，打开电视，说："千树，陪爸爸看一会儿电视吧。"

花千树来不及阻止，花易安已经打开了电视。电视上正在播放一部电视剧，宫廷剧，大制作，主演之一就是符一涵。

果不其然，一转场，符一涵饰演的长公主就出场了。

花千树还没有来得及听到长公主说话，花易安就关了电视。

当初花易安和符一涵不是和平离婚的，那时候花千树很小，只记得父母离婚那天，两人争吵得十分激烈，花易安失手将符一涵推倒，符一涵没站稳，一不小心撞到了沙发上。

之后很长一段时间，花易安颓废不振，符一涵也消失得无影无踪，花千树便被送到奶奶家生活了很长一段时间，长到她从小学生变成了高中生。

父女俩相对无言，花易安的表情讳莫如深，似乎在酝酿什么。花千树无所谓，这些年符一涵虽然没有来看过她，但是钱从来没有断过，只是花千树从来没有告诉花易安而已。

等了许久，花易安也没有说话，只是又开始一根一根地抽烟。

花千树突然觉得很没劲。她看向花易安，记忆里这个男人无所不能，此时的他却多了好多白发。

人都会老去，但那些恩恩怨怨总是让人无法释怀。

"爸爸，我记得我小时候有一次不小心把颜料打翻在了你的画上，然后你特别生气，随手就拿起画笔打我。"说这些话的时候，花千树很平静，就好像在诉说别人的故事，而她是置身事外的人。

花易安有些出神，不知道在想什么，眉头微微拧着，好像是在回忆花千树所说的这件事情。

花千树顿了顿，然后盯着花易安，一字一句地说："我不过是弄脏了你的画，你就狠狠地打我，张彤卖了你的画，你却什么也不说。"

迎着花易安震惊的目光，花千树自嘲地笑，说："爸爸，你好偏心啊。"

第二天一早，楼西等在小区门口，花千树刚下楼，他就提着早饭凑了上来。

"花老师，孝敬您的。"

楼西昨晚应该睡得不错，加上少年人的精气神，今早似乎格外耀眼，就连头发丝都是充满活力的。花千树收回自己的目光，接过早餐，和楼西并肩往公交车站走。

"花老师，我昨晚记住了两个单元的单词，消灭了五道数学大题，背了一整本近代史，还有……"

楼西侧过脸看着身边正在吃早餐的少女，她的腮帮子因为咬合的动作一鼓一鼓的，样子有些可爱，像他见过的一种叫豚鼠的动物。

"还有什么？"见楼西迟迟未说话，只是盯着她看，花千树忍不住问道。

"还有我梦到你了。"楼西回忆着梦中的内容，嘴角抑制不住地上扬，他说，"我梦到我们两个考上了同一所大学，然后依旧是同桌！"

花千树笑着看了他一眼，她曾经去言乔的学校逛过，知道大学是什么样子，所以花千树毫不留情地打破了楼西美好的幻想。

"大学可没有同桌，说不定因为选的课不一样，都不在一个教室上课。而且，你怎么保证我们就是一个专业呢？"

"啊？"

少年人哪里藏得住什么心思？心里所想都明明白白地写在脸上。

楼西失望地说："那多没意思啊，我还想一直做你的同桌呢。那样到了大学，你就可以一直辅导我了。"

花千树看着缓缓驶来的公交车，一边从书包里掏零钱，一边微微侧头对楼西说："所以，少年，好好珍惜和我同桌的时光吧，以后说不定就没机会了。"

那时候他们都还不知道，相聚的时光是多么珍贵，说不定哪一天就会被迫分离，从此各奔东西，天涯陌路。而以后再回忆起这段青春时光，你或许会发现，那个她或者他，只是你漫长生命中一个短暂同行的路人。

新的一周因为下雨而取消了升旗仪式。

天色灰蒙蒙的，淅淅沥沥的小雨渐渐转大，教学楼开着白炽灯，伴着早读声，学生们开始了新的一天。

莫小北已经从望舒市比赛回来，因为落了一周的课程，下课和休息的时间她都在座位补这些天落下的笔记和重点。

花千树和宋星语冒着大雨去了一趟小卖铺，回到教室，两个人头发和衣服都被打湿了。宋星语拍了拍身上和头发上的雨水，然后将面包放到莫小北桌上："小北，你的面包。"

花千树抽了几张纸给宋星语擦头发，莫小北转过身，仰头看着宋星语，轻声问："星语，我的牛奶呢？"

"啊？"宋星语一脸疑惑，记忆瞬间卡带，"你让我给你带牛奶了吗？"

"不好意思啊，我给忘了。"宋星语指了指莫小北的杯子，真诚地建议道，"你要是觉得面包太干了，可以喝水。"

如果说宋星语天真可爱傻乎乎，那么莫小北截然相反。她说话温声细语，大多数时候是安静地待着，就连生气发脾气，声音也是端着，让人听不出异样。

她说："喝水多没营养啊，高三学习这么紧张，消耗很大的。"

宋星语的心眼比天大，压根没察觉到莫小北话里的意思。花千树却在一旁看得清楚，她从桌子里拿了自己的牛奶给莫小北。

"你喝我的吧。"

"那怎么行？"莫小北愣了一下，然后开始推托。

"没关系，我还有一盒。"

剩下的一盒是楼西的，他最近总是嚷着自己胖了，零食小吃都往花千树的桌子里面塞，头几次花千树原封不动地还回去了，结果第二天又原封不动地出现在她的桌子里。后来，她也就随楼西去了。

他表达好感的方式很简单，就是把所有他认为好的东西送给她。

"谢谢啊。"莫小北将牛奶拿走。

花千树趁此机会状似无意地问:"小北,听说你去望舒市参加摄影比赛了,结果怎么样啊?"

莫小北拿住牛奶的手一顿,随后微微一笑,目光从宋星语脸上掠过,说:"你别听星语瞎说,也不是什么正规比赛,我就是去凑凑热闹。"

能把言乔邀请过去当评委的摄影比赛,含金量自是不用说,如今莫小北却将这个比赛说得如此无足轻重,花千树也不戳破,笑了笑没再说话。既然莫小北有意隐藏,那么就等言乔将她参加比赛的作品发过来,一对比,就知道举报自己和楼西的人是不是莫小北了。

宋星语擦干了头发,正打算坐在楼西的位子上和花千树聊聊最近她发现的一部少女动漫,刚拉开凳子,一个身影抢先一步坐了下来。

楼西朝后仰头,笑着对宋星语说:"谢谢啦。"

还能怎么办?宋星语只能选择回自己专属位子去了。她心想,总有一天,她会用成绩夺回这个曾经属于自己的位子。

楼西刚从外面回来,也不知道和周毅杰跑到哪里鬼混了,身上带着一股子冷冽的气息,头发也打湿了。他很自然地把手伸进花千树的抽屉,连扯了几张纸,随意在头上胡乱一擦就完事了。

莫小北还没有转过身,她正在喝花千树送的牛奶,看着楼西这一通操作,温声地问:"楼西,我有手帕,你要不要啊?"

楼西闻言懒懒地抬了一下眼皮子,目光却直接落到了那盒牛奶上。

"不需要。"楼西回答得简洁,似乎是想到什么,又看了看那盒牛奶。

莫小北又转头看向花千树,她询问道:"千树,能不能把你的地理笔记本借我看看?上周请假,老师新讲的例题我都没做笔记。"

"小北,我的笔记……"

后半句花千树还没说出来,楼西就不耐烦地把笔记本往桌上一扔,冷冷地说："她的笔记本我要用！你找别人借吧。"

这突如其来的愤怒和不耐烦是怎么回事？

楼西这一扔，直接把对面的莫小北扔懵了。以前楼西虽然总是喜欢闯祸，但是对待同学都是笑嘻嘻的，从来没这样凶过谁。

莫小北几乎是红着眼转过去的，整整一天，都没有再转过来。青春期的女孩子比同龄的男生早熟，他们还在无限犯二的时候，她们已经开始懵懂地心动了。

花千树忽然之间有了一个大胆的想法，莫小北或许对楼西不单单是同学这么简单。凭良心讲，撇开楼西犯二的属性，光是看脸，他也算得上是校草级别。所以，有女孩子喜欢，也不奇怪。

晚自习后雨势依旧不减，考虑到安全问题，"复仇者联盟"学习小组取消了一起学习的计划，各回各家。

宋星语没带伞，要和花千树一起走，结果刚钻进伞里，就被身后一股力量给扯了出来。

宋星语看清楚拉她的人是楼西，要不是他比她高，她想撸起袖子揍人！在教室不让她找花千树聊天，放学还不让她和花千树一起走，这，这分明就是恶霸的行为，简直天理难容！

"楼西，她是我的好姐妹。"宋星语试图和楼西同学讲道理，然后委屈巴巴地看着花千树，希望她能给自己撑腰。

花千树点点头，小步往宋星语那边靠。宋星语见此，脸上一喜。她就知道，自己在花千树心里是最重要的。

"宋星语，她是我的好老师加好同桌加好邻居。"这一回合，楼西秒杀宋星语。

他一把抓住花千树的胳膊，将人拉到身边，还顺道接过她手里的伞撑着，颇为好心地为宋星语谋了后路："你可以蹭一下周毅杰的大伞。"

慢吞吞下楼的周毅杰被六只眼睛同时盯着，莫名有点慌。

"你们这么看着我干什么啊？莫不是在这阴雨天的烘托下，我更加风流倜傥了。"周毅杰慌是慌，但是丝毫挡不住他骚！

"你闭嘴吧！赶紧趁着天公作美，关心关心同班同学！"

楼大少爷说完就拉着花千树走了，留下宋星语和周毅杰相对无言。

周毅杰的刚是在男生面前，在宋星语面前，他也害羞，甚至有些扭捏。平时他都是往男生堆里凑，他鲜少和女生打交道。

"你家在哪儿啊？我先送你。"

宋星语和周毅杰算不上太熟悉，只是最近因为学习小组的缘故，见面和说话的机会多了。这会儿同学都走得差不多了，她也别无选择，只能先点点头道谢，然后说："我家比较远，你送我到外面公交车站吧。"

"好，"周毅杰将伞微微举高了一点，向宋星语发出邀请，"进来吧。"

宋星语紧了紧书包带子，低头就往伞里面钻。忽然，背后又出现一股神秘力量将她扯了出来。饶是她脾气再好，这样接二连三地被人扯出来，她也是要生气的！

"你是不是……"

"有病"两个字还没有骂出口，宋星语就撞进了许律幽深的目光里。

周毅杰虽然是学渣，但"年级第一"这号人物他还是有所耳闻的。他看着宋星语像一只小鸡崽一样被许律拎着而毫无还手之力，作为同班男同学的他，这个时候必须挺身而出。

"那个，许律是吧？你先放开她。"

周毅杰往前走了一步，抬手想将宋星语从学霸的魔爪中解救出来，却被许律一个冷冰冰的眼神唬住。周毅杰一愣，伸出去的手不知道怎么就收了回来。

宋星语知道许律这是生气了，连忙对周毅杰说："你先走吧，我跟他一起走。"

周毅杰一脸的难以置信。学霸和学渣同行，他替宋星语的人身安全感到担心，而且他们那种学习好、家世好的人怎么会和差生一起玩？

周毅杰担忧地看着宋星语："你还是和我一起走，至少我们是同班同学。"

"我是她的哥哥。"

许律突然出声，一个"哥哥"，堵住了周毅杰的嘴。

宋星语被许律压到伞下，她有点害怕生气不说话的许律，其实是因为小时候，有一次宋星语调皮，惹恼了他，他便将她关了小黑屋，导致她至今仍有心理阴影。

至于哥哥……宋星语敢怒不敢言，他许律算哪门子哥哥？有哥哥会将妹妹抵在浴室的玻璃上吗？

而另一边，和花千树同行的楼小少爷也是一反常态。一路走下来，他没说一句话，安安静静地走着，很明显在昭告世人——我生气了，快点来哄我，你不哄我，我就不说话。

习惯了平时话痨属性的楼西，这样安安静静的楼西倒是让花千树总觉得有哪儿不对。

"你和我闹什么啊？"

两个人本就挨得近，胳膊擦着胳膊。花千树一开口，就听到头顶传来一声轻哼，还哼得十分傲娇。

花千树微微仰起头，侧着眼睛看他："而且你为什么对人家莫小北这么凶？上课的时候我看到你认真记了地理笔记，为什么撒谎说要用我的笔记本啊？"

这段时间，楼西的努力花千树看在眼里，他非常认真，每堂课的笔记比自己记得还多。虽然第一次月考他成绩依旧垫底，但是在月考之后的每一次随堂小测试，他都有进步。这样的进步，不单单是体现

125

在直观的分数上，还体现在他的解题步骤和解题思路上。

有时候花千树路过杨晓风的办公室，总能听见某一科的科任老师在杨晓风面前表扬楼西。

每每听到这样的话，花千树总有一种"自己的儿子终于出人头地"的感觉。

如今已是十一月初，虽然黛城入冬慢，但是入夜之后温度骤降，冷得不得了，加上又是下雨天，就更冻人了。

"那是因为她……"楼西看着花千树，说话间偶有白气哈出来。半晌，他才扭扭捏捏地说，"她喝了我给你的牛奶。"

说完，楼西就将头扭了过去。

花千树抬眼看去，正好看到他微微泛红的耳朵，也不知道是羞红的，还是冻红的。原来是因为这个和她闹别扭啊！

"楼西，你给我的那份在我书包里，今天给小北的牛奶是我的。"花千树耐心地解释。

可楼西并不太满意她的说法，嘀咕道："你的还不是我买的！"

闹脾气的男孩子果然不好哄。

花千树从前是个酷酷的高冷女孩，没怎么和男孩子相处过。言乔虽然和她相熟，但是人家从来没和她红过脸、吵过架，所以也不存在闹脾气一说。独独楼西，在花千树这里成了特例。明明和她差不多的年龄，却经常像个需要用糖哄一哄才会好的小孩子。

"好吧，把你给我的牛奶给了别人，是我不对，我真诚地向楼西同学认错！为了表示我的歉意，我邀请你去吃关东煮，赏脸吗？小楼总！"

楼西轻哼一声，装作很勉强的样子答应了。他余光瞄了几眼花千树，见她脸上挂着笑，也就放心了。他以前觉得网上那些攻略都是骗人的，如今他就随便这么一实践，发现效果居然非常好。

两人各自端了一碗关东煮坐在橱窗边吃。花千树从小在望舒市长大，那地方湿气大，空气潮，人们普遍喜欢吃辣椒，所以花千树也是从小爱吃辣。楼西就一丁点辣都不行，他一沾辣，就整张脸冒汗，所以，他吃了一碗清汤寡水的关东煮。

"你真的不要尝试一下红汤吗？你不想体会一下欲仙欲死的感觉吗？"花千树用眼神指了指自己的关东煮，怂恿楼西勇敢地挑战自己。

楼西摇摇头，坚决不看不听，虽然鼻子已经被那味儿给勾住了，但是他还是坚守着自己的底线。

"清汤美容养颜，我爱清汤。"

"红汤排汗祛湿，促进人体新陈代谢。"花千树卖力地推荐。

"不要，我宁愿毒死，也不吃辣。"楼西赶紧往嘴里塞了一颗鱼丸。

花千树悠悠地叹了一口气，望着窗外，故作深沉："那怎么办，我喜欢吃辣，你不喜欢，以后一起吃饭，是不是还要点两份？"

她微微一顿，看向他，慢慢说："你不觉得浪费吗？"

少女的两颊微微泛红，眸子映着街边五颜六色的霓虹灯光，光怪陆离中似乎筑建了一个秘密世界，睫毛是镶嵌在眼睛上的翅膀，扑扇两下，好似扇出了一阵清风。

清风吹拂到楼西的心上，有点凉。他怔了一会儿，似乎看呆了，半晌才将目光移到橱窗外人来人往的街道上，慢悠悠地说："浪费啊。"

天啊，他觉得哈士奇阿肥、小泰迪乐乐弱爆了，女孩子才是这个世界上最可爱的生物。

十八岁的楼西，终于有了想把一个花千树永远养在身边的强烈愿望！

"那，尝一下？"花千树夹了一颗楼西最爱吃的鱼丸，在他面前晃了两下，看向他的眼睛亮晶晶的。

楼西咽了咽口水，眼睛盯着那颗沾满红油的鱼丸，做出最大的让步。

"就一小口。"

说完，他小心翼翼地靠近，又害怕花千树恶作剧，在他张嘴的时候将整颗鱼丸塞进他嘴里，所以他拉住花千树的手腕，就着她的手，慢慢凑上去，轻轻地咬了一小口。

花千树眨了眨眼睛，满脸关切地看着他："怎么样，是不是开启了新世界的大门？"

楼西说不出话，脸越来越红，好似下一秒张嘴就要喷火，他捏紧了拳头，憋出一个字："水！"

花千树赶紧跑到货架上拿了一瓶矿泉水给他。楼西拧开瓶盖，飞快地喝了一大口。他觉得嘴巴里快要炸了，可是这水根本不解辣。

这是什么魔鬼辣、变态辣！他在心里咆哮，感觉自己快要变身成为一条喷火龙了。

看着已经被辣出眼泪的楼西，花千树赶紧从书包里摸出大白兔奶糖："给你，奶糖。"

花千树没想到楼西这么不能吃辣，就这一点辣，对她来说简直连调味剂都算不上。她有些歉意地盯着楼西："对不起啊。"

奶糖在嘴里融化开，渐渐压制住了辣意。楼西擦了擦额头和鼻尖的汗，看着花千树一脸歉意地盯着自己，他也没多想，本能似的伸手轻轻地拍了拍她的头，安慰道："你道什么歉？是我自己嘴馋要吃的。"

花千树摇摇头："是我强行引诱你吃的。"

"那也是我自己抵挡不住诱惑。我要是意志坚定，就不会吃。"

"不是，是我……"

"好啦！"

花千树还没有说完，就被楼西强行打断。他看着她的眼睛，双手扶着她的肩，声音中带着诱哄的意味，他在她耳边，低声说："你别和我犟了。"

其实花千树说得对，他们已经约好了一起考大学，说不定以后还要一起工作，那两个人肯定会经常一起吃饭，要是因为口味不同而吵架，岂不是很冤？

楼西已过了变声期，声音不似少年那般脆，多了些属于成年男子的低沉和质感，就这样柔柔地哄着花千树，带着大白兔奶糖的甜香，诱人上瘾。

自从父母离婚，花千树被人哄着的时候少之又少，受了委屈，她只能压在心里。后来长大了一些，她学习泰拳，学习跆拳道，学习篮球，学习滑板，不过是为了找一个方式释放常年积压在心里的不甘和委屈罢了。

原来，被人哄着，是这样的感觉啊。

一直以强势面孔示人的花千树第一次选择了妥协，她慢慢低下头，重重地"嗯"了一声，那些隐藏在眼眶里的水光像是涨潮般，汹涌而来，又忽然退却。

两人结账的时候，楼西特意去零食区挑选了一包辣条和一包泡椒凤爪，美其名曰要锻炼自己吃辣的能力。

花千树想到刚才他被辣得流泪的情景，颇为担忧地说："你别逞强，不能吃辣不丢人。"

"我刚才认真想了想，觉得你有句话说得不错。"楼西提着袋子和花千树往便利店外面走，边走边说，"以后我们会经常一起吃饭，还是提早统一口味比较好。"

楼西走了几步，发现花千树没有跟上来。他停下来，转过身看，她还站在原地，蓝白色的校服穿在她身上，让她显得非常单薄。

他又退回去，凑到她跟前，微微侧着头问她："怎么不走了？"

"你刚才是什么意思？"花千树抬起头看他，似乎想从他的表情里看出点其他的东西，"你想以后都和我一起吃饭吗？"

楼西单纯又简单，没有体会到花千树这句话里的深意，想什么就是什么，于是回答道："当然啊，我想和你一起吃饭。"

"你知道什么人才能经常和我一起吃饭吗？"花千树又问。

"同桌？"楼西想了想说。

"不是。"

"朋友？"

"不是。"

"学霸？"

花千树还是摇了摇头。

"那到底是什么啊？"楼西看着走在自己前面的姑娘。

花千树笑着转过身，倒退着走："你自己好好想，什么时候想明白了，我就答应和你一起吃饭。"

"行，你可不许反悔。"

"那是当然，绝不反悔。"少女的声音掷地有声，充满了力量。

楼西笑着看她，因为刚下了雨，地上积起了小水洼，他提醒道："你小心点，看着路。"

"没事。"

话音刚落，花千树就撞着一个人，她转身道歉，却看见了花易安那张颓废的毫无生气的脸。

"爸爸？"花千树有些诧异，"你怎么在这里？"

花易安是出来买酒的。他今天下午在电话里和张彤吵了一架，张彤又哭又闹，还言语威胁，花易安怒摔了电话。他心情烦闷，便想借酒消愁。

花千树刚问完，就看到了花易安提着的几瓶小白酒，她脸色一下就垮了下来。这些年花易安基本上不再动笔作画，不是因为外界传的江郎才尽，而是因为长年酗酒，他的手已经抖到再也拿不起画笔，还怎么继续创作？！

明明她小时候，花易安不是这样的。那时候，她的爸爸像一颗明珠，在哪儿都是耀眼的存在，而不是像现在这样，躲在老式居民楼，靠着酗酒抽烟度日，把那些上天赐予他的才华和能力都糟踏掉了。

花易安却将目光落到了楼西身上。他仔细打量着面前的少年，长得倒是可以，就是不知道人品怎么样。

花易安是开明的人，以前和符一涵也是很早就开始谈恋爱了，所以，他不会阻止两人交朋友，但前提是，对方是值得依靠的人。

楼西被花易安盯得有些紧张，他手垂在身侧，下意识地摩擦着裤边。花千树傻站着，也不帮忙介绍，他便只能自己硬着头皮对着花易安一阵傻笑。

"叔叔，你好，我是花千树的同桌，楼西。"

姓楼？花易安倒是认识一个姓楼的，典型的人傻钱多，明明不懂艺术，非要充当行家买他的画，被他拒绝多次，却不想最后画还是被张彤背着他，全部卖给了此人。

"这么晚了，你和我女儿在这里干什么？"当爹的还是要拿出当爹的架势。

面对花易安的这一番质问，楼西只能朝花千树挤眼睛。

"他住在香樟大道，我们顺路，就过来吃东西。"

花千树简单解释了几句，又对楼西说："你先走吧。"

楼西却一点不上道，主动提议道："要不我先送你和叔叔回去？"

花千树睨了他一眼，暗示他："我跟我爸回家，你送哪门子？"

"千树，既然你这个小同学这么坚持，那就邀请他去我们家坐坐，反正时间还早。"

花易安说着，便将自己装酒的袋子递给楼西："来，帮叔叔提一下。"

楼西这个不上道的，最后真的跟着花易安到了花千树家里做客。

花家和楼家装修风格迥异，一个是金碧辉煌，一个是稳重典雅，倒是十分符合花易安这个艺术家的风格。

花千树洗了水果招待楼西，刚想提醒他离她爸爸远一点，花易安就过来把人叫走了。花千树索性眼不见心不烦，上楼洗澡去了。

等到她洗好了下楼，楼西竟然和花易安划起了拳，喝起了酒。

花千树简直恨铁不成钢——这个楼西，怎么一点危机意识都没有！小小年纪不学好，敢跟着一个中年大叔喝酒？

"爸爸，楼西他还未成年！"花千树上前就夺走了楼西的酒杯，并且狠狠地瞪了他好几眼。

花易安看着自己的女儿，果然小女孩长成了大女孩了，再过几年，也要嫁人了。

"爸爸！"

花千树见花易安光看着她不说话，便又叫了一声。楼西不懂事就算了，为什么自己的爸爸一把年纪也没有轻重，竟然带着小孩子喝酒？！

"别担心，喝之前我问过了，小伙子今天刚好满十八岁，所以不是未成年了。"

花易安好不容找到一个酒友，怎么能轻易放手？况且这个孩子还挺逗的，虽然傻里傻气，但是个真诚的人。

"今天？"花千树看向抱着自己胳膊已经飘飘欲仙的楼西，拍了拍他的脸，问他，"今天是你生日？"

楼西觉得脸颊发热，花千树的胳膊刚好是冰凉的，他整张脸贴上去，还蹭了几下。

"今天不是我生日，我不过生日。"

两个酒鬼的话，花千树选择谁也不相信。她扶起楼西，对花易安说："爸爸，他是我同学，明天还要上学，你不能让他陪你喝酒。你要是想喝酒，你可以去找成年人陪你，还可以去酒吧。"

花易安笑了笑，轻晃酒杯，里面晶莹的液体晃了晃，他抬眼看着自己的女儿："千树，你喜欢这小子吧？"

不知道为什么，在街上看到楼西和花千树的那一刻，他想起了很多往事，也想起了往事里的那个人。

那时候，他也青春懵懂，在一次元旦会演中，对同年级的一个女生一见钟情，多方打听，才知道那个女孩子是另外一个班的文娱委员。后来，花易安便对那个女孩展开了猛烈的追求，最终追到了梦寐以求的女神，这个人就是花千树的妈妈——符一涵，如今娱乐圈实力派女星。不过，两人却没有走到最后，花千树很小的时候，两人就协议离婚，从此，越走越远。

　　花千树静静地看着花易安，等待着他的下文。

　　"懵懂的感情固然美好，可是它像温室里的花朵，一丁点风吹雨打就会要了它的命。"花易安神色晦暗，指间的烟慢慢燃烧着，又说，"我希望你不要把它想得太过美好，不然到头来，你会无比失望。"

　　空旷的客厅里，花千树冷笑了一声："爸爸，我不是妈妈，楼西也不是你，我们未来怎么样，我们会自己负责。"

　　"至少，我一定会过得比你好。"花千树说完也不看花易安的表情，扶着楼西上楼了，独留花易安一个人陷在回忆里黯然神伤。

　　家里虽然比不上楼西家的小别墅，但是多余的房间还是有的，床单被套平时都换着，现在可以直接躺下。

　　花千树不指望楼西能自己爬到浴室洗漱，她取了新毛巾给他擦了擦脸，少年却抓着她的手不放。

　　"楼西，你放开我。"

　　少年嘟囔着，又抓紧了一些。

　　"不放。"

　　"真的不放？"

　　"不放。"

　　"楼西，这一次，是你先抓住我的，也是你不放手的。"

　　床头开着一盏暖黄色的台灯，柔和的灯光落在屋里，祥和又温暖。花千树看着床上的楼西，抬手轻轻沿着他的眉眼勾勒。

　　她说："以后，没有我的允许，你死也不能放手，知道了吗？"

过了会儿，楼西才喃喃呓语："知道了，妈妈。"

花千树内心十分惆怅：我拿你当朋友，你却拿我当妈？！

第二天醒来，楼西震惊了，他全身上下竟然只有一条内裤，他自己的衣服不翼而飞了。短短几秒钟，他就脑补出了一场暗夜失身的悲惨戏码，直到门外传来一阵敲门声，他的思绪才被拉了回来。

花易安一早起来就出门锻炼，吃了早饭才慢悠悠地回来了，一身运动服，比昨晚看起来精神多了。明明昨晚还是一个看起来饱经风霜、十分有故事的颓废大叔，现在换一身衣服就可以直接冒充小青年出去蹦迪了。

楼西赶紧端端正正地坐好，把自己最懂事、最礼貌的一面展现出来。

"叔叔早。"

话音刚落，因为他起身的姿势，身上的被子缓缓滑下，露出了小黄鸡的内裤。

花易安难得地被逗笑了，他倚在门边，目光往楼西身上瞥："小同学还挺有童心的嘛。"

楼西又羞又尬，抓着被子盖住自己，觉得自己太丢脸了，他小声音说："叔叔，我的衣服……"

"啊，你的衣服！"花易安一副恍然大悟的表情，"昨晚半夜你又吐又闹，衣服都弄脏了，千树嫌你恶心，就把衣服都扔了。"

昨晚竟然如此劲爆？还好花千树只是觉得恶心，扔了他的衣服，没有愤怒到给他过肩摔，已经很仁慈了。

"叔叔，那我可以借一下你的衣服吗？"楼西睁着水汪汪的大眼睛看着花易安，感觉要是不给他，下一秒他就要抱着花易安的大腿叫"爸爸"了。

花易安立马回屋找了几件衣服扔给他，并且提醒道："都是今年的流行款，绝对衬托你的气质。"

穿上之后，楼西觉得自己瞬间成熟了十岁。这怕是中老年龄层的流行款吧？

他拉好拉链，想了想，还是忍不住问："叔叔，昨晚是谁给我脱衣服的啊？"

"这屋里昨晚就我和千树，你以为呢？"

花易安饶有兴致地看着胡思乱想的少年，就楼西这样的小屁孩，那点心思他还不知道？

"不会是……"楼西不敢想，万一被花千树看了不该看的，她长针眼怎么办？

"不会是谁？当然是我给你脱的。"花易安捏了捏楼西的胳膊，笑得别有深意，"别看你长得清瘦，我差点都按不住，就怕邻居投诉我半夜杀猪。"

这一刻，单纯的楼小少爷终于明白，原来嘴毒是可以遗传的！

十八岁的青春无敌美少年穿成一个落魄中年大叔，这样子的他肯定不会先去学校接受全体同学的注目，而是回家换衣服。等他收拾好再去学校的时候，刚好到午饭点。

教室里空无一人，他将打包好的奶茶悄悄塞进花千树的抽屉里，然后拿出历史书，开始复习知识点。

半个小时后，陆续有吃完午饭的同学回来，花千树、宋星语和周毅杰三人一同从后门进来。楼西的目光落在周毅杰身上，十分嫌弃地说："你怎么和她们一起？"

"有什么不可以吗？"

周毅杰压根不懂楼西问这个问题的意义何在，他是"复仇者联盟"学习小组的成员之一，又跟花千树她们是同班同学，一起吃个饭很正常啊。况且他们还可以一边吃饭，一边讨论学习，简直一举两得。

楼西咬牙切齿，他才不想说自己是出于嫉妒，于是瞪了一眼周毅杰，揶揄道："你平时不都和你的球友一起吃饭吗？"

周毅杰一副看傻子的表情看着楼西，反问得理所应当："和他们一起吃饭能提高成绩吗？"

不等楼西回答，周毅杰自己先说："当然不能啊，所以我当然选择和千树、星语一起吃饭啦。"

千树？星语？

楼西瞪着周毅杰，觉得面前这人什么都不缺，就是缺打。他咬牙问："什么时候这样叫人了？"

周毅杰贱兮兮地拍拍楼西的肩膀，说："就在你'因故缺席'的这个上午啊，我和千树、星语的友谊直线攀升。"

楼西狠狠地瞪着周毅杰，嘴里挤出几个字："你欠揍吧？"

黛城一中门口的银杏树黄了又落，如今光秃秃的，只剩下枝干。天气越来越冷，距离上次的国庆小长假已经过去快两个月了。

十一月的月考取消，和半期考试一起进行。上周五班会，杨晓风已经将半期考试的时间通知下来，就在十一月底，也就是下周的周三。还是老样子，考三天，且成绩计入档案。

因为这次考试是一诊前的一次综合考试，学校和家长都十分重视，时间安排下来之后，各班班主任都联系科任老师加强对学生们学习的强度，力求大家在半期考试中能稳定发挥，考出自己的真实水平。

这也是检验楼西、宋星语和周毅杰这段时间学习成果的时候，虽然三人在平时的随堂小测试有很大的进步，但在正式的综合考试中能达到什么水平还未可知。

杨晓风通知了半期考试的时间后，花千树组织了"复仇者联盟"学习小组进行了一次座谈会，就即将来临的半期考试，大家各自发表感言，主题不限，畅所欲言。

花千树看向有些心不在焉的宋星语："星语，你先说。"

"啊，我先说啊？"星语现在满脑子都是下课时在去小卖部的路上偶遇许律的事。许律黑着脸叫她半期考试好好考，考好了有奖励，考差了有惩罚。

她这会还有些恍惚，突然被花千树点到，她想了想，说："我争取进步十名吧。虽然这段时间千树帮助了我很多，但是我脑子笨，我怕在考场上一紧张就什么都忘记了。"

"宋星语，你这太保守了吧？"周毅杰觉得这段时间在花千树的帮助下，他不仅看懂了以前觉得是天书的方程式，而且还可以解出数学大题的第一个问题，这是他以前想都不敢想的事情！

周毅杰一拍桌子，十分大胆地预估："我起码进步二十名，以我现在的聪明才智，绝对是绰绰有余。"

"你呢？"花千树看向楼西。

楼西敞着长腿坐着，自信地笑了："周毅杰都夸下海口要进步二十名了，我自然不能落后，那就保守估计进步三十名吧。"

"行。"花千树点点头，总结道，"学习是一个循序渐进的过程，半期考试结束公布成绩和排名时，无论你们有没有实现这个目标，只要在以前的基础上提高了，那你们这段时间的努力就没有白费。"

最后，花千树将手背伸出来，对大家说："那我们就一起努力，争取半期考试取得理想的好成绩。"

通过一段时间的狠抓基础，楼西现在基础扎实了不少，课堂上没少受到表扬，特别是历史老师。自从上次楼西闹出了"'五四'运动的导火索是'五一'只放三天假"的笑话，历史老师就特别关照楼西。

上午的数学随堂考，楼西轻松地解出了两道题。花千树担忧楼西有点成绩就沾沾自喜，每次随堂考后都会找几道竞赛基础题给他做，让他深刻地体会到，学习是一件十分残酷的事情。

下午最后一节课，班主任杨晓风拿了一块小黑板过来，黑板上用粉笔写着数字"200"。她将小黑板挂在教室前的饮水机上方，对大家说："当这个数字变成'0'的时候，就是高考了。现在只剩两百天了，过了就没有了，所以该怎么复习，我就不多说了。希望在高三最后的这段时间里，你们的成绩对得起你们的付出。"

说完，杨晓风将修改小黑板上数字的任务交给班长，并将班会改成自习课。她则在讲台上坐镇，如果需要她解答问题，可以上去找她。

现在楼西已经不需要花千树给他布置学习任务了，他已经逐渐有了自己的学习思路。花千树见他在做英语阅读理解，也拿出自己的竞赛题开始做。

或许是杨晓风的倒计时小黑板起了作用，这节班会课大家十分认真，看书的看书，做题的做题，正如教室后面的标语那样，"提高一分，干掉千人"，大家也在为分数努力着。

下课之后，林蔚过来找花千树去外面说点事情。花千树便放下手中的笔，跟着林蔚出去了。

楼西专心写完了英语阅读，一抬头，目光和隔了三排的周毅杰对上。楼西一看到周毅杰就觉得不开心，正想着瞪回去，却忽然想到什么，马上变脸，朝周毅杰招了招手，不怀好意地笑。

"你过来一下。"

楼西的样子，一看就没安好心，周毅杰朝楼西吐了吐舌头，转过头和前桌的女同学"打情骂俏"去了。

楼西心里生气，起身过去，亲自将周毅杰绑过来按在自己的位子上："我问你，谁可以经常和另外一个人一起吃饭？"

"朋友，同学？"周毅杰被问得满头问号。

"不对。"

"那你总得告诉我是男的，还是女的吧？"

"女的。"

"女的啊——"周毅杰像是想到了什么，暧昧地盯着楼西，将他拉到自己身边，神秘兮兮地在他耳边说，"如果是女孩子，能经常和她一起吃饭的，要么是闺密，要么……"

"要么是谁？"楼西问。

周毅杰故意卖关子，停了一会儿，才说："要么啊，就是男朋友和老公。"

"男朋友和老公？！"楼西赶紧捂住周毅杰的嘴。他想都不敢想的，却被周毅杰这么大大方方地说了出来！

他小声威胁周毅杰："你不许胡说。"

周毅杰差点被楼西捂得背过气，好不容易从楼西的魔爪中挣扎出来，他喘了几口气，朝楼西吼道："你神经病啊，我差点被你送去见我爷爷！"

"喜欢就去表白啊，想当人家男朋友就去说啊。都是成年人了，不要这么畏畏缩缩。早恋不是罪，那是上帝对青春期最美好的馈赠！"周毅杰一口气说完，才发现，教室里安静得出奇，以他多年的经验，直觉不妙。

果然，他一转头就对上刘主任冰冷的眼神："你们两个，跟我出来！"

楼西和周毅杰被刘主任叫去了德育处，这是从阿肥咬了刘主任之后，楼西再一次和他面对面交锋。

刘主任"爱情杀手"的名号，在黛城一中是响当当的存在。教书育人多年，被他拆散的小情侣可以出一本书了，书名就叫作"论刘英超手底下的苦命鸳鸯"。

周毅杰率先认错，他非常识时务，没必要和刘主任过不去。

"刘主任，我知错了，不应该在公共场合胡说八道，扰乱同学们躁动不安的心。为了表示我诚恳的认错态度，我愿意主动写一千字检讨和打扫男厕所一周。"

周毅杰这一招先发制人十分好用，刘主任明显一愣，他准备好的一大段教育人的话还没说出口，周毅杰这错就认了，罚也罚了。

楼西也不甘落后，马上就要半期考试了，他不想节外生枝。周毅杰刚说完，他就接上，态度比周毅杰还诚恳："我也认错，我不应该在下课时间闲聊，更不应该在教室当着全班同学们的面闲聊，我主动请求和周毅杰同学一起打扫男厕所一周。"

现在的学生，认错态度都这么好吗？

刘主任憋了一肚子话，现在却只能摆摆手："既然周毅杰先提出打扫男厕所，那楼西你就打扫旁边的女厕所吧。"

楼西觉得刘主任怕不是还记恨着阿肥咬他的那一口。

周毅杰憋着笑走出刘主任的办公室，忍不住拍了拍楼西的肩膀，假惺惺地安慰道："兄弟，刘主任送福利，你别不知道好歹，我长这么大，还没见过女厕所长什么样呢。"

楼西毫不留情地将周毅杰的爪子拍下去，朝他翻了个白眼，不留情面地说："你想去，我可以无私地让给你，到时候别说哥哥不懂得分享。"

周毅杰可没有兴趣去参观女厕所，想也不想就拒绝了："女厕所的秘密就留给你去慢慢探索了，我还是坚守在男厕所吧。"

两人走了几步，周毅杰斜着眼看了看楼西，忽然凑近问："楼西，我俩认识这么久了，你给我透个底，你是不是想做花千树的男朋友？"

楼西冷冷地看他一眼，嘴角勾起一抹冷笑："想知道？叫爸爸。"

周毅杰八卦起来没节操，别说"爸爸"，"爷爷"他都可以叫。

"爸爸，楼爸爸。"

"乖啊，"楼西贱贱一笑，对他说，"你听好了，我不想做花千树的男朋友，但是我可以考虑做你的爸爸。"

"滚吧你！"周毅杰一听就知道自己被楼西戏弄了，白白地叫了他一声"爸爸"。

两人打打闹闹地下楼，刚到楼梯口，周毅杰就被站在楼道边的花千树吓个正着。花千树冷着一张脸，眼睛直勾勾地盯着他们，怪吓人的。

楼西从后面追上来，见周毅杰傻站在那里，准备一个饿狼扑食挂在他背上，然后和花千树冷冰冰的眼神对上了。

"玩得挺开心啊，半期考试是有信心考第一名了是吧？"花千树说完，转身就走，显然是生气了。

刚才林蔚叫她出去，问她有没有填好贫困申请补助表，花千树向他解释了自己不需要，然后和宋星语上厕所去了。没想到刚从厕所出来，就听到楼西在楼梯口说出的那句话。

宋星语也气呼呼地看着楼西，替花千树感到不值："楼西，你刚才太过分了，我们千树才不稀罕你当她男朋友呢！"

周毅杰甩开扒在自己背上的楼西，幸灾乐祸地说："你完蛋了，刚才的话花千树肯定听到了，你自己想想怎么挽回吧。别怪哥没提醒你啊，宁可得罪阎王，也别惹恼女人。"

他刚刚说啥了啊？刚刚不就是和周毅杰开个玩笑吗？楼西想不通。

楼西回到教室里，花千树在看地理，平时难得瞧见她看竞赛题之外的书，楼西拉开自己的椅子坐下，先观察了一下她的脸色，才上前搭话："看地理啊，我正好有一个知识点不太懂，你可不可以给我讲讲？"

花千树头都没抬，只是移了移椅子，坐进去了些。这摆明了是拒绝，楼西刚才那招已经不管用了。

楼西打小妈妈就离开了，和女孩子相处得也少，这生气的女孩子该怎么哄，他是毫无头绪。关键是他现在根本不知道花千树在生什么气，难道是因为他说他不想做她的男朋友？

楼西自认为就自己这样的，成绩不好，也没什么特长，除了一张脸，没什么可以拿出手的。如果他自己是女孩子，选对象也不会选自己这样子的。所以，这不是好事吗？为什么花千树会生气呢？

下午的课，不管楼西变着花样说什么，花千树都不正眼看他一眼，直接对他开启了屏蔽模式。

一下午，楼西整个人快快的，周毅杰约他下课打球，他摆摆手："哥想静静。"

周毅杰恨不得一巴掌扇在楼西头上，让他清醒一下。你看，静静不就在你旁边坐着吗？

晚上九点半，下课铃准时响起。平时花千树会一边收拾东西一边等楼西，今天她完全没有这个意思，铃声一响，她抓起书包就往外走，眼神没有在楼西身上停留半分。

楼西连忙叫了她几声。花千树头也不回，很快就消失在教室门口。楼西慌了，赶紧随便抓了几本书塞进书包里，拔腿就追。结果刚跑出校门口，他就听到一个熟悉的声音。

"楼西，你跑那么快干吗？"车门打开，从车上下来一个年轻又漂亮的女人，长发披肩，穿着一套连体的小黑裙，衬得皮肤白里透红。

两人似乎很熟悉，女人很亲昵地揉了揉楼西的头发，然后一勾手臂将人带进怀里。楼西只是抬眼对她说了什么，就见那个女人躬身从车里抱出一只泰迪。泰迪狗似乎也认识楼西，一个劲地朝他身上蹭来蹭去。没一会儿，楼西就坐上那辆车走了。

花千树没有走远，这一幕她看得清楚。以前言乔也喜欢和她这么闹来闹去，后来长大一些了，两人之间虽然还是打闹，但是不会再有如此亲密的肢体接触。

那个女人长得很漂亮，和她这种没有发育成熟的高中生不一样，那女人身材很好，浑身上下散发着魅力。

宋星语虽然成绩不行，在某些方面却是小小年纪颇有建树，她伸出手轻轻挽着花千树，安慰道："千树，你别生气，那说不定是楼西的后妈。"

后妈？就楼西那狗脾气，能和后妈这么相处才有鬼呢！

花千树冷冷一笑，反正日子还长着，这些账先记下了，以后有的是时间让楼西哭。

发生这样的事情，宋星语担心花千树一个人躲起来难过，便陪着她走了一段路，两人又去文具店买笔和本子。全程花千树的兴致不高，宋星语想安慰，却又不知道怎么开口。

宋星语想了想，提议："千树，我们去喝奶茶吧。今天听小北说，北新路那边新开了一家奶茶店，老板特别帅，长得像吴彦祖和彭于晏的结合体。"

花千树看了看时间，距离十二点还有一个小时。她答应花易安今天送他一程。虽然这些年花易安萎靡不振，连画笔都拿不起，但是他曾经的实力不容置疑。花千树也一直相信，只要花易安可以克服困难，重新拿起画笔不是不可能的事情，所以花千树建议他先去国外接受心理治疗和手部治疗，然后戒烟戒酒。

"星语，我晚上还有其他事，奶茶我们下次去喝吧。"这一次花易安离开，少则一年，多则更久，花千树还是想回去送送他。

宋星语本想借喝奶茶分散一下花千树的注意力，既然花千树这么说了，她也不再勉强。两人在文具店逗留了一会儿，花千树卡着时间先走了，宋星语又选了好几支可爱的兔子头、胡萝卜头、皮卡丘头的中性笔，正准备付款，就有一个简约的笔记本先一步放到收银台上。

宋星语侧头去看，就听见许律说："一起结账。"

宋星语不是第一次占许律的便宜，对于许律主动付款，她还挺乐意的。两人结完账出来，宋星语将兔子头的中性笔送给许律："今天又让你破费了，这个送给你吧。"

宋星语本来就长得软萌可欺，声音也是软软的。许律眉头一皱，颇为嫌弃，但是没有阻止宋星语将笔放进他的书包。

"走吧。"许律走在前面。

"去哪儿呀？那不是回家的方向。"

宋星语追上去，由于跑得太急，轻轻撞了一下许律，鼻尖都是他身上清冽的淡香，像香水，又不太像，反正很好闻。

"北新路，喝奶茶。"许律说话向来简单，好像多说一个字就要他的命似的。

宋星语觉得奇怪，好端端喝什么奶茶？她停下来，看着许律清瘦的背影，许久才憋出一句："我不想去，我想回家复习功课。"

一般宋星语用"复习功课"这条理由，许律就不会勉强她，但是这次许律竟然直接动手，提着她衣服帽子上的耳朵把她揪到了自己面前。

"刚才你不是想喝吗？"

宋星语想了想，原来那时候他就在文具店，也听到了自己和花千树的对话。

"但是你上周才说我胖了。"这话说出来，多少有些控诉的意味。

许律看着她，半晌才说："但我喜欢。"

宋星语耳根一下子就红了。

什么呀？说话也不说清楚，谁知道你说的喜欢是喜欢喝奶茶，还是喜欢别的呀！不过宋星语也没多问，反正只要许律坚持的事情，最后妥协的都是她。

"那好吧，我们去喝奶茶，但是你请客。"宋星语捂了捂口袋，"妈妈说要是半期考试没考好，后面半学期一分零花钱也不给我了，所以我要省点。"

"嗯。"许律向来话少，只有和宋星语在一起的时候会多说一些，他问，"上次给你说的事情办好了吗？"

许律指的是补课的事。

宋星语已经和花千树说了，她不是退出"复仇者联盟"学习小组，只是暂时缺席，等许律获得保送资格之后，她就可以摆脱许魔王的魔爪了。

"说好了。"宋星语挨着许律走，声音很轻，"可是这样会不会不太好呀？我学习差，理解能力也不好，会耽误你学习时间的。况且叔叔和阿姨都不在，我晚上去你家里，不太好。"

"不太好什么？"许律看着身边比自己矮了半个头的人，"你都睡过我的床了。"

"许律！"宋星语瞪着他，可是声音还是软，没有威慑力，半天就憋出一个名字。宋星语说不出口，这种事情，怎么能随便说出来呢？

"你放心，年级第一不是白来的。"许律说。

"那等我考好了，我就向我妈妈申请涨零花钱。"

"阿姨不会同意的。"这话是许律说的。

宋星语转头看他，虽然很不想承认，但是论起来，许律倒像是宋星语妈妈的亲生儿子。

她叹气："那怎么办呀？"

原本宋星语只是随便感叹一句，不承想许律竟然很认真地接话了："用我的，我花不完。"

Chapter 08
少年壮志锋芒露

花千树回家的时候花易安正在卧室收拾行李，其实也没什么东西要收拾的，只是多年来养成的习惯，不管走到哪里，花易安总会把画具带在身边。

花千树站在卧室门口，没说话，就静静地看着花易安将画纸仔细包好了，然后放进行李箱。

屋里只开了一盏壁灯，暖黄色的灯光温柔地铺散开，就像小时候。那时花易安和符一涵还没有离婚，那天是她的生日，花易安买了草莓味的生日蛋糕，那时候的烛光也如现在的灯光一样温柔。

"千树，"花易安垂眼，神色平静，他的目光落在画笔上，手指轻轻地抚摸，"我年轻的时候以为这是自己的命，眼里也只看得见它，却忽略了身边的人。"

花易安和符一涵相识早，那时候花易安眼里只有符一涵，每天嘘寒问暖，想着法子逗符一涵开心，所以大学毕业之后，两人顺理成章结婚了。那时花易安已经是艺术界小有名气的新锐画家，符一涵却只是个初入娱乐圈，不温不火的女演员。

两人的关系也是在这个时候，开始变得奇怪。

符一涵一直以为自己嫁给了爱情，结果没过几年，她才发现自己是嫁给了悲剧。最后，她受不了花易安因为工作冷落家庭，冷落自己，选择了离婚。

符一涵打算复出，带着花千树绝对是个麻烦，况且那个时候，她没有多少存款，也没有能力养活一个孩子，所以离婚时，她没有争取花千树的抚养权。最开始，她会每个月回来看看孩子，后来随着名气越来越大，符一涵渐渐就不来了。至今，也没人知道符一涵还有一个女儿。

花易安很少感慨，也几乎不会和花千树说这样的话。花千树愣了一下，抬头盯着花易安，这才发现他两鬓间似乎多了白发。

是什么时候？明明前几天都没有。

花易安弯着腰站着，可能是维持这个姿势太久了，起来的时候晃了一下，花千树下意识就冲上前扶住他："爸爸，小心。"

花易安愣了一下，然后笑了，拍了拍花千树扶着自己的手，说："不碍事，年纪大了就是这样。"

花千树鼻子有点酸，她放开花易安，坐到沙发上。看着他忙碌的身影，她想起了小时候，奶奶送她去找爸爸。那时候花易安正值事业顶峰，顾不上自己这个小女儿，就把她放在椅子上，自己则忘情地画画，等到他想起来身边还有个女儿的时候，花千树已经趴在桌子上睡着了。

那时候，她觉得自己的爸爸是神仙一样的人物，可以在空白的纸上画好多东西。梦里，爸爸画了一张全家福，自己穿着蓬蓬裙，左边是爸爸，右边是妈妈。

花易安拒绝了花千树送他，最后花千树只好将人送到小区门口，叫好的车已经等着了。

他拖着行李，朝花千树笑了笑："画室我已经让人关了，那些画张彤卖了就卖了吧。这些年她虽然虚荣，但是也照顾了爸爸，所以那些钱爸爸就给她了，你也别和张彤闹了。爸爸这些年确实混账，你那晚跟爸爸说的话，爸爸都听进去了。这一次去美国，我一定好好接受治疗。"

"还有，我和张彤没领证，以后没什么关系了。她那个人，拿了钱就不会来闹了，那些画够她吃一辈子的了。"

花易安顿了顿，接着说："我知道你妈妈每年都给你打钱了。其实当年错在爸爸，你妈妈是被我逼着选择离婚的。她当初不带着你，不是因为不爱你，而是她当时的经济状况没有爸爸好，她怕你跟着她受苦，所以就把你留给了我。我也不是个好爸爸，这些年没有好好照顾你。"

最后，花易安说："千树，爸爸十分抱歉，没能陪着你长大。"

花千树站在原地，看着花易安说完这一席话慢慢走出大门，走到车边，将行李放进后备厢。

花易安准备关车门的时候，花千树跑了过来，趴在车窗上，有些着急地说："爸爸，我希望你回来的时候，是以前那个能让我仰望的爸爸。"以前那个，让她骄傲的爸爸。

车子慢慢开走，开车的师傅有感而发："你家闺女吧？真懂事。"

花易安抹了抹眼睛，笑着说："我女儿，特别乖。"

花易安离开的那个晚上，花千树病倒了。这病来得突然，又毫无征兆，花千树那晚沉浸在梦里，醒来的时候，已经高烧到三十九度。

请假的电话是她自己爬起来强撑着打的，花千树转到黛城一中之后表现很好，杨晓风二话没说就给她批了三天假。

直到下午，宋星语才从班主任杨晓风那里得知花千树生病的消息。趁着下课，她跑到教室后排："小北，千树生病了，晚上我们去看她吧。"

莫小北有些犹豫，手里的中性笔无意识地在本子上画："星语，我也很想去，但是晚上我还有事。"

"很重要的事吗？"

"很重要。"

"我知道了。"宋星语没再继续问，转身回了自己的座位。

也不知道从什么时候开始，她和莫小北好像越走越远了。以前两人还经常一起吃饭，后来她每次叫莫小北，莫小北要么有事，要么就是和别人约好了。

想着想着，宋星语有些烦。这些年她的朋友本来就少，莫小北是她刚进入高中就认识的。她现在依旧记得高一入学那天，她被老师安排去资料室领新书，那天又热又闷，在她累得不行的时候，莫小北出现了，两人一见如故，后来又成为同桌，理所当然就成了好朋友。可是好朋友不是一辈子的事情吗？为什么突然之间关系就淡了呢？

下午放学之后宋星语去向老师请假，杨晓风起初不准，后来宋星语把花千树家里的情况说了，杨晓风考虑到花千树生病独自在家，就准了宋星语的假。

宋星语收拾书包准备走，周毅杰打完球回来，瞅她一眼，问："逃课呀？"

"不是，我去看看千树。"

"花老师，她怎么啦？"周毅杰这才想起来，今天似乎没见花千树来上课。

"生病了，我去看看。"宋星语说。

"那我和你一起去。"周毅杰跳回位子也开始收拾。

宋星语没什么要收拾的，就把明天要交的卷子拿走了，她走到周毅杰座位边，问："你要不先去向杨老师请个假？"

"我去请假就等于变相自杀，况且，杨老师肯定不会给我批假的，所以还是逃课更加符合我的气质。"周毅杰胡乱塞了几本书，说完就拉着宋星语往外走。

课间，数学老师让人传话叫许律去一趟办公室，刚好数学组的办公室在三楼。

许律从 B 楼过去，迎面过来两个文科班的女生，擦肩而过时，许律听到两人的交流——

"咦，那不是周毅杰吗？他拉着的是谁呀？"

"看着像是宋星语。"

许律脚下一顿，停下来往下面看。宋星语穿的是上个月他和妈妈一起买的那件衣服，作为生日礼物，他亲手送出去的。她现在却穿着自己送的衣服，和别人走了。

许律眉眼一沉，转身就走。

那两个女生的话却传入他的耳朵——

"他们这是逃课吗？"

"我看着不像，搞不好他们这是早恋呢。"

宋星语有点跟不上周毅杰的速度，好不容易出了校门，宋星语才有了喘口气的时间："周毅杰，你跑这么快干什么？"

周毅杰四处看了看，确认没有可疑的人才放下心来。

"不跑快点就被刘主任逮住了！"虽然周毅杰也不喜欢刘主任，可是他没有楼西那么无法无天，牵一只狗来对付刘主任。

"你怎么这么弱呀？"周毅杰瞅了一眼弯着身子喘气的宋星语，"你们这些女孩子，就是缺少锻炼。"

宋星语懒得和周毅杰解释，歇了一会儿就准备去打车。

周毅杰问："楼西呢？"

说起来她就生气，昨天说了那样的话，今天还玩消失，宋星语才不想叫上楼西呢，指不定花千树就是被楼西气生病的。

但周毅杰和宋星语都没有去过花千树家。周毅杰因为不顺路，宋星语是顺半截路，只有楼西，每次放学都和花千树一路走到底。两人按照杨晓风给的地址找过去，结果在公园转了半天也找不到路。

"我说宋星语同学，我们还是给楼西打电话吧，这天气太冷了，别到时候咱们'复仇者联盟'学习小组都进医院了。"

黛城渐渐入冬，温度骤降，周毅杰这种运动型种子选手都受不住，何况看起来就柔柔弱弱的宋星语。

宋星语咬着嘴唇，神色犹豫。

周毅杰一看有戏，继续说："楼西不是惹花千树生气了吗，正好趁这个机会让他将功补过，说不定花千树一高兴，病就好了呢。"

周毅杰的话说得没什么水平，却戳中了宋星语的心事。都说"当局者迷旁观者清"，花千树对楼西什么态度，她不敢肯定，但是肯定不会是单纯的同学关系这么简单。

想了片刻，宋星语终于点头："那你给楼西打电话吧。"

周毅杰搓了搓手，立刻拿出手机给楼西打电话。终于不用在这里吹冷风了！

楼西接了电话，安排两人到便利店等着，几分钟后，他匆匆赶了过来，一副精神萎靡的模样。

"你昨晚通宵做贼了吗？"周毅杰发出了灵魂的拷问。

楼西揉了揉乱糟糟的头发。做贼也比这个轻松啊，昨晚他是给一只泰迪当了一次妈。

说起来，这一切都是他好友姜茶的错。姜茶比他大七八岁，如今是在读研究生，眼看着就要毕业了，结果毕业前突然宣布结婚，结婚对象他也认识，还是他特别崇拜的一个哥哥。这不，刚结完婚没多久，两人商量着要去度蜜月，可是家里这只泰迪狗不知道怎么处理，便送到他家，让他帮忙养着。

楼西起先不同意。他是高三的学生好吗！每天学习都要命了，哪里还有多余的精力来管这只狗？结果姜茶叫来了她的老公傅燃，楼西一秒认怂，主动承担起了照顾泰迪的责任。

鬼知道他昨晚经历了什么，那只泰迪简直"毫无狗性"，在他家里为所欲为！

"比做贼还累。"楼西没有耽搁时间，说，"走吧，我带你们去千树家。"

看着面前轻车熟路的某人，宋星语按捺着没多问，直到楼西按下花千树家的密码锁。

"你怎么知道密码？你来过千树家？"

"对呀，你什么时候和花千树关系好到知道她家里的密码了？"宋星语问完，周毅杰接着问，"该不会是你尾随过千树，然后偷看了人家输密码吧？"

楼西白了周毅杰一眼，很想撬开他的脑袋，看看里面是不是装的太空垃圾。

"你是电视剧看多了吗？想象力这么丰富？"

虽然楼西一副"打死我，我也不说"的表情，但是宋星语进行了大胆的猜测，想当初她获得自由出入许律卧室的准许后，没多久两人就出事了！所以，现在她不确定花千树和楼西进行到哪一步了。

进了屋，楼西直接领着宋星语去花千树的卧室。

周毅杰跟在后面，冷不丁被楼西长臂一挡："你往里面冲什么冲？非礼勿进。"

周毅杰眨眨眼："关爱同学呀。"

"你还是多关爱关爱自己的脑子吧。"楼西刚说完，就听到宋星语在卧室里面叫人。

楼西顾不上和周毅杰斗嘴了，闻声跑了进去。

"怎么了？"虽然楼西上次来是受到花易安的邀请，但是花千树的卧室他没有进去过，现在一进来就看到花千树脸色苍白地躺在床上。

楼西生了一张阳光灿烂的少年脸，平时就算不笑，也温和近人，这会儿他的脸色黑沉沉的。

他上前伸手探了探花千树的额头，温度高得可怕。他眉眼一沉，当机立断："送医院。"

花千树只觉得身体和脑袋沉沉的，一会冷，一会热。她不常生病，但一生起病就非常猛，等到她转醒，已经是凌晨了。

周围充满了消毒水的味道，床头站了一个护士，正在给她换药。花千树张了张嘴，才发现嗓子干哑。

"请问谁送我来医院的？"

"你同学。"

"我同学？"花千树实在想不起来是谁，便问，"男的还是女的？"

护士眼神看向别处："就那位同学。"

花千树顺着护士的视线看过去，医院的折叠床上躺了一个人，身上什么也没盖，因为冷的缘故，他的双手抱在胸前。或许是床太硬，少年睡得不太舒服，眉头紧紧地皱在一起。

护士的年龄也不大，便打趣道："他是你的小男朋友吧？我看晚上送你过来的时候就数他最紧张，之后又一直守着你，直到你烧退了才躺下休息。"

护士换完药就离开了，花千树换了个姿势侧躺着，正好面朝着楼西躺下的方向。楼西睡得不踏实，花千树就这么看着，不知道看了多久，困意袭来，她睡了过去。

药效来得快，她也没睡踏实，隐约间，好像有人走到她床边，帮她盖了盖被子，又摸了摸她的额头，带着凉意的手指挨着她的额头和脸颊，就像小时候生病发烧那次，花易安用脸贴着她的额头，守了一晚上。

"爸爸。"花千树轻声呢喃。

"这一次可是你自己心甘情愿叫的，我可没有逼你。"楼西任由花千树拉着自己的手，看着她烧渐渐退了，也安心了。原来，小怪兽生病了会变成小奶猫呀。

楼西寸步不离地守了花千树一整夜，以为就算花千树不感激涕零，也好歹不会再冷落他了，却不想，他早上一睁眼，就对上花千树冷冰冰的眼神。

"你在这里干什么？"她的语气像是挟了寒冰，听得楼西心里凉凉的。

"我……"楼西被问得一时语塞，他意识还没有回笼，反应比平时慢了半拍。

过了一会儿，他才解释："昨晚我们去你家，发现你发烧了，就送你来医院了。"

"你们，还有谁？"

"宋星语和周毅杰。"

花千树点点头："替我谢谢他们。"

楼西心里瞬间不平衡了。凭什么只感谢他们两个呀！昨晚我也忙上忙下，生怕你夜里反复，还强撑着守了一晚上呢。

楼西哀怨地看着面前这个无情的同桌："还有我呢。"

"你什么？"

"我也……"话到嘴边，楼西又说不出口了，"算了算了，谁让我先惹你生气了，现在一切都是我自作自受，活该。"

"你这是在认错吗？"花千树看着他。

楼西认真地看着花千树："我不该乱说话，对不起。"

楼西说完这句话，花千树久久没有回应。楼西紧张得手心里全是汗，他有些坐立不安，不知道花千树到底是什么态度。

憋了一会，他还是忍不住说："你说句话吧，原谅还是不原谅？"

"不原谅。"微微一顿，花千树又说，"因为你没有必要道歉，我也没生气。"

楼西不信，女人都喜欢说反话，这是傅燃传授给他的过来人经验。

花千树笑了笑："不骗你。"

"真的？"

"真的。"

"那刚才……"楼西捉摸不透女孩子的心，明明刚才她的眼神快杀死人，现在却说她根本不怪他？

"刚才呀——"尽管花千树的脸色还很苍白，但是她一笑起来，好像周围所有的光亮都在朝她聚拢。她伸出还插着留置针头的手，敲了敲楼西的头，说，"逗你玩呢，谁让你胡说八道！"

楼西也笑，摸着刚才被花千树敲过的地方，说："不生气就好。你都不知道，你不理我，我难受死了。"

"我不信，前天晚上我还看到你和别人去玩了。"

"我没有，前天晚上我是去我姐姐家打包乐乐的东西了。"楼西生怕花千树不了解前因后果，还没有等人问，自己就什么都说了。

"你是不是看到有个漂亮的姐姐在学校门口接我呀？那个姐姐叫姜茶，是楼东动物园前园长的女儿，现任园长的老婆，也是和我从小一起长大的一个姐姐。她才结婚，要出去度蜜月，便把乐乐寄养在我这里。"

楼西拿出手机找出乐乐的照片："你看，这只骚气的泰迪就是乐乐。"

"哦。"花千树瞥了一眼，淡淡地回答。

楼西提议："改天带你看看，是一只泰迪精。"

两人又聊了一会儿，不过楼西说话的时候偏多，因为花千树的嗓子还哑着，说多了就咳嗽，楼西后来索性不让她说了。

快到中午的时候，护士进来换药，楼西站在一边看了看时间后，问："你想吃什么？我去买。汉堡、烧鸡还是麻辣烫？"

护士凉凉地看了他一眼："病人注意饮食清淡。"

楼西："哦……"

"那我要喝粥，"花千树说，"还想吃卤蛋。"

"好的，你等我一会儿。"

花千树烧退了就回了学校。

高三的学生最耽搁不起的就是课堂时间，到了这个阶段，每堂课老师都是挑着最精华的知识点讲，都是多年的执教经验总结出来的、高考最容易考到的知识点，说通俗点，就是老师们凭经验押题。不过好在花千树有一群想着她的朋友，每天都会把课堂笔记抄好了带给她看。

花千树先去班主任杨晓风的办公室销假，杨老师对花千树进行了一番人文关怀，从生活到身体，就连思想上也没有放过。还好后来林蔚过来和杨晓风商量优秀班级评选的事情，花千树才找了个借口先走了。

她几天不来，课桌上仍十分干净，显然有人每天帮她擦桌子。花千树笑了笑，坐下之后，就开始补笔记。

莫小北转过来和她说话："千树，我妈妈这几天也生病了，我实在走不开，所以没有去看你，你不会怪我吧？"

花千树虽然好得差不多了，但是"病来如山倒，病去如抽丝"，她的脸色与正常人相比还是有些苍白。她抬起头来，眸子又清又亮："没关系的。"

莫小北笑了笑，好像松了一口气。她目光从楼西的座位上扫过，随口问："楼西怎么还没有来呀？我刚才从办公室回来，听见杨老师说数学老师请假了，下堂课是袁老师代课。你也知道的，袁老师不喜欢楼西，楼西缺课的话，袁老师肯定会拿这件事为难他。"

花千树好整以暇地撑着头，她以前倒是没有好好地看过莫小北——十七八的年纪，满脸都是胶原蛋白，五官还没有长太开，带着点婴儿肥，看起来无辜又善良。

"没事，他一会儿就来。"

话音刚落，教室的后门就被"砰"地一下撞开，楼西左右手都提着东西，一边朝花千树走过来，一边说："这可真不是人干的活。"

他把东西往地上一放，邀功似的朝着花千树笑："千树，你交代的事情我搞定了。"

花千树点点头，抽了一张纸巾递给他，又从书包里拿出一瓶 AD 钙奶。

"辛苦了，来喝瓶奶，补充能量。"

楼西也不客气，拿过 AD 钙奶就喝。喝着喝着，他似乎想到什么，转过头对花千树说："千树，我牵回来的时候没拉好，让它去地上滚了一圈，晚上回去我们得给它洗澡。"

"好。"

直接被忽视的莫小北终于找到插话的时机："你们在说什么呀？"

"狗。"两人异口同声地说。

莫小北问："你们一起养了一条狗吗？"

"算是吧。"

反正这条泰迪楼西已经要过来了，听说花易安跑到美国去了，他又借花献佛把狗送给了花千树。他从小就是一个人过来的，知道父母不在身边，一个人生活有多寂寞，所以，当初才养了阿肥。

莫小北还想打听点什么，上课铃响了，袁王春一脸"我才不想来你们班上课，你们最好别惹我"的表情往讲台一站："上课。"

转学到黛城一中的这几个月，花千树从没有和袁王春打过交道，因为袁王春教理科班。她原以为作为老师，和学生打这么一个赌已经不太好了，没想到还真的被莫小北说中，上课之后不到十分钟，袁王春就有意无意地针对楼西。

起先她只是让楼西背概念和公式。好在这段时间花千树给楼西辅导就是从公式概念入手，面对袁王春的故意刁难，楼西逐一应付过来了，时不时还来一个举一反三和概念延伸，秀得袁王春脸色越来越黑。

周毅杰都被楼西这波操作秀到怀疑人生，明明开学的时候，两个人还在年级吊车尾上哥俩好，怎么才过了几个月，楼西就完成了质的飞跃，直接弃他而去呢？！

周毅杰十分认真地思考了三十秒，最后目光落在花千树身上，得出结论——我与优等生只差一个好同桌的距离。

再后来两人就跟对上了似的，袁王春直接在黑板上出了一道数学题，点名楼西上去做。

底下的同学已经开始窃窃私语，林蔚坐在第一排，看着黑板上的题目皱起眉头。同桌歪过来问林蔚："班长，这道题是不是超纲了呀？"

"嗯，是奥数竞赛题。"

花千树第一眼就看出这道题是她曾经做过的一道竞赛题，班上能做出来的学生屈指可数，这位袁老师摆明了想要让楼西难堪。而且以楼西现在的数学水平，花千树怀疑他连题目都看不懂。

看在自己生病时，楼西守了她一整夜的分上，花千树缓缓举起了手："袁老师，这道题我会做。"

教室的视线全部转过来，花千树站起来准备上讲台。袁王春在楼西这里吃了多少哑巴亏，好不容易找到一个机会出口气，怎么会轻易让别人破坏掉？

袁王春朝花千树摆摆手，眼神冷冷的："花同学，我知道你成绩好，但是你也要给成绩不好的同学展示自己的机会。这马上就要半期考试了，让他们多锻炼一下脑子，对考试也是有帮助的。"

展示自己缺点的机会吗？

"可是袁老师，这道题是竞赛题。"

"你们文科班难道连一道竞赛题都做不出来吗？"

袁王春四十多岁，也不知道是不是因为常年担任年级组长的原因，总喜欢拿官腔压人，毫不掩饰对文科班数学水平的鄙视，也不知道是哪里来的优越感。

"花千树，我知道你准备参加明年的奥数比赛，这些题难不倒你，但是你就不想给别人一点机会吗？"

这是暗指她自私了？这一口大锅扣下来，倒是把花千树脾气都扣没了。

花千树无声地坐下，袁王春的黑脸终于白了一点，满意地等待着楼西出丑。原本安静的教室却响起了蚊蚋般细小的说话声，仔细一听，差不多都在讨论花千树参加数学竞赛的事情。

这些年国家重视人才，各种竞赛多到飞起，最权威的就是明年二月的数学竞赛，获胜者可以直接保送鹿林大学。这个竞赛不是什么秘密，但是因为难度太大，参加的门槛太高，黛城一中这些年也培养了一些学生参加，但是至今没有人取得好的成绩。

大家不知道花千树要参加这个竞赛，如今被袁王春说出来，免不了要讨论上一段时间，毕竟竞赛年年有，参加竞赛的人却稀有。花千树本来也没打算弄得人尽皆知，谁知道只是帮楼西出个头，袁王春就疯狂地针对她。

袁王春没管大家小声说话，她只盯着楼西，看着他站在黑板前看了有半分钟，才鄙视地说："你是连题目都看不懂吗？"奚落的意味很明显了。

班里的同学已经从谈论花千树参加竞赛，谈到袁王春看不起文科班。袁王春不喜欢高三（八）班，高三（八）班的同学也不见得多喜欢她。凝聚力这个东西就是奇妙，就算内部闹翻天，一致对外的时候倒是团结得很。

周毅杰举了举手："袁老师，我也看不懂题目呀。"

有不少声音断断续续地响起："对呀，袁老师，你讲讲吧，我们都看不懂题目。"

大家还在闹闹哄哄地帮助楼西解围，袁王春黑着脸训了一句"果然文科班一点纪律也没有"，一转头，发现楼西已经拿起粉笔，在题目下写了一个"解"字。

袁王春冷笑，看着楼西做垂死挣扎。谁知道下一秒，楼西写完"解"之后，慢悠悠地开始写解题步骤，而且连草稿都没有打，一路不停，从头写到尾。

周毅杰不敢相信，忍不住吐槽楼西："你乱写的吧？"反正他也看不懂。

只有花千树在看到一半的时候露出了微笑。他肯定是偷看了她的竞赛练习册，这个解题步骤和她的一模一样。所以，楼西不仅没有乱写，还写出了正确的解题过程。

楼西在袁王春震惊的眼神中悠然结尾，末了，做出投篮动作，将粉笔往讲台上的笔筒里一投，仗着青春期发育良好的身高优势，看着袁王春，得意地说："袁老师，怎么样，惊不惊喜，意不意外？"

整堂数学课以袁王春企图公报私仇开始，到"楼独秀"一枝独秀结束。

袁王春前脚刚出教室，宋星语和周毅杰就迫不及待地跑过来。

宋星语忍不住道："楼西，你刚才好厉害！"

楼西扬了扬头。

周毅杰也随之恭维："楼西，你是不是私底下找花千树开了小灶？"

楼小少爷高贵的头颅扬得更高了。

莫小北也转过头："楼西，我就知道你聪明，只要认真学，肯定比班长还厉害。"

发作业本路过的林蔚一脸不认同，开什么国际玩笑，他可是从小就名列前茅！

一直没说话的花千树也"慈祥"地拍了拍楼小少爷的肩膀："有前途。"

得到花千树的肯定，楼小少爷的头都要扬上天了。

周毅杰冷不丁冒出一句："楼西，你脑袋抽筋了吗？"

楼西反手就是一个黑虎掏心："你才抽筋了，你见过这么帅的抽筋吗？"

周毅杰叹气，谁来把这个贱人拖走？

"楼西，我们都是一起找千树补习的，为什么你进步这么大呀？都可以用知识的力量打退袁老师了。"宋星语觉得自己就不行，这些天晚自习回去后，她都会被许律压迫在他家学习一小时，这一小时简直比坐在考试场上还度日如年，许律讲的她根本听不懂。

"对呀，是兄弟就给大家分享一下。"周毅杰也想知道。

自从他上次随堂考一不小心回到解放前，他父母一气之下，把他的篮球没收了。那可是他最喜欢的篮球明星亲笔签名的篮球。周毅杰便和父母立下约定，下次考试进步二十名就还给他。

楼西被捧得一脸春风得意，眉毛一挑："真想知道？"

对面三人点头点得跟小鸡崽啄米似的。

楼小少爷长腿一跷，慢悠悠地说："天赋呀，我以前是觉得学习太无聊了，反正学得好不好，最后都要回家继承家业。现在嘛，只要我愿意，超过那个谁，许律是吧？分分钟的事情。"

宋星语一听到这名字就敏感，总觉得许律在暗处盯着她似的，扔下一句"你好端端的，提他干什么"，就溜回座位，捧起英语书开始背单词了。

周毅杰觉得楼西说得对，楼西学得好不好没什么关系，反正还可以回家继承家业。他就不行了，他父母是搞养殖的，要是不好好学习，以后难不成回家喂猪吗？

周毅杰失魂落魄地回到座位上，十几岁的少年，第一次对自己未来的人生有了危机感。

花千树单手撑着脑袋看楼西和大家闹，满眼的慈祥和宠溺，就跟老母亲看自己的乖儿子一样。

"你什么时候偷看我的竞赛练习册了？"

"我可没偷看，我是光明正大地看。"

其实是有一天，花千树不在，楼西一个人闲得无聊，就想窥视一下学霸们的世界，看看学霸和他有什么不同，于是顺手拿起一本书随意一翻，刚好翻到袁王春出的那道题。

当时楼西看着题目短，以为自己可以做，结果连题目都看不懂。不过他就随便看了一下，仗着天生记性好，他仅仅看一遍就记住了。所以，连老天爷都站在他这边，袁王春只能咬碎了牙齿含泪吞。

花千树翻出已经写完的竞赛练习册，也不多，就三四本的样子。

"既然你这么喜欢，那这些就送给你，算是提前送你的圣诞节礼物。"

"花老师，我要不起呀。"

花千树伸手摸摸楼西的头，虽然没说话，但是眼神似乎在说："不，你要得起，你不仅要得起，你还得趁着期末考试之前给我全部看完。"

莫小北看着两人闹，眼里不知不觉露出羡慕。花千树叫住她："小北，你也想要吗？我还有。"

"啊？"莫小北连忙摆手，"我不参加竞赛。"

莫小北看了看花千树，又看了看楼西，关心道："千树，你要参加竞赛还要给大家补习，会不会有影响呀？我听说今年的竞赛报名参加的人数比去年多了两倍，竞争更加激烈。本来高三学习就紧张，你还要分心给大家补习，会不会太累了？"

说完，微微一顿，又说："千树，我也就是一说，因为我上次听说理科班的那个许律，除了日常上课，就是做竞赛题。他一放学就回家，从来不和朋友出去玩，心思几乎全部用在备赛上了。虽然你们文理不同，但是第一名只有一个。不过，我还是相信你的实力的。"

莫小北一番话说得真情实意，楼西听完满满的罪恶感，总觉得自己总是找花千树给自己讲题太罪恶了，万一明年的竞赛花千树与第一名失之交臂，会不会就是因为他老是占用她的时间呢？

楼西陷入了沉思，直到上课铃响起，杨晓风走进教室，让大家拿出本子日常听写古诗词，他才回过神来。

"你想什么呢？"花千树看着心不在焉的楼西，又联想到刚才莫小北那一番话，觉得有必要给楼西解释一下，"你别多想，竞赛的事情我自己有安排。"

楼西心中已经有了决定，花千树越是这样说，他越是觉得她是在安慰他。他知道花千树是一个很较真的人，所以自己的打算暂时先别告诉她。

"没事，赶紧默写吧，杨老师走过来了。"

下课之后，花千树和宋星语结伴去上厕所，这个八卦的流传包间里，又在开始谈论她了。

"也不知道花千树为什么要和楼西做朋友，楼西成绩这么差，也不怕拖累自己？"

"我听说花千树家里特别穷，是不是看上楼西家的钱了？"

宋星语听着火大，扯了扯花千树的衣角，示意她不要在意。

花千树拍了拍宋星语的手，牵着她往厕所里走，正好和出来的两个女生打了照面。

花千树抬手将人拦住："第一，我呢，交朋友不会在乎他成绩好不好，因为再好也没有我好；第二，我交朋友也不在乎他有没有钱，因为，他的钱又不会给我花；第三，到底是谁在传播谣言说我穷的，你看到我家住在难民窟还是怎么的？"

花千树这一番话，说得两个女生哑口无言，只好一溜烟跑了。

不过没多久，那句"我交朋友不会在乎他成绩好不好，因为再好也没有我好"的话迅速传遍高三年级，就连某些老师都有所耳闻。不少人觉得花千树太狂了，她一个转学生跩什么跩，黛城一中还有许律坐镇呢。

某些好事的人问许律对这句话怎么看，许律冷冷地说："文理不同，没有可比性。"

很快，这些关于花千树的流言蜚语就在半期考试支配的恐惧中消失了。

按照第一次月考成绩排名，楼西、宋星语、周毅杰被分到了一起，而花千树直接去了另外一个考场。

考试三天，大家都铆足了劲，其间花千树再没有给楼西施压，而是让他自由发挥，正好可以检测这段时间的学习成果。

很快考试结束，原本大家还想放松一下，杨晓风又立刻宣布了一诊考试的时间，真的是一点喘息的机会都不给大家。

在等待半期考试结果的时间里，花千树发现楼西找她问问题的次数越来越少，就连周毅杰也不找她了，但是苦了林蔚班长，不仅要被楼西骚扰，还要被周毅杰截堵。偏偏林蔚又是一个责任心特别强的班长，身为班主任的左右手，看着楼西和周毅杰如此发愤图强，他自然不能拒绝，还大公无私地将"毕生所学"倾囊相授。

林蔚本来成绩就好，常年稳定在年级前十，要辅导楼西和周毅杰肯定没问题，就是即将面临一诊考试，林蔚要准备这场考试，又要分出时间给两个人辅导，眼见着脸上的两坨苹果肌渐渐消瘦了。

一诊考试全称是第一次诊断考试，也是高考前的热身考试，一般是八校联考，这八所学校基本上就是本市最好的八所学校，然后统一排名，很有参考性，向来是各班班主任历年所重视的。

眼看教室前面的小黑板上的日期越来越少，杨晓风几乎每天都要来班上提醒一下大家，但是又怕说多了起到逆反作用，每次都点到为止，不额外增加大家的心理压力。

随着时间越来越少，可以明显感觉到班上的气氛渐渐变了，以前以周毅杰和楼西为代表的贪玩好耍的那一拨人，都开始背书写作业了，身为班主任，这种场景自然是喜闻乐见。

可是最近楼西和周毅杰是不是太勤奋了点？杨晓风担心自己的班

长吃不消，终于找了一个时间把两人叫到办公室，委婉地表达有什么问题可以来问她。

周毅杰有点怀疑："杨老师，你是教语文的，数学你会不会呀？"

很好，质疑一个班主任的学科素养，分分钟让你见识什么叫光速打脸。

楼西也秒速插刀："还有英语，杨老师，术业有专攻。"

还敢质疑我英语？杨晓风觉得再不给这两个小子露一手，还真以为她只会"之乎者也"吗？

"去拿，现在就去把英语、数学给我全部拿过来，是时候让你们见识一下，你们的班主任是个什么样的存在了！"

于是之后的所有班会课，周毅杰和楼西两位同学都被班主任杨晓风特殊关照，亲切对待，有问必答，杨晓风用行动维护了一个班主任的尊严。

后来楼西把这件事告诉了花千树，花千树一点也不吃惊："你不知道吗？杨老师当年是以全市第一的成绩考进鹿林大学的，后来才到黛城一中教语文的。"

楼西一脸蒙圈："为什么我不知道？"

"你以前不是两耳不闻窗外事，一心只想打游戏吗？"

像楼西这样的，恐怕没上过学校网站，所以自然不清楚杨晓风的实力。虽然杨晓风现在教语文，但是当年能以全市第一的成绩考进鹿林大学，实力还是很强悍的，这也是当初花千树选择转学到高三（八）班的原因。杨晓风在鹿林大学读完本科后又继续攻读了研究生，对鹿林大学比较了解，可以给她很好的建议。

"男孩子没有不喜欢打游戏的。"虽然这个理由弱爆了，但是楼小少爷仍假装反驳。

"我就认识一个男孩子从不打游戏。"花千树说。

楼西一副"你太天真"的表情："你说的那个男孩子肯定也打游戏，

只不过他比较聪明，在你看不见的地方打。"

言乔背着她偷偷打游戏？花千树打死也不信。

小时候两家交好，花易安又时常顾不上她，便让言乔带着她玩。可是言乔是第二个花易安，虽然不画画，但是总是喜欢拿着他的相机对着她拍，一会儿带她到花园拍，一会儿带她去游乐园拍，小小年纪的花千树就成了他的模特，还是免费的那种。

后来言乔把这些照片放到自己的微博上，竟然还有童装商家找过来，想让花千树去拍广告。可恶的言乔，为了能换一个心仪已久的镜头，就把尚还懵懂无知、不知人心险恶的花千树给卖了，至今那个童装广告还是花千树的黑历史。

虽然事后言乔被言爸爸狠狠打了一顿，但是长大后的花千树依旧耿耿于怀，经常用这件事要挟言乔替自己办事，谁叫言乔欠她的呢！

瞧着花千树走神的样子，楼西凑到她跟前："你想什么呢？想你认识的那个男孩子？"

"嗯。"花千树没有否认，"以后有机会介绍你认识，他叫言乔，是一个摄影师。"

"哦。"楼西觉得这个言乔对花千树肯定很重要，不然为什么说到他的时候，她眉眼一片柔和呢？

"他是你以前的同学吗？"

"不是，"花千树说，"是我从小一起长大的哥哥。"

"那你们是青梅竹马呀！"楼西问，"他对你很重要吧？"

花千树笑着侧头，楼西猝不及防地和她的眼神对上，由于心虚，楼西不敢看她的眼睛。

"你今天的问题有点多，很想知道吗？"

"一般想吧。"少年的别扭真是比女孩子还矫情。

花千树看着远处的灯火，和商店门口装饰的圣诞树，有人推门进去，又有人推门出来，挂在门上的银铃叮当作响，如她的声音一般清脆。

"他呀，陪我走过了我最孤单的时光。言乔之于我，大概就是阿肥之于你吧。"哦，原来和阿肥一个地位，危机瞬间解除。

半期考试成绩出来之前，谁也不会想到，曾经吊车尾的楼西会发生质的飞跃。

花千树果然应了第一次月考她在笔记本上写的话，一下子从年级第三跃升到了年级第一，那些嘲笑她高傲自大的人瞬间闭嘴。

宋星语当时保守估计前进十名，却没想到和第一次月考相比，她进步了三十名。她抓住花千树的手，一个劲地问是不是自己眼花了，看错了。

宋星语能有这样的进步，花千树也替她感到高兴。

宋星语心想，除了要感谢花千树，许律也帮了她不少。还有，许律说的奖励到底是什么呀？

周毅杰就惨点，虽然也进步了，但是只进步了十名。不过他没有不高兴，虽然比预期少了一些，但是总算摆脱了倒数第一的称号。

楼西是进步最快，也是最大的，他在班上进步了三十五名，年级排名进步了一百多名。

杨晓风毫不吝啬地夸奖着楼西，甚至还特意给楼万山打了电话。楼万山起初还以为是楼西又闯祸了，没想到竟然是表扬。于是楼总一开心，就给自家儿子和花千树打钱。这就是他这种超级暴发户表达喜悦的方式。

花千树事后分析了楼西的试卷，给他提了意见，让他开始有针对性地复习，查漏补缺。若是按照这样下去，在一诊考试中考到年级前一百不是没有可能。

通过这次半期考试，老师们认可了"复仇者联盟"学习小组的能力，并经常以这几个人为例子在别的班级介绍方法和经验。当许律从老师口中听到宋星语的名字时，嘴角忍不住扬了一下，毕竟是他看着长大的女孩，就是这么优秀。

半期考试让大家信心大增，在接下来的学习中更加努力了。

转眼就到了十二月下旬，往年这个时候，班上的同学们已经在准备平安夜的苹果和圣诞节的礼物了。

也不知道从哪里开始流行起来的传统，平安夜一定要吃个苹果，寓意新的一年平平安安。这个苹果还不能自己买，自己买的吃了不灵，必须要别人送。这送的苹果也有讲究，需要找不同人要一毛钱，凑齐两块四买来的苹果最为珍贵。

这是什么道理楼西不知道，问花千树的时候，她也思考了一会，才给出答案："大概就和小时候吃百家饭差不多吧。"

这个楼西倒知道，小时候楼万山对他采取放养政策，经常十天半个月不回家。请在家里的保姆起先对他挺上心，后来见楼万山不管，就开始偷懒了，经常无故旷工。小小的楼西正是长身体的时候，饿得快，只能去邻居家要吃的。好在小时候的楼西白白胖胖的，跟个福娃似的，特别讨喜，大家很喜欢他，于是楼小少爷就吃着百家饭长大了。

周毅杰最近受了刺激，学习热情高涨，一上晚自习就霸占着讲台上杨晓风的左边，宋星语像是被感染了一样，霸占着右边，充分地表现出了对知识的渴望。

楼西学习也越来越顺了，每一次随堂小考成绩都不错。对于他的进步，身为班主任的杨晓风毫不吝啬地给予表扬。楼万山更直接，直接一笔巨款打到他的账上。同时收到巨款的还有花千树，楼万山还特意给她打了电话，希望她能继续替楼西补习，争取让他高考上个三本。

花千树倒是想，可是楼西已经很久不找她了，晚上放学就回家。花千树堵着人问过，他只说现在自己有实力自学了，不需要额外辅导了。人家都这么说了，她还能舰着脸给他补习吗？

花千树觉得自己最近的思想也有严重的问题，以前巴不得楼西离她十万八千里远，现在楼西成长了，不需要她这个"老母亲"的关怀了，她却开始惆怅起来，总觉得枯燥的生活少了什么。

"哎，千树，明天晚上请你吃苹果。"

见花千树转过头幽幽地盯着他，楼西不知不觉心虚了，于是解释道："不是我买的，不知道谁送我爸的，我爸吃不完，说寄回来，特别说要送你一份。"

本性难改，说完了楼西又忍不住骚了一把："我爸这是把你当女儿养了。"

话都说出口了，楼小少爷才回过味来，觉得有哪里不对，仔细一想，他这不是占花千树便宜吗？直接认个干妹妹？！

果然，花千树怎么可能轻易让自己吃亏？趁着杨晓风被周毅杰纠缠时，花千树不动声色地拧住了楼西的大腿，还小声威胁，俨然一个微笑的魔鬼。

"占我便宜呀？"

少年的身体结实又充满力量，因为常年打球，腿上的肌肉特别实在。花千树拧着就是顺时针十五度，楼西疼得龇牙咧嘴，下意识地按住对他腿部肌肉为所欲为的手。

"花姐姐，花奶奶，手下留情呀！"

花千树的手又小又嫩，握在手里软乎乎的，下手却狠。他天不怕地不怕，就怕疼，花千树这一招对他十分有效。他一边挣扎，一边按住花千树的手，谁曾想来回拉扯间，楼西直接拉着花千树的手一把按在了下半身C位上。

两人皆是一愣。那一瞬间，周围的空气都凝固了，所有声音消失，他听见自己血液从脚底翻腾上脑门，差点冲破天灵盖。

他到底被什么狗屎糊了脑袋，为什么会做出这样丧尽天良的事情！简直辣眼睛！

两人的手像是同时握住了烫手的山芋，同时触电一般分开。花千树不知道该如何反应，她愣愣地看着自己的手，那触感还在，她却觉得自己好像神游天际了。

楼西一下站起来，因为动作太急，直接撞在课桌上，堆在桌上的书稀里哗啦散了一地。这么大的动静，教室所有的视线朝他集中过来。

杨晓风也看过来："楼西，你干什么？"

楼西现在脑子一片混乱，就像有十万只蚂蚁在打架，说话已经不过脑子了："老师，我尿急！"

杨晓风摆摆手："去吧。"

然后周毅杰就看见楼西一瘸一拐、半身不遂似的从教室后门出去了。他心中疑惑，忽然灵光一闪，想到一个不得了的可能，当即向杨晓风报告自己也想上厕所。

杨晓风开心得不得了，终于可以歇一口气了。

周毅杰百米冲刺一般往厕所跑，生怕错过了什么，一边跑一边朝着厕所方向喊："楼西，你是不是尿裤子了呀？！"

还在厕所看着C位发呆的楼小少爷，对着跑进来的周毅杰就是一句恶虎咆哮："滚！"

这一嗓门，更像是恼羞成怒，间接坐实了尿裤子的猜测。

当天夜里，青春期的少年做梦了，梦境真实又立体，是他前十八年想都不敢想的事情。醒来之后，楼西大脑空白，意识游离，躺在床上一动不动地盯着头顶的天花板。

只是摸了一次C位，又不是直接推塔，他大半夜的，发什么骚？

这几天，除了上课，楼西开始躲着花千树，迟钝如周毅杰都看出了端倪。趁着宋星语没有和花千树结伴上厕所的时机，他眼疾手快地将她半路拦截，拉到了楼梯口的小角落。

这条路是安全通道，除了放学，其余时候没什么人走。周毅杰和宋星语面对面站着，两人神色鬼鬼祟祟的。

周毅杰："怎么回事，楼西和花千树闹矛盾了，还是决裂了？怎么两人一副老死不相往来的样子？"

宋星语也不知道，这些天她上课认真听讲，下课就去问老师问题，晚上放学还要被许律摧残，她也很久没有和花千树进行灵魂上的交流了。

宋星语想了想，觉得只有一种可能："肯定是楼西又乱说话惹千树生气了，上次两人不是冷战了很久吗？最后千树生病，楼西忙着献殷勤才挽回的。这才不到一个月，怎么又开始了？"

周毅杰琢磨着宋星语的话，觉得好像是这个道理。忽然，他背后升起一阵阴森森的凉气，他总觉得有什么盯着他们："宋星语，你有没有觉得，我们头顶上有什么东西呀？"

宋星语本来就胆子小，听周毅杰这么一说，她觉得整个楼道都变得阴森恐怖了。她脖子僵硬，生怕一抬头就看见一个悬挂在半空的人脸，捂着眼睛就往教室跑。

看见宋星语一点义气都没有地转身就跑，周毅杰也僵着脖子跑，边跑边忍不住回头。楼道上一个身影晃过，周毅杰觉得眼熟，但一时间没想起来是谁。直到晚自习放学，在学校后门看到等人的年级第一，他才恍然回过神来。

今天下午站在楼道上吓唬他们的，不就是许律吗？这些脑子好用的人是不是都有不为人知的癖好？

另一边，楼西和花千树像往常一样结伴往家里走，不过两人依旧保持着"沉默是金"的状态，毫无昔日打打闹闹的气氛。越是这样，越显得奇怪。

走了大半段，楼西忽然意识到这样好像不太好，用余光瞅了瞅身边的人。因为这几天寒潮来袭，温度骤降，花千树在校服外面套了一件毛茸茸的外套，帽子盖在头上，遮住半张脸，深色格子的围巾在脖子上绕了一圈，衬得露在外面的一双眼炯炯有神。

觉得模样超级可爱是怎么回事？忍不住想伸手摸一摸是怎么回

事？又开始浮想联翩、畅想未来是怎么回事？

楼西生怕被花千树看出什么，赶紧甩了甩头，想甩掉这些乱七八糟的想法。他压制住心底的悸动，开始没话找话地聊。

"千树，上次我爸送你的那箱苹果好吃吗？"

那苹果又大又甜，吃一个花千树就饱了，加上她本身不太爱吃苹果，所以只有楼西送来那天，她吃了一个。

"好吃，很甜。"刚说完，她就感觉什么冰凉凉的落在了鼻尖上，起初她以为是下雨了，一抬头，是簌簌的白雪。

黛城很少下雪，上一次下雪，还是三年前。那次下了一周，整个黛城银装素裹，别提多漂亮了。这几天新闻联播一直在说寒潮来袭，让大家注意保暖，谁也没有想到,寒潮给黛城带来了一场雪。是初雪呀！

"千树，你以前见过雪吗？"少年身姿挺拔，像一棵正在茁壮成长的小白杨。因为天气太冷，露在外面的手泛红，他抬手指向前方，像是在回忆。

"如果这雪能下一整夜，明天你就可以看见花坛上堆满了小雪人。"

"没有，我这是第一次见。"花千树不知何时摘掉了帽子，露出白净的脸。从前在望舒市，她从未见过下雪。没见过，便不会贪心，见了，就恨不得永远留在这一刻。

两人就这样站着，花千树伸出手，看着雪花落在掌心，慢慢化成水，如此反复，乐此不疲。原来，下雪真的可以让心情变好。

楼西就在旁边看着，微微歪着头，偶尔雪花飘到面前，他便朝它吹一口气，好像真的能把雪花吹到花千树的掌心上一样。

花千树眉眼一弯，看了他一眼，笑骂："你傻不傻呀？"

楼西摸摸头，然后对着天空中的雪花吹起来。所有能让你开心的事情，都不傻。

因为今年冬天的第一场雪，两个人终于结束了这几天的尴尬状态，恢复了平时的打打闹闹。

楼西围着花千树转，把飘落的雪花往她身上吹。花千树十分嫌弃，试图躲开："别吹了，全是口水。"

楼西才不管，花千树躲来躲去，他就像一张狗皮膏药一样跟在她身后，鼓起腮帮子使劲吹。

"别躲呀，让你好好感受一下我们黛城初雪的热情。"说完还大起胆子，去扯花千树的围巾。

花千树在身高上矮了楼西一大截，他随便伸长胳膊抵着她的额头，她就近不了他的身。

"楼西，你想再次体验一下过肩摔吗？"

楼西自然是不想的，那时候花千树是真的不喜欢他，下手实打实地狠，那一摔差点把他摔出脑震荡。不过，今时不同往日，他已经和花千树建立了革命友谊，最多就是小打小闹，她哪里会玩真的？

可是，少年还是太天真！就在他再次毫无顾忌地伸出魔爪去扯花千树围巾时，怪力少女花千树再次上线，一个转身躲过他的攻击，顺势将背贴了过来。

属于少女的馨香瞬间充斥了楼西的嗅觉细胞，这个姿势，好像他把面前的人从背后抱了满怀。楼西的心脏怦怦直跳。他刚想说点什么，手就被另外一只软乎乎、还带着温度的手拉住。

这一切来得太快，楼西还没做出反应，怀里的人就往前一倾，这套动作熟悉又亲切。他直觉不对，可是已经来不及了，他只能眼睁睁地看着自己的身体悬空，转体一百八十度，然后被直挺挺地摔在地上。

花千树一套动作做得干净流畅，但是和楼西闹了这半天，她确实有些累。说话的时候，她轻微地喘息："还闹我吗？"

因为刚才动作幅度太大，花千树的棉服领口大开，围巾也垂了很长一截在外面，说话的时候她走到楼西身边，微微弯着腰，围巾不经意地扫过楼西的脸，是熟悉的奶香味。

楼西像是魔怔了，脑袋里有个声音告诉他，抓住，别放开。然后他没多想，就抓住了花千树的围巾，往下一扯……

这一次，是真的，实打实地，抱了个满怀。好香，好软，好想……

"楼西，你想死吗？"

花千树冷冰冰的话语将楼西拉回了现实，他愣愣地看着近在咫尺的脸蛋，和一张一合说着话的嘴。

这场景，像极了那晚他做的美梦。梦里，她也是这样趴在他的胸前，言笑晏晏地看着他，手里拿着一颗红彤彤的樱桃问他吃不吃。他歪着头去咬，她却把樱桃拿开了。

"千树，你想吃樱桃吗？"

"啊？"

"我想啊。"说完，他伸手扶住她的头，压向自己。

这晚，楼西怎么回到家的，他事后怎么也想不起来了，似乎记忆都停留在花千树倒在他怀里的那一刻。

毫无意外的，这晚，他又做梦了，竟然和上次无缝衔接上了。

黛城的第一场雪下了整整一夜，第二天清晨，还不到七点，外面就热闹起来了。

楼西提前一个小时出门来到了上学必经的公园里，雪已经积了一层，他将周围的雪扫到一堆，开始堆雪人。

花千树昨晚也没有睡好，满脑子都是和楼西的那个意外，所以，她也早早起床，并且提前半个小时出门，为的就是不和楼西碰面。发生了那样的事，她真不知道该高兴，还是该生气。

今天街上的人比往常多，她走在通往公园的小路上，迎面跑过来几个小孩，花千树侧身让开，听到小孩说："公园里面有一个奇怪的大哥哥，他把雪都扫走了，我们去前面的公园堆雪人吧。"

奇怪的大哥哥？花千树想莫不是什么人贩子吧？这年头，人贩子伪装骗孩子的新闻层出不穷，黛城前段时间也有好几个小孩子失踪案。

往前走，拐个弯就是公园，花千树想了想，停下来在路边找了一根看起来比较粗壮的木棍——现在的人贩子没有人性，或许连她这种少女都不会放过。

花千树将木棍拿在手里，十分警惕地进入公园。所谓的人贩子她没有看到，却看到一个满手通红的少年和一花坛的小雪人。雪人只有成年人拳头大小，整整齐齐地在花坛边缘一字排开，对着花千树咧嘴笑。

"如果这雪能下一整夜，明天你就可以看见花坛上堆满了小雪人。"这话清晰地回响在耳边，她恍惚得在做梦一样。

"你在干什么？"花千树走到楼西的面前。

楼西正在专心捏雪人，听见声音，抬起头，对她笑："千树，你看，我没有骗你，雪下一整夜会生出好多小雪人。"

其实花千树最开始对楼西的印象不算太好，觉得这人是个脑子不好，又被宠坏了的大少爷，可接触下来后，她觉得他有时候傻得可爱。答应帮他补习，也是被他那种坚持自我的精神感染。有时候他身上散发出来的孤独感和她十分相似，然后慢慢走近，她又看到了他的好多面。他不是傻，是活得太单纯，活得太自在了，以至于她忍不住想向他靠近，再靠近。

"楼西，你过来。"花千树望着他，淡淡地说。

"怎么了？"楼西见花千树站着发呆，脸色不太开心的样子。

难道是因为昨天的事情还在生气？他慢慢走过去，看着花千树解开围巾递给他："围上。"

楼西受宠若惊，这是什么天降福利？

明明缠在脖子上的是围巾，可是楼西闻着那股味道，就觉得缠着他的是花千树的手臂一样。想着，楼西脸一红，微微别过头。

花千树却叫了他一声。他转头看过去。

花千树笑了笑，抬手指着他脖子上的围巾，眉眼之间似乎染上了春意，她说："用了我的围巾，以后，你就是我的人了。"

前十八年，从来没有人教楼西，如果有一个自己很中意的女孩子对自己说"以后，你就是我的人了"，他该立刻回答"我愿意"，还是直接上前抱住她，告诉她"我也愿意"。

此刻，他的心就像坐过山车似的，一会儿飞向顶峰飘飘欲仙，一会儿跌落谷底意志消沉。明明她此刻就在他的面前，他却不知道该说什么。他怕嘴太笨，一开口就说错话。

"千树，我觉得像在做梦。"昨天的一时冲动和今早她对他说的话，都太不真实了。

"那你就当是做梦吧。"

花千树轻轻扯了一下围巾，示意楼西跟着，两人一同往车站的方向走，她问："楼西，过几天就要一诊考试了，你准备好了吗？"

这场考试对所有的高三学生都十分重要，楼西不仅要通过这场考试证明自己这段时间的学习成果，也是要向袁王春表明，他要为自己，也要为阿肥，赢回尊重。

楼西其实不笨，只是以前心思没有放在学习上，虽然楼万山总是给他请家教老师，但是他本身不爱学、不想学，就算把答案放在他的面前，他也懒得抄。后来和袁王春打赌也有一时冲动在里面，他不是没有后悔过，后来是赶鸭子上架，硬着头皮学。

花千树愿意辅导他纯属意外。原本他在杨晓风面前使了点小花样和花千树做了同桌，最开始，花千树的不愿意是明明白白写在脸上的，至于后来为什么转变，他不知道。不过如今有些东西捅破了，自然也就另当别论了。

在学校门口，楼西将围巾还给了花千树，黛城一中不允许早恋，而且这还是临高考的关键时刻。各班班主任就像有孙悟空的火眼金睛一样，把自己班上的学生盯得死死的，花千树和楼西不想往枪口上撞。

Chapter 09
少年览尽百花色

一诊考试前一晚，大家早早地睡了，准备在第二天精神饱满地迎接考试。一诊考试一共考两天，和高考的时间安排一致，第一天上午考语文，下午考数学，第二天上午文综，下午英语。

下午五点，随着铃声响起，最后一科英语考试结束，所有人如释重负地走出考场。不管最后成绩怎么样，翻过一诊考试这座山，你就会离高考这个目标又近了一步。

宋星语约了大家在学校外面的自助店吃烤肉。花千树考试的教室距离比较远，等到她回来的时候，大家已经收拾好等着她了。

宋星语过来拉她，言语间都是考试后的放松："千树，终于考完了，不管成绩怎么样，我们今天都要好好吃一顿。"

周毅杰十分赞成，全场数他兴致最高："今晚不醉不归。"

楼西瞥了他一眼，又开启日常斗嘴模式："未成年禁止喝酒，你还是喝雪碧吧。"

周毅杰不服气，可是又没办法，因为楼西说的是事实。虽然他和大家同班，但是他年龄小大家两岁，别人成年了，他确实还是未成年。

别看周毅杰现在成绩不怎么样，小时候十分聪明。因为亲舅舅是小学老师的缘故，他从小就在学校混，上学比普通人早了两年，奈何后天不努力，成天到处放荡，最后成绩一落千丈。

四人一路说笑着往学校外面走，大多数时候是楼西和周毅杰在互相嬉笑打闹，两人就跟欢喜冤家一样，凑到一起就互相针对，根本停不下来。

宋星语和花千树手挽着手走在后面，说着女生之间的悄悄话。

"千树，你和楼西是不是有情况呀？"

因为准备一诊考试的缘故，这段时间下课她减少了找花千树的次数。自从上次花千树发烧，楼西守了一夜，两人不计前嫌和好之后，虽然他们在学校看起来平平静静，但是两人之间暗暗流动的火花怎么也遮不住。所以，一考试完，宋星语就忍不住问了出来。

花千树也不知道在想什么，过了一会儿，笑着说："我看你还是担心你自己吧。"

"啊，你说的考试吗？我觉得自己能做的都做完了。我现在想开了，你说在这么短的时间内一下子杀到前几名是不可能的，我应该和以前的自己做对比啊，只要比上一次考试进步了，那我这段时间的付出就是值得的。况且，我妈妈说了，这次进步会涨零花钱。"

宋星语小小年纪就尝到了没有钱的感觉，妈妈不给零花钱，她只能接受许律的"施舍"，但是许律那个人精，才不会白给她，一分一毛都在小本本上记着呢，就等着某一天找她连本带息地讨回来。

说话间几人已经走到门口了，周毅杰和楼西打闹，没看前面的路，一转身差点撞着人。好在对方反应灵敏，及时侧身躲开了，只是苦了周毅杰，一个没站稳，撞到了旁边的树干上，疼得他龇牙咧嘴的。

"大哥，你让开的时候好歹说一声呀，我这细皮嫩肉的，差点交代在这里。"

周毅杰喊出这句话的时候，还没有看清身边站的人，直到后面走过来的宋星语，惊讶地叫了一声："许律。"

许律，年级第一？

楼西眼神不善地看着许律，原来这个就是花千树学习上的敌人，花千树的敌人就是他的敌人。

周毅杰也盯着许律看，这个年级第一最近出现的频率是不是太高了呀？上次躲在楼梯口装鬼吓唬他，这次又害他和大树干来了个负距离接触。

花千树倒是见过许律很多次，起先她没在意，后来她渐渐发现，每次遇见许律，身边肯定有宋星语。后来每次宋星语和她说不能一起学习时，她问原因，虽然宋星语只是简单地说了因为许律，但是花千树明白。如今许律站在这里，她也不觉得奇怪了。

宋星语也没有想到许律会在这里，她昨晚明明问过他考试完了有没有事，他说有，现在又站在这里，到底打什么主意？

"许律，你在这里干什么？"宋星语走过去，压低了声音，"你不是说考完试有事吗？"

"原本有，现在没有了。"许律看着小心翼翼的宋星语，就跟他有多见不得人一样，"星语，你不介绍一下吗？"

宋星语不是不想将许律介绍给大家，只是初中的时候，她吃过一次亏，心里有了阴影，从那以后，她就求着许律，在学校不要和她说话，要假装不认识她，后来许律就很少来找她了。上了高中，两人就真的跟陌生人一样了。如今，也不知道许律怎么想的，从高三开始频繁地出现在她面前，生怕别人不知道他们两人认识一样。

"这是许律，就是你们经常在年级红榜上看到的那个。"

说完了，她又转过身，对着许律介绍："这是花千树、楼西和周毅杰。"

周毅杰笑了笑："学霸好，以前见过。"

许律表情很淡，点了点头，算是和大家打过招呼了。

宋星语看着时间也不早了，说："你要是没什么事，我们就先去吃烤肉了。"

谁知道许律淡淡地看她一眼："我和你一起去。"

宋星语以为自己出现了幻听，许律平时最讨厌的就是火锅、烤肉之类的，觉得味道太重，又很脏。这是太阳从西边出来了，还是许大学霸考试考傻了？

随后，许律朝她走近了一步，压低了声音说："怎么，用我的钱请客，我不能去？"

"呃……"宋星语一口老血闷在胸口。

你去你去，你给的钱，你就是大爷！还有，故意压低声音跟她说话是什么意思，还好心地为她考虑了一下面子问题吗？

因为许律的加入，四人小团体之间和谐的气氛突然被打破了，宋星语也不和花千树黏在一起了，跟个受气的小媳妇一样，跟在许律身后。

楼西则是和花千树并排走，一路上都在和花千树讲笑话，周毅杰几次想要插进去，都被楼西给挡住了。

于是两两一起，只有周毅杰这个"奇数"落单了。他抬头望了望天，忽然觉得，今年黛城的冬天是真的冷呀。

原本订下的小包间，因为许律的加入显得有些拥挤，宋星语不得不换了一个大一点的包间，他们刚坐下没多久，莫小北也来了。

莫小北考完试没有和大家一起，而是先回了趟家，这一来一去，时间卡得刚刚好，这边才点完菜，她就过来了。

"不好意思，家里有点事，来晚了。"莫小北有些歉意地看着大家。

"没事，不晚不晚，我们也刚到没多久。"

宋星语将菜单递过去："小北，你看看有没有什么你喜欢吃的菜。"

莫小北连忙摆手："不用了，不用了，我不挑食，你们点什么，我跟着大家吃就行。"

"也行。"宋星语说。

有许律在，宋星语拘谨不少，她看了看，又把菜单推给花千树："千树，你来点吧。"

服务员走到花千树的身边，将菜单送到她面前。

趁着点菜的间隙，周毅杰已经招呼大家玩起了游戏。他也不知道去哪里找了一个开瓶器，在桌上一转，说："我们来玩真心话大冒险吧。"

宋星语看了看许律，许律这人看起来清清冷冷，却最讨厌别人窥视他的隐私，这样的游戏，他肯定不喜欢。

"周毅杰，要不换一个吧？"宋星语建议道。

"哈哈哈，宋星语，你该不会有什么见不得人的秘密，所以不敢玩吧？"周毅杰笑声魔性，旁边等待点菜的服务员小姐姐都忍不住笑起来。

"我才没有什么见不得人的秘密呢！"宋星语像是被周毅杰说中了一样，脸色很不自然。

"她玩。"许律靠在椅子上，看向大家，"你们呢？"

周毅杰看着替宋星语做决定的许律。得了，谁让人家是宋星语的哥哥，人家确实有这个权利。

楼西希望许律选择大冒险，这样一来，他就可以趁机使坏。莫小北也没有什么意见，她点了点头。

那边花千树也点完菜了，她说："也加我一个。"

全员通过，游戏正式开始。周毅杰先转了一下，最后开瓶器指向了宋星语。

宋星语一下子站了起来："周毅杰，你是不是作弊了！怎么第一个就是我呀？！"

周毅杰无辜地举起双手："天地良心，这是老天爷的选择。"

花千树也笑眯眯地看着宋星语："星语，真心话和大冒险选择一个吧。"

宋星语一咬牙:"大冒险。"

"大冒险好,来来来,楼西,是时候该你大展身手了。"周毅杰将出题的权利送给了楼西。

楼西并不想为难宋星语,就随便出了一个:"唱一首你最拿手的歌。"

宋星语憋红了脸,最后唱了一首《十年》。

周毅杰瞥了一眼楼西,故意说:"从现在开始认真玩,别随便放水了哈。"

这一次转开瓶器的权利落在了宋星语手里,她转了一下,或许太紧张,第一次没转好,重新转了一次,这次开瓶器指向了楼西。

周毅杰瞅了两人一眼,说:"你俩还真是礼尚往来。"

这一次,宋星语把出题的机会给了莫小北。莫小北看着楼西,问:"真心话还是大冒险?"

楼西长腿一敞:"真心话。"

"那请问,你有喜欢的人吗?"

这个问题一出,周毅杰第一个欢呼鼓掌,对面的宋星语也瞪大亮晶晶的眼睛,准备听八卦。

楼西也没藏着掖着,十分爽快地回答:"有。"

宋星语接着追问:"是否在这个房间?"

花千树看向宋星语,帮楼西说话:"星语,只能问一个问题。"

楼西笑眯眯的,没说话。可是周毅杰却觉得,怎么两人有一种"夫唱妇随"的感觉?

第三次,转开瓶器的机会落在楼西手里,他手指修长,轻轻一转,动作十分好看。最后,开瓶器停在了许律面前。

宋星语看了许律一眼,连忙举手:"我来问吧。"

周毅杰觉得这个游戏没法玩了,你护着我,我护着你,就他一个孤家寡人，于是没好气地说道："问什么问？瞎凑热闹，万一学霸选大冒险呢。"

许律淡淡地看了周毅杰一眼，说："我选真心话。"

周毅杰感觉脸有点疼。

"我来问吧。"楼西看着对面的人，慢悠悠地问，"你有喜欢的人吗？"

这一来一往，明显的火药味，虽然周毅杰也不知道这两人怎么就对上了。

"有。"许律沉默了几秒，才回答了一个字。

"那你喜欢的人在这个房间里吗？"这个问题是花千树问的。

宋星语一听，马上跳出来帮许律解围："千树，只能问一个问题。"

"在。"谁都没有想到，许律竟然回答了。

周毅杰起哄，莫小北拍手，楼西和花千树对视一眼。宋星语不知道许律葫芦里卖的什么药，在这里胡说八道。好在这个时候点的菜来了。

吃饭的时候几乎只有周毅杰在说话，平时宋星语倒是会接几句，今天许律在场，她也安安静静地吃东西，除非点到自己的名字，不然绝不打扰周毅杰的个人秀。

花千树习惯了吃饭不说话，楼西是懒得说，倒是莫小北，今晚除了周毅杰，就数她说得多。

这顿饭吃完，周毅杰提议再去 KTV 来一局，剩下的人兴趣不大，最后局没有攒起来。许律和宋星语是邻居，两人一道坐车走了，楼西和花千树顺路，他们两个也打车走了。剩下莫小北和周毅杰，周毅杰觉得是时候展示自己的绅士魅力了。

"莫小北，你去哪儿？我送你。"

莫小北看着远处愣愣出神，没答话，反而问："周毅杰，你说楼西是不是喜欢花千树？"

"是呀，就连我这种恋爱白痴都能看出来，你不会现在才知道吧？！"

是啊，她很早以前就知道了，所以下晚自习后，她跟着他们，终于拍到了"暧昧"的照片，以为偷偷让杨晓风看见这些照片就能阻止他们，却没想到反而让两人成了同桌。

莫小北神色黯淡："周毅杰，你先回去吧，我还有点事。"

周毅杰见莫小北一副心事重重的样子，也没强求，嘱咐了一下注意安全后，也打车走了。

莫小北转身沿着街边走，最后找了一家网吧进去了。

另一边，大家离开烤肉店没多久，楼西和花千树又打车回来了。

因为大家都是学生装扮，店里的服务员对两人有印象，看着两人一路低头找进来。

"请问有什么需要帮忙的吗？"

"你们有捡到一台黑色的手机吗？"

楼西是上了车想看时间，才发现手机不见了，他明明记得吃完饭的时候还在。

花千树扯了扯楼西的袖子："楼西，你确定手机是掉在这里了？"

楼西挠挠头："我也不太确定。"

两人又去刚才吃饭的包间里找了一圈，还是没有。

花千树安慰："可能被谁捡走了。"

"算了，走吧，明天再买一个。"

一诊结束，教室里紧张的气氛退散了些，花千树一进教室，宋星语就紧张兮兮地看着她。

"怎么了，你那是什么眼神？"

宋星语把花千树拉到厕所，这才偷偷摸摸地拿出手机给她看。

"千树，出事了！你看！"宋星语打开学校论坛，点开了置顶飘红的那条，"我们和苏丽在库房的视频被人爆出来了。"

花千树都快忘记苏丽是谁了，要不是看到视频里面的内容，她压根就记不起来这个人。不过她记得清楚，当时这个视频是用楼西的手机录制的，楼西昨天刚丢了手机，这个视频今天就被爆出来了，如果说这一切都不是巧合，那就十分有意思了。

宋星语非常担心："千树，怎么办？视频爆料者有意抹黑你，这样下去，全校的人都会认为你在校园使用暴力。"

花千树倒没显得有多担心，反倒安慰宋星语："别担心，反正爆料者故意把音频抹去，让大家看图说话，就是针对我的，想要躲肯定躲不过，不过我自然有办法。"

"你说会不会是苏丽她们自己爆料的？"宋星语猜测。

"不会。"

这视频爆出来，对苏丽没什么好处，况且她就算要爆，也不用过了这么久才爆出来。虽然这视频剪辑之后，更加针对花千树，看起来好像真的是苏丽干的。不过这爆料者多此一举了，越是做得多，越是疑点多。

花千树原本觉得这件事大家讨论一下就过去了，却没有想到，背后有人推波助澜，这个视频不仅在黛城一中火了，在网上也火了。

恰好上个月微博上就在严厉批评校园暴力，很多学校都加强了管理，没有想到，这样的事情会在他们学校发生。

随着视频在网上的流传，花千树也被杨晓风叫到了办公室了解情况。

"千树，视频这事你怎么看？"

杨晓风这话问得委婉，因为她不太相信网上说的。虽然视频里动手的确实是花千树，可是有时候眼见不一定为实，况且从花千树转学到黛城一中，她可是时时刻刻看着这孩子，不仅爱学习，尊敬师长，平时也不多事，说话都是简简单单的。

"杨老师，我是动手了，"花千树看着杨晓风的眼睛，"但是事出有因。"

杨晓风没想到花千树如此诚实，一时间也不知道是该教育还是该劝诫，过了一会儿才问："为什么先动手啊？"

"我没有先动手，我只是合理自卫。"花千树平静地陈述事实，"杨老师，这件事我会处理好的。"

杨晓风本来想说，你就好好学习，这事交给老师，没想到刘主任突然出现在办公室，怒气冲冲地说："你处理？你怎么处理啊？你还要把爆料的人拉出来打一顿吗？"

杨晓风听着刘主任的话直皱眉头："刘主任，你这话什么意思？我的学生，我还不清楚吗？她肯定是有原因的。"

刘主任正在气头上，见杨晓风还护着花千树，也来气了："就是你平时太纵容你的学生了，才导致他们没有规矩、没有纪律，成为社会的毒瘤！我看这个班主任你也别当了，否则不知道还要耽误多少人了。"

"你！"

杨晓风什么时候和别人吵架红过脸？她看着刘主任，硬是被气得说不出话。

刘主任走的时候瞪了两人一眼，留下一句："教育局已经下通知了，下周就会派人过来调查，你们自己看着办吧。"

现在一诊考试刚刚结束，多少学校盯着成绩出来，好过来抢人呢，如果在这个节骨眼上出事，又惊动了教育局，肯定会在招生率上受到影响，也难怪刘主任这么生气。

杨晓风自然是相信自己的学生，教育局的人来查她也不怕，只是……

"千树，一诊考试前我已经把你参加数学竞赛的报名表交上去了，但是现在出了这件事，我担心到时候会有影响。"

杨晓风的担心不是多余的。前几年竞赛上也出过类似的事情，原本考试成绩已经出来，当时那位学生也取得了优异的成绩，可是后来被爆出在校期间抽烟喝酒还赌博，他不仅被取消了竞赛的成绩，就连当时已经保送的大学也取消了该学生的入学资格。而且这件事性质上比以前那件事更加严重，加上舆论压力，或许到时候花千树真的被取消资格也不是不可能。

花千树沉默了一会儿，她也想过这件事可能会影响到她的竞赛，看来爆料的人是铁了心不想让她好过。

从杨晓风办公室回到教室，一路上大家对她指指点点，下楼的时候，遇见了过来找她的苏丽。

苏丽在花千树手里吃过亏，原本是想报复的，结果谁知道后来冒出个许律。她原本以为许律那样的人不会管女孩子之间的事情，但是许律不仅管了，还冷着脸威胁她，于是她也不敢在许律的眼皮子底下找花千树的麻烦。后来，苏丽才明白，哪里是因为花千树呀，许律是护着他的那个小青梅宋星语。

"你不是答应过我不曝光视频吗？"苏丽也是生气，虽然那个视频被剪辑了，她出镜的镜头不多，但是留下的镜头却让她伤心，都是她被狠狠欺负的画面。她营造了三年大姐大的形象，就在这一夕之间崩塌了，她能不生气吗？

花千树静静地看着她，原先她以为苏丽是有脑子的，如今看来真是没脑子。

"你没仔细看视频吗？"花千树问。

"当然看了！"苏丽这种不爱学习的人，常年混迹各类论坛贴吧，什么消息不是第一时间知道？

"那你没看见这个视频明显是针对我的吗？所以，你觉得会是我爆料出去的吗？"花千树说完就走，不想和苏丽继续站在过道上被人围观。

苏丽原本还想追上去说点什么，可是看到自己被围观，吼了一声"看什么看"后，也转身回教室了。

回到高三（八）班，宋星语原本想过来安慰她，花千树朝她笑了笑，示意她不要过来。

莫小北转过身来担心地看着花千树："千树，你没事吧？"

花千树看着莫小北，虽然她已经看过言乔发来的摄影参赛图，可以断定和举报给杨晓风的图出自同一人之手，但是她没说破，只是若有所思地看着面前对自己十分关心的前桌。

"小北，你怎么看待这件事？"

"我？"莫小北一笑，笑容看不出异样，"我自然是相信你。"

"那先谢谢你了。"花千树拿出准备上课的课本，看着她说，"我一定会找出爆料者的，然后问问她，为什么要陷害我。"

楼西是踩着上课铃进来的，一坐下，就塞给花千树一张卡。花千树看着自己手里的银行卡，一脸的莫名其妙："你这是干什么？"

"给你钱呀。"楼西擦了擦汗，十分认真地说，"有钱好办事。我知道你肯定会查清楚，找出那个冤枉你的人。可现在你爸爸不在，没有人给你提供金钱支持，正好我有。我可是把我所有的钱都转到这张卡里了，你尽管用，密码是阿肥的生日。"

花千树敏感地抓住了重点："提供金钱支持的就是爸爸？楼西，你又皮痒了是不是？"

楼西傻笑："这可是你自己说的，我原本才没有这个意思呢。我只是单纯地想帮助你。"

花千树就奇怪了，为什么大家都觉得她很穷，她没有钱呢？

她爸爸虽然现在算过气了，但是当年的那些旧作，一幅画吃一年也不夸张，要不然符一涵当年怎么会嫁给花易安？除了因为花易安本身样貌尚好，还因为他可以给他们的未来提供一个很好的经济基础。而且，虽然因为身份原因，符一涵不曾来看望过她，但是每年也没有少往她的银行卡里打抚养费呀。

楼西见花千树捏着银行卡出神，忍不住伸出手指头戳了戳她的胳膊，凑近问道："想什么呢？是不是在想以后要怎么报答我？"

"对呀，要不然以身相许好了？反正你家这么有钱，也不差我这口饭吧？"花千树顺着楼西的话就接下去了。她存心逗他，见他流露出小男生的腼腆害羞就觉得可爱。

因为花千树视频的事，杨晓风被叫到了校长办公室，班长林蔚通知大家先上自习。十分钟后，杨晓风夹着教案进了教室，脸色不太好，显然和校长的这次谈话并不愉快。

杨晓风简单讲解了上次布置的作业，然后让大家自行复习，又把花千树叫了出去。

如今已是深冬，杨晓风和花千树站在教室外的走廊上，寒风强劲地吹着，让人清醒不少。

杨晓风其实是来给花千树传达刚才高坤在校长办公室说的话，她说："千树，苏丽的父母也看到了视频，他们刚才在校长办公室，要求学校立即将你开除。"

杨晓风注意着花千树的表情，青春期的孩子比较敏感，这件事发展到现在，已经闹得挺大，她作为班主任，首先要做好的是学生的思想工作，在思想上对他们进行引导，尽量避免他们钻入死胡同。

"我没有同意，这件事还没有调查清楚之前，谁都没有权利处置我的学生。"杨晓风拍了拍花千树的肩膀，安慰道，"千树，你放心，老师一定会调查清楚。"

因为父亲花易安工作的缘故，从小学到高中，花千树经常转学，所以，她遇到过很多老师，有幽默风趣的，也有死板严苛的，有刘主任那样的，也有袁王春那样的，却很少有杨晓风这样的。

杨晓风是那种自己的学生哪里不好，她会关起门来往死里教育，但是外人指责一下，她就要跳出护犊子的老师。不管是以前刘主任被楼西的狗咬伤，还是如今牵扯到花千树校园暴力的视频，她都第一时间选择相信自己的学生，选择听他们解释这么做的缘由，而不是不分青红皂白，以成年人固有的是非观来对他们进行横加指责。

有这样的老师，不管是她自己，还是她的其他学生，都一定很幸福。

"谢谢杨老师。"花千树说，"是我的错，我一定会认。这件事情我会好好配合调查的。"

杨晓风综合考虑之后，最后建议道："千树，现在学校和网上舆论都是一边倒的，老师担心你在学校会受到这些言论的影响，苏丽父母那边我挡得了这一次，指不定下次就直接找过来了，所以老师建议你先回家休息，等下周教育局调查的人下来了，你再回来。"

其实不用杨晓风说，花千树也打算今天放学之后向她请假的。她不是怕了学校这些流言蜚语，而是想要找出这件事的真相。她必须亲自去找，在学校上课反而困住了她。

快下课的时候杨晓风也对班上的学生进行了思想教育，外面怎么讨论、怎么说不要紧，自己的班级一定要有凝聚力。

放学之后，花千树先去杨晓风那里拿了请假条，出校门的时候，看见楼西、周毅杰、宋星语，还有许律都在。

其他三个人等着她，花千树还能理解。"一日为师终生为父"，她好歹辅导过这三个人学习，如今她有难了，他们陪着她理所应当，但是许律在这儿凑什么热闹？

宋星语解释道："他非要跟着，我也没办法、"

怎么这话听着有种浓浓的嫌弃意味？许律淡淡瞥了宋星语一眼，以示警告。

楼西也很无奈，原本只有他一个人站在这里等花千树，后来不知道怎么的就变成了四个人，于是他和花千树"二人世界"的计划就泡汤了。

一行五人去了奶茶店。周毅杰最近表现太好，家里人多给了零花钱，于是给每个人点了一杯大份的珍珠奶茶。

　　花千树将当初那件事的经过讲了一遍。在座的，其实只有周毅杰和许律不太清楚，花千树和宋星语算是当事人，楼西当时也是躲在门口，看得清楚。

　　有些人的重点果然和大家的不太一样，周毅杰听完就十分鄙视楼西："看着同学有难，你不出帮忙就算了，竟然躲在门口偷看？楼西，我代表莎士比亚鄙视你。"

　　楼西一个白眼飞过去："你这个学渣有什么脸面代表莎士比亚鄙视我？我还代表苏格拉底看不起你呢。"

　　周毅杰昂首挺胸："楼西，我已经不是考倒数第一的周毅杰了，所以，你不能叫我学渣。"

　　"你们两个不要吵了，我们应该想办法找出那个爆料的人，并且拿回那份原始视频。"

　　宋星语难得头脑清晰一次，说："当时我也在现场，真要论起来，苏丽她们才是始作俑者。"

　　许律适时看过来，眉眼清清淡淡的。这段往事，宋星语很少和别人说，就连对许律，她也没有说过。

　　不过，今天的主要任务是帮助花千树解决这件事，宋星语看着大家："教育局要下周才派人过来，我们还有差不多一个星期的时间去找到原始视频。"

　　其实这件事情的关键就是花千树拿出证据反驳网上的爆料，但是楼西手机遗失了，证据也没了。

　　花千树想了想，说："这样吧，反正这周我不用上学了，我就负责找视频，你们帮我盯着学校。如果这个人针对的是我，应该不会善罢甘休，我不在学校，这个人应该还会有所动作的。"

　　"好。"

接下来的一周，花千树哪也没去，还是和上学时候一样的作息，在家里学习。

这期间，花易安终于有了消息。花易安给花千树发了一封邮件，大致说了他在美国的近况。好消息是他的手已经得到了良好的治疗，医生说恢复的可能性很大，这就意味着，不久之后花易安就可以重新拿起画笔了。

邮件的最后，花易安向花千树表达了歉意，为这些年没有尽到一个父亲的责任而道歉，也为忽视了她的看法和感受而道歉。同时还提到在美国治疗这期间，他遇到了一个和他志同道合的盟友，两人在同一个心理医生那接受治疗。

从邮件的字里行间，花千树可以清楚地感觉到花易安整个人的转变。那晚，花千树睡得很好，好像压在心里很多年的一个大石头终于落地。那晚她梦到了小时候，梦到了年轻有为的花易安和温柔的符一涵。

一大早花千树就被敲门声吵醒，她迷迷糊糊地起来开门，看着站在门外的言乔一脸蒙圈。她觉得自己肯定没有睡醒，不然言乔怎么会来黛城，还出现在她家门口？

于是花千树揉着眼睛，关门。

"千树，别关门，是我呀，你英俊帅气的乔哥哥啊。"言乔挤了一条腿进来抵着门，在花千树呆愣之际，半个身子已经挤进来了。

这下花千树彻底醒了——不是做梦，是言乔真的来了。

"你怎么来黛城了？还有，你怎么知道我家住址的？"花千树接连发问。

"得了，你让我先喘口气再回答你好吗？你看我大老远跑过来，你连一杯水也不给我喝吗？"言乔躺靠在沙发上，行李箱随手扔在旁边，看样子是真的累得不轻。

花千树转身去厨房倒了一杯水，出来的时候顺便洗了水果。

言乔这才满意了，喝完水，咬着苹果说："前几天易安叔叔给我发了一封邮件，说你现在一个人在这边，让我有空就过来看看。

"然后吧，正好我要出来采风，听说黛城这边风景不错，我就来了。"

说完，他拉过行李箱打开，在里面胡乱翻了一会儿，找出一个粉红色的包装扔给花千树："喏，哥哥还给你带了礼物。"

花千树没打开，摸着包装盒就知道言乔送的是什么。言乔从小就喜欢逗花千树玩，四五岁的小姑娘，长得粉雕玉琢的，让人忍不住想欺负。于是言乔就拿了她最喜欢的水晶球玩，任凭花千树在后面怎么追，他就是不还，还高高举起，等着花千树跳起来抢。最后花千树不小心摔倒了，碰到了门牙，言乔一紧张，水晶球也摔碎了。

花千树摔倒了没哭，看着水晶球裂成了几块，里面的圣诞爷爷也摔断了脖子，她哭了整整一下午，后来还生病。从此之后，言乔不管是生日礼物，还是节日礼物，但凡送礼物，都是水晶球，各种各样的水晶球。

言乔来了，花千树也不能再睡了，她回卧室收拾了一下，出来看到言乔在摆弄他的相机，就问："要一起出去吗？"

言乔抬起头看她："你不是去上学吗？我不去。"

"我不上学，我出去买点菜。"

"不上学？今天周三呀，难道你因为我来了，准备逃课吗？"言乔连忙摇头，"不行不行，千树，你言乔哥哥虽然重要，但是你也不能为了言乔哥哥逃课，这样言乔哥哥会愧疚的。"

"唉……"花千树有时候觉得，言乔真的是个戏精，怎么就学了摄影呢？学表演多好，说不定现在都是影帝了。

花千树干脆往言乔面前一坐，将这些天发生的事情一五一十地告诉他。言乔听完非常生气："太过分了，是不是当我们千树身后没有人？！"

言乔把摄影器材放好，站起来："走，我现在就去你们学校，让你们校长给我一个交代。证据都没有，凭什么就对你定罪？"

"还没定罪呢。"花千树提醒。

"教育局都要查你了，还没有定罪？"

言乔越想越气，他看着花千树长大，他们家的事情他也知道。如今花易安去了美国，爷爷奶奶身体不好，出不得远门，外公外婆那边早就断绝来往了。至于那位亲妈，也是从来不管自己这个亲女儿的，在娱乐圈又是得影后，花千树怕是早就被她遗忘在大明湖畔了吧？

"千树，你听我的，现在我就是你哥哥，你这个公道，我去替你讨回来。"说着，言乔已经转身往门口走了。

花千树眼疾手快地将人拉回来按坐在沙发上，说："你想要给我讨公道也不是没有办法。"

言乔问："什么办法？"

"我们把这个爆料的人找出来，永绝后患。"花千树说完，又把自己这几天想好的计划告诉他，"原本吧，我打算花钱请人的，既然你来了，那这件事就交给你了。"

言乔疑惑地看着她，提出疑问："这办法行得通吗？万一事情不是你想的那样呢？"

花千树一副胸有成竹的模样："言乔，你相信我。"

于是，言乔就在花家住下了。花易安的卧室花千树一直有叫阿姨打扫，言乔可以直接住进去。晚上，花千树原本想去叫言乔吃饭，刚走近，就听到卧室里传出游戏的音效声。

言乔不是不会玩游戏吗？

花千树轻手轻脚地开门进去，只见言乔沉浸在游戏世界里，压根没发现身后站了一个偷窥的人，等到他一局结束，才发现花千树叉着腰，似笑非笑地看着自己。

言乔愣了两秒："要不一起玩？"

花千树问："你不是不玩游戏吗？"

言乔摸了摸头，坐起来，解释道："以前是不喜欢玩，但是工作后，不知道怎么的，突然就喜欢上了，可能是压力大吧。"

花千树似信非信，看了他一眼，说："洗洗手，出来吃饭吧。"

吃完晚饭，两人正在沙发上肩并肩拿着手机大杀四方，门铃突然响了。

花千树正在中路大杀特杀，一时间腾不开手，就使唤旁边的言乔："开一下门。"

言乔和花千树组队，花千树中路，他下路，刚好一波兵线上来，他推到塔下后，起身开门。

楼西原本是过来给花千树送课堂笔记的，顺路又买了周黑鸭，打算晚上多留一会儿，和花千树说说话。小算盘打得正好呢，结果一开门是个男的，楼西的笑容凝固在脸上。

男人的直觉告诉他，面前这个人不简单，他正想问"你是谁"，那人头都没抬，直接转身就进屋了。

"你……"楼西觉得备受打击。他是透明人吗？他们看不见他吗？

言乔和花千树确实没时间看楼西，游戏正在关键阶段，三路兵线推上去，刚才花千树又一个人拿下了大龙，这一波直接打上去，把对方焊死在家门口。

楼西默默地将周黑鸭放到茶几上，看着盘腿肩并肩坐在一起沉迷游戏的两人，觉得有点难受。又一看，这男的还穿着家居服，莫不是已经住在这里了？

他佯装去厕所，果不其然，厕所里多了一套新的男士洗漱用品，还有刚换下来，没有洗的衣物。楼西默默又心塞了一回。

他从厕所出去，两人已经结束了游戏，花千树正在厨房喝水，而厨房门又正对着厕所的方向。

两个人四目相对，花千树问："你干什么？"

楼西语速极快："尿急。"

客厅里，言乔已经叫起来了："千树，小树树，赶紧来，游戏开始了。"

楼西和花千树一脸无语。

两人又打了一次排位，结束之后言乔伸了个懒腰，这才看到对面的人。

"你是谁？你什么时候进来的？"

楼西内心：大哥，不是你给我开的门吗？

花千树介绍道："言乔，这是我的同学。楼西，这就是我给你提过的言乔。"

楼西细细打量着言乔，言乔也盯着他，不过两人的心理活动截然不同。

楼西想的是，这家伙比他有先天优势，是个强敌，要好好对待。言乔则是老父亲般的胡思乱想，男同学，大半夜来女同学家？是人性的扭曲，还是道德的沦丧？他是不是对我们如花似玉的小树树有什么非分之想？小小年纪不好好学习，竟然想着追求女同学？

花千树见两人跟交战似的，你盯着我，我又盯着你，于是往两人中间一站，问道："我们三个排位，来不来？"

楼西和言乔："来。"

新开一局，三人排位，一上场，言乔就开始秀，花千树默默在中路清兵，不经意往上下路一瞥，两人不好好打游戏，发什么骚？

"你俩干什么呢？给对面表演双簧吗？"

言乔一个漂亮的闪现躲过了对手的大招，一边操作着英雄反击，一边说："千树，你忘了吗？以前你乔哥哥人送外号'言独秀'。"

楼西以前觉得自己脸皮挺厚的，没想到这个世界真的是人外有人，天外有天。

三个人技术都不差，楼西操作和意识是三人中最好的，从进门到现在一直被忽略的少年终于在游戏里面找回了存在感，带着队友秀了好几次五连绝世。

在楼西的带领下，花千树和言乔的段位蹭蹭上涨，后来花千树打累了，先退出了，剩下楼西和言乔双排。原本还互有敌意的两人，一起组队开黑了一会儿就哥俩好瘫在沙发上了。

花千树在旁边陪着，她一边吃着楼西带过来的周黑鸭，一边看着电视上的国剧盛典晚会。

今年大爆的电视剧屈指可数，而符一涵演的那部恰好是风头最盛的一个，所以她出现在国剧盛典一点也不奇怪。她看起来比去年春节又瘦了一些，模样是真的好看，在聚光灯下，一点也不比台下的小花逊色，虽然快四十的年纪，但保养得特别好。

花千树长得和符一涵不太像，除了那双眼睛，其他地方真看不出来。

主持人宣读了颁奖词，符一涵款款上台。给她颁奖的正是她的现任丈夫，知名文艺片导演裴寻山。

花千树见过裴寻山，比符一涵大八岁，喜欢穿长衫，是一个书生气很浓厚的人，怪不得以拍文艺片出名。

除了裴寻山作为颁奖嘉宾给了符一涵惊喜，节目组在最后还让裴意慈捧着鲜花上场。裴意慈是符一涵嫁给裴寻山之后生的女儿，现在才五岁，团子脸，大眼睛，十分可爱。每次见到花千树，她总是喜欢扯着花千树的手，怯生生地叫姐姐。

花千树看着裴意慈抱着花一脸呆萌的模样忍不住牵起了嘴角，小家伙明显是正在睡觉时突然被叫醒，意识还在飘离就被请上台了。

符一涵上前接过花，抱着裴意慈亲了亲，然后一家三口，朝着观众致谢。

真的是很幸福的一家。

六年前，花千树在电视上看到符一涵结婚的消息时，很崩溃。她知道，从那一刻开始，她是真的没有母亲了，从此母亲是别人的母亲。以前不管别人说什么，她都不在乎，可能那时候她的心里还有一点幻想，幻想着符一涵有一天会回来接她。

符一涵开始和她联系是裴意慈出生之后。符一涵给她打了一个电话，说想见见她，然后派了人过来接。那时候花千树是抱着报复的心态过去的，想着一定要当面质问符一涵，这些年是不是大明星做得太舒服，忘记自己还有一个女儿了。

当时符一涵抱着才出生不久的裴意慈，叫她："千树，过来看看你的妹妹。"

所有的恨在裴意慈的小肉手拉住自己的手指时消散了，也是那一刻，花千树就释然了。

她在最需要他们的时候，他们不在，如今她长大了，她不需要了。

以前恨符一涵，不过是怪她抛弃了自己。如今花千树已经想通了，符一涵当时做了对大家最有利的决定。那时候她不过是娱乐圈的十八线小明星，带着一个孩子根本没有出路，而花易安正值事业高峰期，可以给到花千树更好的生活条件。

或许当初符一涵决定去娱乐圈拼搏一把时，根本没有想到会有今天的成绩。如今她有成绩，有地位了，她让花千树见了自己的另一个孩子，告诉花千树这是妹妹，是世界上另外一个和自己有血缘关系的亲人。

花千树很喜欢裴意慈，才学会走路就会跟在她身后叫"姐姐"的裴意慈，这也是为什么，花千树转学到黛城一中，独独和宋星语成了朋友。因为她第一眼见到宋星语，就觉得这个笑起来脸上两坨红红苹果肌的女孩，像极了家里叫她姐姐的肉肉的妹妹。

花易安起先不喜欢花千树和符一涵有过多的接触，不是他心里还有芥蒂，而是因为他不喜欢娱乐圈，觉得水太深，就像当初他反对符一涵进娱乐圈一样。

直到后来学校开家长，花易安终于抽空来了一次，看着其他同学都是父母一起。回家的路上，他就对花千树说："千树，以后想去你妈妈那里，你就去吧。"

虽然花易安不再阻拦了，但是花千树没有主动找过符一涵。毕竟符一涵的身份敏感，她也不想自己被过多曝光，成为别人的饭后谈资，所以除非是符一涵派人过来接她，其他时间她就当不认识符一涵。

国剧盛典晚会一直持续到晚上十点半，周黑鸭已经被花千树吃完了，楼西和言乔也从手游转到了英雄联盟。

术业有专攻，言乔虽然摄影技术高超，可游戏只是中上水平，和楼西这种网瘾少年一比，自然逊色不少，这会他正在看着楼西大杀四方，俨然一副迷弟的样子。

言乔忍不住感慨："楼西，就你这水平，不去打职业赛为国争光，确实有点可惜。"

楼西没想这么多，打游戏是爱好，他只想和花千树考同一所大学，于是随口说道："再看吧。"

花千树眼皮子都在打架了，实在困得不行，她一边往卧室走，一边对两人说："我先睡了，你们自便啊。"

睡之前，花千树给符一涵发了一条信息，恭喜她获奖。消息刚发出去，符一涵就回了一条语音，花千树点开，却是裴意慈软萌的声音："姐姐，你看到我了吗？"

花千树发了一个笑脸过去，并说："姐姐看到小慈了，小慈今晚是可爱的小公主。"

裴意慈回："最爱姐姐了。"

花千树回复完，准备关手机睡觉，屏幕一亮，又有消息进来，是符一涵打了一行字。

"千树，下个月就是你的生日了，小慈想亲自给你过，你方便过来吗？"

这些年，因为裴意慈，母女俩的关系还算不错，虽然做不到平常母女那般亲昵，但是也算和和气气。符一涵心中有亏欠，对花千树总是小心翼翼的。

花千树想了想，下个月正好放寒假了，于是回复道："可以。"

这晚花千树睡得很好，半夜起来喝水，没想到楼西和言乔还在客厅玩游戏，她没说什么，又悄无声息地上楼了。

第二天一大早，花千树起床下楼，楼西已经去上学了。

言乔正在桌边吃早饭，见花千树下来，赶紧招呼她："千树，快，给你买的早饭。吃了我们出去一趟，我大概知道怎么帮你查了。"

花千树疑惑地走过去，言乔看起来不像熬夜之后的状态——这精气神，太饱满了吧！

"你们昨晚什么时候睡的呀？"

言乔咬了一口春卷："没睡呀，通宵。"

"通宵精神这么好？骗鬼吧。"

"这你就不懂了，我们男人越晚越亢奋。你到底从哪里认识这个宝藏男孩的？我觉得，以楼西的技术，不去直播可惜了。"

"直播？"花千树摇摇头，"他没告诉你？他家富得流油，不差钱。"不仅不差钱，还多到用不完。

等等，花千树有点疑惑，问："你昨晚不是说楼西不去打职业可惜了吗？怎么又变成直播了？"

言乔十分认真地说："昨晚我没发现，原来他长得也挺好的。"

这有什么关系吗？

吃完饭，言乔和花千树直奔目的地——烤肉店，从楼西丢手机的地方开始排查。

一上午的工夫，这一带有多少摄像头，多少网吧，分别在哪个地方，都被摸得清清楚楚。言乔还带着自己的单反，一路走走拍拍，真像是外地过来旅游的。花千树没和言乔一起，他们分开走，最后在家里碰面。

中午吃完饭，两人对上午收集到的信息进行整理分析，一一排查。

按照花千树分析的，视频上传时间是晚上十一点，也就是说，是在楼西的手机丢了半小时后。以这个时间为基础，以饭店为中心，向周围扩散，言乔很快就锁定了路线，再通过私人关系，调取这条路线上的监控，逐一排查，确定了三个可疑的人。

言乔把花千树叫过来辨认："你看，有你认识的吗？"

三个人，其余两个花千树没有见过，另外一个她倒是熟悉，莫小北，她的前桌。

看花千树的表情言乔就明白了，问："你同学啊？"

"嗯。"

"那你打算怎么办？虽然知道了爆料人，但是这个不能作为证据。"

花千树微微一笑，这样的真相她一点也不意外。从上次拍照给杨晓风举报她和楼西"早恋"，到这次爆料她"校园暴力"，每一桩都针对她，只是花千树想不通为什么。

"找到人就行了，剩下的我自然要让她给我一个解释。"

言乔相信花千树，毕竟从小到大，她就不是会让自己吃亏的人。言乔将监控截图，发到花千树手机，他盯着屏幕看时，觉得这人有点眼熟，仔细一想，想起来了："这不就是上次在青少年摄影大赛获奖的那个女孩吗？"

当时言乔作为评委，每一张参赛作品他都看过，因为莫小北的作品获奖了，所以他还特意留意过。他记得她的作品温暖阳光，但是看起来总觉得缺了点什么，因此才得了二等奖。如今言乔想明白了，纵然她的作品看起来充满了温柔和阳光，却缺少了诚意，整个作品空有其表，没有灵魂。

"对，就是她。"

"那你上次让我注意她？"言乔突然反应过来，"上次不会也害你了吧？"

花千树点点头，可不就是她吗？

言乔神色凝重，扣上电脑，说："你们这是什么宫廷大戏？"

他以前上学待在学校的时间不多，加上又是特长艺术生，所以校园里的这种明争暗斗他还真没有见识过。

现在的小孩可真是厉害呀。

晚上花千树提前和言乔去买了菜，因为下午楼西发来消息，说大家放学之后要过来吃饭。

人多首选火锅，而且言乔还藏了一手熬锅底的好功夫。他从下午两点钟就开始在厨房忙活。花千树原本想帮忙，言乔嫌弃她碍手碍脚，便将她赶回卧室学习了。

于是下午言乔为晚上填饱众人的肚子而做准备，花千树则是做了几套数学竞赛的试卷，将前一晚楼西拿过来的笔记看了一下，又将文综整合过了一遍。剩下的时间听了一套英语听力，做了十篇英文阅读理解，默写了古诗文，等到她把所有科目复习一遍之后，天差不多黑了。

她从二楼下来，火锅的香味已经弥漫开了，餐桌上，各种食材已经漂亮地摆好盘了。

花千树走进厨房，倚在门边调侃："言乔，你真的太贤惠了，以后谁嫁给你是谁的福气。"

言乔正围着碎花小围裙剔虾线，闻言笑了笑，说："反正你是没福气了。"

"切。"花千树没好气地哼了一声。

小时候花易安和言乔的父亲有意撮合两人，两家熟识又知根知底，两方老父亲聚在一起难免会提到自家孩子，一来二去，就提到终身大事上了。不过这是长辈瞎操心，她和言乔互相看不上眼。

花千树从小拿言乔当哥哥，言乔觉得花千树就是自家亲妹子，自然不会往其他方面发展。况且据花千树这么多年来对言乔的观察，她曾经还严重怀疑言乔喜欢男孩子，直到言乔毕业时才露出马脚。原来是他怕言伯伯发现，所以瞒着家里，不过现在早就分手了，那位初恋怕是早就已经结婚了。

晚上九点，楼西一行人准时出现在花千树家里。

花千树看了看时间，问楼西："你们又集体逃课了？"

楼西一进门就笑，就跟买彩票中了几百万似的。他轻车熟路地从鞋柜里拿出自己偷藏的拖鞋，才说："没有逃课，我们请假过来的。"

花千树转向宋星语求证。

突然被注视的宋星语默默放下了手里的桂圆："千树，楼西没有撒谎，我们是找杨老师请假后过来的。"

"现在是高三，杨老师这么容易就让你们走了？"杨晓风虽然好说话，但是现在高三紧张时期，一诊考试才结束，也不是放松的时候。

楼西神秘兮兮地凑到花千树边上，小声说："我们自然有我们的办法，反正你只需要知道，我们是正大光明拿出假条提前走的，而不是逃课。"

楼西神神秘秘的，花千树问宋星语，她是一问三不知，至于周毅杰，一进门就被厨房的香味吸引，对他们这边的谈话完全不感兴趣。

这个时代，一起熬夜开过黑就跟以前一起扛枪上过战场一样，楼西坐了一会儿，也跑到厨房帮忙了。言乔最开始还是挺嫌弃他的，觉得两个一米八多的大高个在旁边碍手碍脚，结果楼西和周毅杰一个比一个脸皮厚，言乔最后只能让他们留下帮忙了。

客厅里只剩下宋星语和花千树，两个小女生坐在一起吃东西，宋星语边吃边讲最近学校发生的事情。这几天花千树不在，但是同学们讨论的热度一点没减下来，都在传花千树是做贼心虚，躲起来了。

看着宋星语为自己抱不平的样子，花千树突然说："星语，你知道当初我刚转学到黛城一中，遇到苏丽她们欺负你为什么要出手吗？"

"不知道，"宋星语摇摇头，"为什么？"

其实那个时候宋星语也困惑过，为什么认识不太久就可以这么仗义地出手帮她，几乎是无条件地站在她这边。

花千树看着她，眸子里沾染了笑意："因为你很像我的妹妹。"

"她其实和你长得一点也不像，只是性格很像，都是软软的性子。"花千树顿了顿，"不过，很可爱。我妹妹是，你也是。"

宋星语也笑："千树，我这是第一次听你说这么肉麻的话，以后有机会一定要认识一下你妹妹。"

两个女孩聊着天，也不知道说到了什么，宋星语扑倒在花千树身上，笑得不行，花千树也在笑，她笑起来，眉眼弯弯，像个小太阳。

言乔瞥了一眼身边已经看呆的楼小少爷："喂，楼西，手里的鱼要跑了。"

楼西自告奋勇地要弄鱼，明明刚才已经把鱼拍晕了，没想到这会儿鱼倒跟听懂了人话似的，装模作样地在楼西手里扭了扭。楼小少爷手起刀落，再次将鱼拍晕了。

言乔："呃……"

周毅杰："呃……"男人狠起来，真的好冷酷。

言乔默默祈祷，但愿来生不要做一条鱼，至少不要做楼西手里的鱼，不然，想死都不能给个痛快。

这边三个男生将所有的菜品准备好了，然后招呼两个女生过来吃饭。花千树看了看时间，拿起手机去阳台了。

楼西人已经坐下，眼神却往那边飘："千树给谁打电话呀？"

宋星语摇摇头，表示她不知道，遭到了楼西的眼神嫌弃。

"我又不是千树肚子里的蛔虫，我怎么知道她要给谁打电话？况且就算是蛔虫，也不一定知道。"宋星语辩解道。

周毅杰刚下了土豆进锅，听到宋星语说话，他觉得现在就算许律大学霸不在，这位宋同学底气也是很足的，和以前那个温声细语，没有存在感的宋星语完全不一样了。这难道就是有人撑腰的感觉？

楼西因为有花千树这位学霸时不时地给他开小灶，成绩提高得飞快。宋星语因为许律这位学霸邻居，"近朱者赤"的她不仅成绩提高，脾气还比以前刚了。或许，这是上天在暗示他，他是不是也该找个学霸做靠山？

花千树没有打太久，说了两三句就挂了，进来就开始穿羽绒服，俨然一副要出门的样子。

楼西本就时刻注意着花千树，见她穿衣服，连忙放下手里的碗跟过来："你要出去呀？我和你一起！"

花千树见他也在找衣服，便说："不用了，我下去接个人，一会儿就回来。"

说完，花千树就拿着钥匙往门外走。楼西下意识地追上去，眼巴巴地扒在门上，像只舍不得主人走的小哈巴狗："那你快点回来，我等你吃饭。"

花千树已经走到电梯口了，见一米八的小少爷扒在门上的模样可怜又可爱，赶紧折回去揉了揉他的头："你们先吃，我马上回来。"

楼西乖乖点头："嗯。"

殊不知，这一幕已经酸掉了身后围观三人组的一口白牙，他们赶紧吃了一口涮好的毛肚压压惊。

楼西就跟个没事人似的，一脸淡定地回到座位上。过了一会儿，他微微往椅子后一靠，眼神扫过众人，贱兮兮地说："怎么，没见过男人撒娇吗？"

你这是男人撒娇？你这是傻狗粘人吧！

火锅咕噜咕噜释放着香味和热气，虽然花千树让大家先吃，但是大家没动筷，等着花千树回来。楼西盯着墙上的挂钟，当时分钟指向"3"的时候，花千树回来了，身后跟了一个人，是莫小北。

花千树一边脱羽绒服，一边说："好了，人齐了。"

莫小北在家里接到花千树电话时原本不想来，借口就在嘴边，花千树却说她已经找到爆料者了，莫小北心里慌了一下，不确定花千树话的真假，决定亲自过来看看。

莫小北看着满桌子的人，除了坐在中间不停给大家夹菜的那个男人不认识，其他人都是同学，看起来更像是一场同学聚会。而且花千树也没说什么，或许她根本就没有查到，或者查到的是错的。她忐忑不安了一路，这会儿终于安心了些。

言乔倒是趁着夹菜的工夫瞥了一眼刚才花千树领进来的小姑娘，得了，敢情今晚他忙活了一场鸿门宴呀。

一顿火锅，大家吃得挺开心的，中间楼西和周毅杰因为最后一根鸭肠吵起来了，一人夹着一头，谁也不让，最后言乔看不下去了，一筷子抢走，一口下肚，两人谁也不争了。

饭后，言乔继续发挥着"贤妻良母"的品质，开始收拾碗筷，楼西和周毅杰积极主动帮忙，毕竟白吃白喝，帮忙洗个碗也是应该的。结果这一次言乔说什么也不让，把两人赶出厨房，直接关门上锁。

客厅，大家围着沙发坐着。花千树提议玩真心话大冒险，莫小北隐约觉得有些异样，但是大家没有反对，她也只好跟着一起玩。

第一轮，楼西成为被选中的人，周毅杰不怀好意地盯着他。他选了真心话，然后整个人慵懒地往后一靠，余光从花千树的脸上掠过。

周毅杰问："请问楼同学的初吻还在吗？"

楼西瞪了周毅杰一眼，平时傻不拉唧的，今天怎么随便一问就这么刺激？楼西不知道怎么说，说在吧，周毅杰肯定是要嘲笑他，说不在了吧，大家肯定又要好奇什么时候不在的，给谁了。

这真的是难住楼小少爷了。他眨着大眼睛，往花千树那边看。

周毅杰："你看千树干吗？你还没有回答我的问题呢！"

说完，又恍然大悟似的，眼睛在楼西和花千树之间来回扫，惊讶地问："楼西，该不会……"

后面半句被楼西一个苹果给堵回去了："这是你能问的问题吗？吃的还堵不住你的嘴。好了，下一个。"

宋星语看着公开较劲的两人，正思考着楼西话里的意思是否定还是肯定，就听到花千树叫她："星语，你选真心话还是大冒险？"

反正只要许律不在，宋星语选什么都无所谓，于是她选择了大冒险。大冒险的题目不难，当面跳一段海草舞。不过宋星语脸皮薄，当众跳舞对她来说也算是冒险了。

第三轮继续，这次轮到了周毅杰。楼西自然不会放过报仇的机会，周毅杰缺心眼地选了大冒险，大冒险的题目是给手机通讯录最后一个联系人打电话，表白。

于是楼西为了避免周毅杰耍赖，先抢了他的手机，打开通讯录，划到最后，那个要被周毅杰告白的对象竟然是许律。

"啊……"

"那个，我和学霸不太熟，这样不太好吧？"

周毅杰和许律见过几次面，觉得这个人冷冰冰的，生怕不能把周围的人冻死似的，这要是打电话给他表白，许律恐怕会直接报警，让警察叔叔抓他。

楼西把通讯录停在许律的名字上，然后将手机放在茶几上，说："周毅杰，愿赌服输，自己选的大冒险，哭着也要做完。"

周毅杰委屈巴巴地看向和许律最亲近的宋星语，那眼神似乎在说："你哥哥呀你哥哥，你赶紧过来问声好呀。"

宋星语低头剥橘子，直接忽视他。谁的哥哥？我不认识这个人。

周毅杰只能硬着头皮拨通了电话。

响了几声，电话那边接通了，专属于许律冷冰冰的声音传来："周毅杰，有事？"

这电话还是上次大家一起吃饭留的，周毅杰当时只是出于礼貌存了一下，哪里会想到有一天会真的给学霸打电话？

楼西使眼色提醒，赶紧说出指定的话。

周毅杰一咬牙，早死晚死都得死，不如早死早超生，于是深深地呼了一口气，说："许律，我喜欢你，我们交往吧。"

电话那头似乎静止了。宋星语紧紧抓着裤子，她能想象许律听到这话，一定先是皱起眉头，然后冷冰冰的，不说话，可能下一秒就要挂断电话了。

电话开的是免提，许律没有挂电话，但是也没有说话，气氛就这么尴尬而静默着。

周毅杰都快憋不住了，正准备说明他们是在玩真心话大冒险，就听到许律说话了："我有喜欢的人了，谢谢你的好意，但是我不能接受。顺便请你转告在你旁边的她，早点回家。"

众人齐齐转头盯着宋星语。

"呃……"又不是她的大冒险，为什么要提到她？

宋星语呆愣了几秒，抓过周毅杰的手机就跑到阳台，并关上了门。

莫小北提议："要不今晚就到这里吧，我们下次再玩。"

花千树看着她，明明目光和平时一样，但是莫小北总觉得心里不踏实。

"千树，今天时间也不早了，要不我先回去了。"

"小北，再玩最后一局怎么样？"花千树语气淡淡的，听不出什么情绪，"不管转到谁，只能玩真心话。"

莫小北很不安："我想选大冒险。"

花千树将大冒险的纸条摊开："你确定？"

最后一个大冒险的纸条是"和在场的一个异性热吻三分钟"。

在场的就三个异性，周毅杰、楼西，还有言乔，更何况这种程度的大冒险对于还是学生的他们来说确实很刺激，莫小北这种从小就是乖乖女的女孩子肯定不敢玩。

　　为了公平起见，转动箭头的是周毅杰，他很有仪式感地双手合十念叨了一下才开始转。

　　时间似乎在这一刻被按下了慢放键，箭头缓缓地转动着。这是花千树给莫小北的最后一次机会，莫小北曾经给过她善意和关心。

　　才转学过来，莫小北担心她不适应新环境，一有时间就叫上宋星语陪她四处逛，给她介绍办公室在哪里，食堂哪种菜好吃，哪种不好吃，还借饭卡给她，也曾经从家里带好吃的给她。

　　只是后来不知道怎么就变了。莫小北渐渐不和她们一起玩了，很少在一起手挽手上厕所了，也不一起喝奶茶了，聚会叫三次可能只有一次会来，再后来，莫小北似乎就开始针对她。

　　转动的箭头慢慢停下来，因为宋星语离开，莫小北刚移动了一下，于是箭头不偏不倚，刚好指向她。

　　莫小北脸色一白，下意识地看向花千树，恰好，花千树也看着她。一个神色惊慌，一个面无表情。

　　周毅杰没发现事情不对，催着："千树，你赶紧问呀。"

　　楼西已经感觉到了气氛中的微妙，他目光停留在花千树脸上。周毅杰还在催，楼西直接瞪他一眼，示意他安静一些。

　　花千树把玩着手机，神色看不出情绪，过了一会儿，她打开相册，点开一张照片，然后把手机放到莫小北的面前，只问了她一句："莫小北，为什么讨厌我？"

　　花千树点开照片的那一刻，莫小北就知道自己完蛋了。果然，花千树什么都知道了，今天就是故意叫她过来，当众给她难堪的。

　　那张照片是莫小北拍的，从她发现楼西和花千树开始变得亲近之后，她就经常跟踪他们，直到有一次撞见了这样的场面，她几乎想都没想，就拍下了。第二天她趁着大家不注意，匿名举报到了杨晓风那里。那天真的是老天爷都在帮她，她没想到苏丽也会进杨晓风的办公室，所以她假装被吓到，慌慌张张地跑出来——就算之后调查，花千树也会怀疑到苏丽，而不是她。

事情既然揭开了，莫小北出乎意料地镇静了下来，她看着手机上的照片，说："这照片我有原图，你要吗？"

抛开这些，这照片拍得确实很好，莫小北继续说："你不是在和楼西谈恋爱吗？这就当是我送给你们的礼物好了。"

楼西看到这照片的时候瞬间明白过来了，他盯着莫小北，说："是你。"

周毅杰一脸蒙圈，不是在玩游戏吗？怎么突然一下子气氛就这么微妙？感觉下一刻就要开战了。

莫小北笑了笑："是我，照片是我拍的，视频也是我发的。"

既然花千树能调查到照片的事情，那视频的事情她应该也查到了。这样也好，她明明不喜欢她，还要演戏，也挺累的。

花千树只是看着她："为什么？我以为我们一直是朋友。"

"为什么？"莫小北讥讽一笑，目光看着花千树，质问道，"花千树，你没有觉得，你抢走了原本属于我的东西吗？"

周毅杰再迟钝，也明白了，他紧张兮兮地尽量降低自己的存在感，但是脑袋里已经脑补了一场"二女争一夫"的戏码。

他用余光看向楼西，见楼西看过来，他连忙挤眼睛："你是不是那个夫？"

楼西："眼睛有病？"

花千树不明白，她从来不曾抢过她的任何东西。

这时，和许律打完电话的宋星语开门进来了，一进门就发现气氛不对。她将手机递给周毅杰，朝他挤挤眼，周毅杰没好气地说："干什么？眼睛有病？"

"你看看，你先抢了我的朋友。"莫小北突然看向宋星语，对花千树说，语气里充满了不甘心，然后目光又落到楼西的身上，"然后又抢走了我喜欢的人。"

八卦，惊天大八卦！周毅杰觉得今晚的信息量太大，他有点消化不过来。

楼西皱了皱眉，他压根不知道莫小北说的这些。

宋星语也被莫小北的话吓到了，她上前拉了拉莫小北，说："小北，你说什么呀？"

"宋星语，"莫小北冷冷地盯着她，"原本你和我才是朋友，不是吗？你有什么八卦、心事，以前都是先告诉我，上厕所也是第一个找我。但是自从花千树来了，你就像条狗一样黏着她，开口闭口也离不开她，有什么事情，第一个想到的也是她。"

宋星语张了张嘴，她想说不是的。她也想给莫小北说的，只是每次想说的时候，莫小北却不想听，次数多了，她也就不找她说了。黏着花千树，是因为她觉得很有安全感呀。

花千树打断莫小北："莫小北，你说星语不找你了，那你呢，你难道不是故意疏远她的？她每一次聚会都先叫你了，可是你总是找借口拒绝，久了，星语觉得你可能不喜欢，所以后来也就不叫你了。她在我面前，说得最多的，就是以前你们一起做的有趣的事情。"

"呵呵，"莫小北笑了笑，并没有因为听到花千树和宋星语的解释而开心，她喃喃道，"原来是这样吗？"这大概就是友情容不下第三个人吧。

"那我呢，为什么陷害我？"

"你还不明白吗？"莫小北反问。

"如果是你前面说的，我觉得这些根本不是理由。"花千树回答。

"花千树，你还真是蠢呢，不然你以为我费尽心思做这些是为了什么？就是因为你的到来，打乱了我的一切。因为你的存在，我和星语的感情回不到以前了。因为你，楼西竟然开始认真学习了，他原本多讨厌这些。因为你，所有人变了！你为什么还要在这里？你就应该回到你原来的地方去。"

"所以，你想赶我走？"

"对，我不想你待在黛城一中。"

在决定捅破这一切之前，花千树想过很多种理由，却独独没想到这种。这种在她看来根本够不上理由的理由，却引发了这么多事情。

莫小北待不下去了，她该说的也说完了，一边穿衣服一边往门口走。

言乔正好从厨房出来，就看见这一幕。他端着水果，说："我洗了点水果，要不吃点再走？"

莫小北看过来，起先她只是觉得言乔眼熟，现在记起来了，这位不就是她参加摄影比赛时候的评委吗？那时候他们见过一面，原来这人也是花千树的朋友，怪不得可以查到照片的事情。

宋星语听两人这段对话也猜到发生了什么，见莫小北一个人走了，她不放心，便追了出去。

花千树坐在沙发上，脸色不太好。她揉了揉眉心，对周毅杰说："周毅杰，麻烦你也去看看，天晚了，两个女生不安全。"

周毅杰连忙点头，穿好衣服，又拿了几个小橘子追了出去。

言乔放下水果："我也出去看看。"

一下子所有人走光了，只剩下楼西。花千树抱着腿坐着，头埋在膝盖上。楼西起身坐到她旁边，安慰似的摸了摸她的头。

花千树忽然说："我一直以为是我做了什么伤害到她的事情，从来没想过真相竟然是这样。"

楼西不知道怎么安慰人，只能一下一下地轻轻抚摸着她的头。

"楼西，莫小北喜欢你。"

楼西一愣，随即说："我不知道，就算知道了，我也不会喜欢她。"

以前他一点也没有察觉到莫小北喜欢他，所以他也只当她是普通同学，他对宋星语什么样子，对她也是同样的。

花千树又问："楼西，三个人不能做朋友吗？"为什么莫小北会觉得她抢走了宋星语呢？

另一边，宋星语在单元楼外面的马路上拦住了莫小北。

"宋星语，你还不明白吗？爱情容不下第三者，友情也一样。"说完，莫小北头也不回地打车走了。

周毅杰呼着白气追上来，将手里的小橘子递了一个给宋星语："莫小北呢？"

"打车走了。"宋星语有点心不在焉，她没接橘子，只是说，"周毅杰你赶紧打车追上去看着，确定她安全到了家再走。"

"那你呢？"周毅杰问。

"我想静静。"

刚说完，一辆车在两人面前停下，许律从车上走下来。他里面穿着居家服，外面裹着一件白色的羽绒服。

周毅杰朝许律打了一个招呼，便坐上许律打过来的出租车去追莫小北。

宋星语看着突然出现的许律，憋了一晚上的眼泪终于忍不住了，开始"吧嗒吧嗒"地掉。许律取下自己的围巾将她裹起来，然后拉过她的手，说："不是让你早点回家吗？"

宋星语说："许律，我失去了一个朋友。"

虽然她平时傻乎乎的，但是这一次她明白，她和莫小北彻底做不成朋友了。

许律握紧了她的手，似乎想要将自己的温暖传递给她。

"宋星语，有些人只能陪你走一段路，而我，一直在。"

Chapter 10
少年凌云矜豪纵

　　那晚之后，好像有什么东西变了，也好像什么都没有变，日子还是一天接一天地过，转眼就到了花千树回校上课的日子。

　　因为一诊考试成绩已经出来，各班班主任正在会议室开会，开完会成绩就会公布。

　　教室里，大家在七嘴八舌地讨论。

　　"千树，我好紧张怎么办？万一没考好，我下学期的零花钱就全没了。"

　　一想到不能喝甜甜的奶茶，又得靠许律救济过日子，宋星语就很惆怅。

　　俗话说，"吃人嘴软，拿人手短"，反正在许律那里，她宋星语永远矮了一截，就算是世界末日，她也不可能"翻身农奴把歌唱"的。

　　因为前一天刚下了雨，教室外面的走廊上凝着许多晶莹的水珠，宋星语因为靠得太近，棉服被打湿了一片。

　　花千树轻轻拉了一下她："不会，考完以后我帮你算了一下，如果你没记错答案，那么年级排名进步一百名应该没问题的。"

黛城的冬天比望舒市的冬天还冷，花千树在外面待了一会儿，鼻头都被冻红了。

倒是宋星语，被这寒风越吹越清醒，她说："这样一算，好像零花钱保住了。"

其实除了零花钱，一诊考试之前，许律也给她下了死命令。如果这次没有考好，等待她的将是长达半年的魔鬼式集中补习。她真的不想被许律那个大魔王折磨。

两人又站了一会儿，等到上课铃响了，才手挽手朝教室走去。刚走到门口，莫小北从厕所那边走过来，三个人在门口相遇。

这是那晚将事情说开之后，她们第一次正面碰上。莫小北愣了一下，表情不太自然，看了两人一眼，低头先进去了。

宋星语张了张嘴，话到嘴边，还是咽了回去了。或许真的就像许律所说的，有些朋友只能陪你走过一段路，之后便会分道扬镳，各自安好。

回到座位，楼西早早就准备好了热水，见花千树坐下，特别殷勤地将水推到她的跟前："来，千树，暖暖手。"

花千树狐疑地看他一眼，"无事献殷勤，非奸即盗"，这小伙子有猫腻。她一边喝水，一边用余光打量着他。因为教室里开了暖气，楼西没穿外套，大冷天就穿着校服，他清瘦的身体曲线被勾勒出来，少年感十足。

过了一会儿，楼西笑眯眯地凑上来，小声说："千树，我们下周去滑雪怎么样？我爸新开发了一个滑雪场，想搞一个试营业，正花钱找人呢。我想着反正我们闲着也是闲着，不如去试一试，然后狠狠地敲诈他一笔。"

楼西坑起爹来简直没有底线："反正我爸就是典型的人傻钱多，给别人花，不如给自己人花。你说对不对，千树？"

花千树点点头，表现出十分认同的样子，说："不过我有一个条件。"

楼西看着花千树微微弯唇的笑容，就知道事情没这么简单。

"什么条件？只要是我能做到的，我无条件答应你。"

"哦？"花千树狡黠一笑，忽然就举起课本挡住两人，她凑得很近，呼吸声清晰可闻，"以身相许，答不答应？"

楼西的耳根一红，眼睛东瞥西看，就是不敢看她，比小姑娘还害羞。他把声音压得很低："这事咱们回家说，在学校说，会不会不太好？"

"没什么，你就和我说，又不会影响到别人。"花千树微微撑着头，盯着他的眼睛亮晶晶的。

少年的血气开始沸腾了，奈何在教室他只能小心翼翼地将那份心思放下，化为温柔。楼西抬手捂住自己的眼睛，话语里带着宠溺和无奈："千树，在学校不准这么看我。"

花千树看着楼西这般样子，实在傻得可爱，用书本在他头上轻轻一拍："楼西，你傻不傻呀！"傻呀，年少的时候，藏着小小的心思最傻，也最可爱。

杨晓风带着成绩单进来，两人没再继续闹了。趁着杨晓风例行讲话，楼西低头写小纸条。

"什么条件，你还没说呢？"

花千树瞥了一眼，直接在下面写："一诊成绩。"

两人刚交流完，就听到杨晓风说："这次，我要重点表扬我们班上的一位同学，他以前虽然做过很多错事，但是知错能改，还能在高三用这么短的时间就在成绩上突飞猛进，他的毅力和坚持值得大家学习。"

说完，杨晓风看向楼西："楼西，你这次的进步非常大，真的，老师为你感到高兴。

"当然，我们班上的周毅杰和宋星语，也值得表扬，这两位同学也进步很大。

"成绩我就说到这里，一诊是高考前的小诊断，参考性很强，待会下课我让班长把成绩排名表贴出来，你们自己去看。考得好的继续保持，考差了也别灰心，还没有走上高考考场，你们还有改变的机会。"

一下课，所有的人围了过去。楼西以前不关心成绩，成绩出来也不着急看，反正看或者不看，倒数第二名的位置都是他的。但是如今不同了，他身负与袁王春的赌约和与花千树的约定，如果达到了预期的目标，不仅可以得到刘英超和袁王春的道歉，还能获得和花千树一起滑雪的机会。

所以，林蔚刚把成绩单贴好，楼西就迫不及待地挤过去看成绩了。同样迫不及待看成绩的还有宋星语和周毅杰，一个为了零花钱，一个为了不回家养猪。

从开学之后的月考，到如今期末的一诊考试，楼西仅仅用了三个多月的时间，就从班级吊车尾的成绩，进步到了班级前十、年级前一百名。看到这个成绩时，楼西还有些恍惚，以前看成绩，是从后往前找比较快，如今，从前往后找更快，这种感觉就好像在云端，一点也不真实。

周毅杰就没有楼西这么好运了，虽然他不再是班级倒数第一，但是排名不像楼西和宋星语这样坐火箭似的高速上升。他比较对得起自己的智商，进步了八十八名，再也不是吊车尾了。而且这个数字好啊，吉祥，意味着他周毅杰以后要发发发呀。

宋星语有点难过，她虽然进步很大，但是距离她的目标差了一名，一比较分数，就是一个填空题的差距。她生无可恋地回到座位，眼前仿佛浮现出许律拿着小皮鞭抽她的场景。

楼西踩着小碎步回到座位，就跟小学生第一次被老师表扬一样，十分自豪地对花千树说："千树，我做到了。"

意料之中的事情，花千树在给楼西补习的过程中就知道。他并不是学不好的类型，而是以前压根就没有好好学。他的脑袋很灵活，逻辑思维能力也不错,加上英语有听、说的优势,短时间之内把成绩提上来根本不困难。所以花千树从最开始就依据楼西的这些特点,有针对性地帮助他学习,如今他能取得这样的进步,也算是不白费他这些日子的努力。

"所以,下周我们一起去滑雪哦,到时候,我有话想对你说。"

"好呀。"

转眼到了周三,因为视频事件尚在发酵,教育局顶着舆论的压力,开始展开调查。当天,涉事的几位当事人被分别叫过去进行了谈话。

前几天,不知道是谁将一诊的成绩放到网上,舆论的风向开始变了,底下出现很多"成绩这么好,人品肯定不坏"之类的言论,这激起了另外一部分人的不满。

"成绩不好就活该被欺负吗?"

两边阵营在网上吵得不可开交,教育局只能提前来到黛城一中进行调查。

开始调查的第一天,就有人预言:"学校肯定会偏袒成绩好的,不信咱们等着看。"

一时间,好像各方的视线都聚集在了黛城一中。

高校长一边配合着教育局的调查,一边又要应付不断打电话来询问黛城一中是否真的存在校园暴力的家长,好不容易有了休息时间,许久未露面的楼万山又亲自给他打来电话。

"高校长,好久不见。"楼万山说。

高坤能当上这个校长,当初还多亏了楼万山的帮助,不然以他现在的年龄和资历,不太可能获得这样的职位。加上学校百分之八十的教学设施都是楼万山在背后给钱,所以,高坤不得不把楼万山当财神爷捧着。

"楼总,托您的福,今年一诊考试成绩不错,特别是楼西,进步非常大，不仅考进了年级前一百名，还带着同班同学一起进步。"

高坤没有想到，当初那个看似一时冲动的赌约，竟然被楼西赌赢了。过程怎么样先不说，就是这个结果，当初他看到的时候也十分吃惊，更别说参与打赌的袁王春老师了。那时候在会议室，她脸色铁青，就差直接摔门走人了。

"我这儿子，也就这点水平了。不过说到他成绩进步，这和我给他请的家庭老师有大关系呢。"

高坤问："黛城还有这么优秀的老师？"

黛城一中几乎囊括了整个黛城最优秀的老师，如果真的存在这种优秀的老师，高坤一定会想办法将人弄过来。

"说起来，这个人你也认识。我听说这次一诊八校联考，她成绩相当不错，联考排名全区第二。"楼万山慢悠悠地说。

"全区第二？"高坤怎么会不知道这个"全区第二"，这段时间，为了这个"全区第二"，他脑袋都大了，"楼总的意思，这个人是花千树？"

"就是这个孩子，自己学得好，连教人都教得比老师好啊。"

高坤算是听出来了，楼万山这是拐着弯骂黛城一中的老师还不如一个高三学生。像楼万山这样的人，不会闲到有时间亲自给他打电话，而且谈话内容还三句不离花千树。他这么一猜测，楼万山八成是为了花千树的事情打这个电话的。

"高校长，这样的学生可是宝贝，你们要是不好好藏着，别的学校可是看着呢。"楼万山的话说到这分上，高坤想装傻也不行了。

高坤一个头两个大："楼总的意思我明白，花千树同学既然是我们黛城一中的学生，那我身为校长，自然是不能看着她被冤枉的，我一定会查明真相，还她清白。"

末了，高坤委屈地补充道："楼总，最近有老师给我反应，机房里面的计算机好几台都坏了，我一想，这计算机是好几年前买的了，能用到现在也是极限了。"

　　具体情况其实高坤也不太清楚，这还是上次在食堂吃饭，老师之间互相聊天，他偶尔听见的。

　　楼万山笑了一声，才说："高校长，不得不说，你当校长委屈了。"就你这头脑，不经商都对不起自己。

　　当初三校合并，竞争这个校长职位的人很多，当时投票的有家长代表，还有各界的代表，不过最大的主动权还是在楼万山手里。最后经过层层筛选，他选定了高坤，或许那个时候他就看中了高坤这人适合做校长，也适合做商人。

　　高坤笑："为学生服务是我的毕生所求。"

　　人在社会走，漂亮话是必备技能，高坤早就练得炉火纯青。

　　"电脑的事情，我会让秘书和你联系，到时候有什么需求，高校长尽管和他说便是。"

　　楼万山语调不疾不徐，末了，叫了高坤一声，声音不轻不重的，却透露着一种威严。

　　"高坤，这位花同学，迟早是我楼家的人，这话，你懂吗？"

　　楼家的人？高坤何等精明，楼万山的意思，怕是他早就看好了人，给自家儿子找好了媳妇了。

　　挂了电话，高坤也没时间休息了，穿了外套就去找教育局的人。

　　另一边，楼万山坐在沙发上，看着对面的楼西，说："满意了？"

　　楼西点点头，这件事情越闹越大，他不知道该怎么帮助花千树，只能把自己能做的做了，多少应该会有点用。

　　楼万山看着楼西，其实他对于楼西的成绩没有抱太大的希望，只要他想，什么样的镀金简历他楼万山做不出来？他今天这番成就，也不需要楼西努力学习，因为他只有这一个儿子，只要楼西愿意，他打下的这片江山，最后还不是全给楼西？

　　"你放心，我答应你的事情，我不会食言，高考完我就进公司实习。"说完，楼西看向楼万山。

这些年楼万山常在外面工作，回家的次数屈指可数，父子俩人谈不上亲近，这么坐下来心平气和地谈话更是少之又少，如今这么一看，楼万山竟然也染上白发了。

"好。"楼万山和楼西话不多，说了几句就沉默了。

秘书过来提醒他该走了，接下来还要到邻市参加会议，车已经等在外面。

楼万山起身，临走时，拍了拍楼西的肩膀，这才发现以前的小不点现在长得比自己还高。

"楼西，不要觉得爸爸逼迫你，爸爸也有很多无奈，我只有你一个儿子，我只能将希望寄托在你身上。"

"我知道。"

随着年龄的增长，楼西不会再去计较那么多了，这事他也没觉得楼万山是在逼他。

"那好，高考不要给自己太多压力，爸爸这一走不知道什么时候才能回来，学校那边有什么问题，就给我打电话，我会给你安排好的。"

其实也没什么要交代的，这些年楼西一个人生活得很好，只是这天楼万山想说的很多，就唠唠叨叨个没完。最后楼西实在听不下去了，朝张秘书使眼色，让他赶紧把这尊大佛带走。要是没工作，楼西都怀疑楼万山要拉上他讲个七天七夜，把这十几年落下的都给补上。

也不知道是不是楼万山那通电话起了效果，这几天调查十分顺利。虽然调查结果还没有出来，但是看着高校长满面春风地送走教育局的人，大家就知道，这件事情算是结束了。

当天杨晓风也在班会上三令五申，严禁高三期间再出现欺负同学的情况，让大家把心思都放在学习上，高考剩下没几天了，希望大家全力以赴，拼搏一把。

很快到了周六，上完自习，楼西提醒花千树别忘了下周滑雪的事情，一会儿问她有没有准备好滑雪的装备，一会儿又问她怕不怕冷，反正该问的、不该问的，楼西都问了。

宋星语在旁边听不下去了，扯了扯花千树的袖子，说："千树，为什么我们身边的男孩子都变成管东管西的管家婆了呀？"

楼西耳朵尖，听见了，笑着看过来："宋星语，你说谁是管家婆呢？"

宋星语才不和楼西打嘴仗，她假装没听见，和花千树继续商量还有没有其他需要买的。

周毅杰则和他们截然不同，他什么也不买，也不关心，就拿着手机，一会儿点开看一下，一会儿又看一下，明显是一脸的少男思春。

楼西敞着的长腿一伸，踢了一下周毅杰的椅子："干什么呢？不会在等谁的电话吧？"

周毅杰将手机反过来扣在桌上，反正打死不承认："才没有，我看时间。"

楼西一副"你哄鬼，你就装"的表情，下一秒，放在桌子上的手机"叮"的一声响。

周毅杰赶紧拿起来看，果然是通过了好友申请，对方发了一只小猫咪过来和他打招呼。周毅杰立马回复了"你好，我是周毅杰"。

"我知道你，上周的篮球打得不错。"

"那你下一次还来吗？"这话周毅杰想了好久，不问不甘心，问了又怕对方觉得自己太像渣男。

"来呀，正好我朋友也去，到时候切磋一下？"

"没问题！"

发完消息，一抬头就被几双眼睛同时盯着，周毅杰举起双手："别别别，我说，我什么都说，你们别搞得跟要谋杀我似的。"

周毅杰从头开始讲，其实也不是很浪漫的事情，就是上周他约了初中的同学一起打篮球，然后因为场地和另一拨人起了冲突，最后不知道从哪里冒出一个女孩子，三两句就把矛盾调解了。那时候双方都快打起来了，突然出现这么一个漂亮帅气的女孩子，周毅杰那颗智障般的心就跟着跳了跳。

"所以，现在你暗恋人家了？"楼西听完后，得出结论。

看不出来，这个满脑子只有篮球的家伙，有一天也会因为一个姑娘而忐忑不安。

"什么暗恋，我这是明恋好吗？"

周毅杰觉得，喜欢就要让对方知道，所以不管是主动要微信号，还是约她来看球，他都想告诉她，他喜欢她，以后还会更加喜欢。

教育局的调查结果是在星期天出来的，当天通知下达到学校，学校就在官网上张贴了出来，随后也出现在了网上。涉事的几个人均隐去了真实姓名，但是黛城一中的人对此不陌生。谁也没有想到，原本被指控的施暴者，竟然是伸张正义者。剧情的急速反转让很多激愤的网友一时间接受不了，开始质疑教育局调查的公平性。

调查结果出来时，大家都松了一口气，楼西第一时间就定了一杯奶茶，庆祝花千树重获清白，宋星语和周毅杰也打电话表示了慰问。

晚上十点，楼西偷偷拉了一个微信群。

宋星语："怎么没有千树呀？我拉她。"

楼西："别，千万别拉她。"

宋星语："为什么？"

周毅杰："这很明显呀，楼西想趁着滑雪憋一个大招，给花千树惊喜，然后需要我们两个电灯泡配合，关键时刻发光发热呗。"

自从周毅杰春心萌动，他对于这些事情的敏锐度比楼西和宋星语这两个已经亲身体验过的人还高，这不得不让人怀疑，周毅杰私底下是不是报了"恋爱高阶速成班"。

俗话说"三个臭皮匠，顶个诸葛亮"，那天晚上，三人齐心协力，终于替楼西整理出一个新奇又不落俗套的表白方案。周毅杰保证，只要楼西不作死，肯定没问题。

周一回校，原本以为已经解决的事情还在网上发酵，部分人对教育局的调查结果不满意，指出学校是因为花千树成绩好才混淆真相，包庇从犯。说这些话的人也不是张口胡说，他们还拿出了花千树转学来黛城一中之前，在望舒市十一中读书时打架的视频。视频里花千树将三个男生堵在巷子里打，活脱脱一个不良少女的模样。

这视频在网上流传，很快杨晓风也看见了。

办公室里，杨晓风将手机收起来："千树，这个视频，你怎么解释？"

花千树有些出神，总觉得这件事情好像没有当初想的那么简单。如果说之前闹大是意外，那么在调查结果出来之后，就应该平息，而不是像现在这样不依不饶，就好像不管结果怎么样，就是要针对自己一样。如果一直下去这样，花千树担心自己的身世也会被爆出来。

如今这样的局面，单靠她或者学校是解决不了了，如果这幕后真的存在黑手，那么可能就不单单是针对她而已，只怕是为了和她有关系的那个人。

想到这里，花千树已经有了主意："杨老师，这个视频里面的人确实是我，但是不是网上讲的那样。我不是在欺负人，而是在自我防御。那天我从健身房出来，发现这三个人尾随我，他们被我发现，不仅不离开，还用言语侮辱我，甚至动手动脚，所以我便还手了。"

高三这般重要的时刻，却出现这样糟心的事情，杨晓风身为班主任很烦心。她始终相信自己的学生，她叫花千树过来，不过是想知道真相，到时候处理起来也会更方便。

"千树，你是我们学校重点培养的好苗子，不管是我还是高校长，我们都希望你不要被这件事影响，该做什么，你继续做，剩下的事情老师们会处理的。"

"杨老师，我知道。真要说这件事的影响，倒是我不好意思，因为我，大家都不能静下心来好好学习了。"

花千树从办公室出来，看到楼西鬼鬼祟祟地躲在楼梯口，见她出来就想跑，花千树出声喊住他："楼西，你等一下。"

楼西转过身，笑着朝花千树招了招手："好巧呀。"

花千树也懒得拆穿他："滑雪的东西我已经准备好了。"

"我也准备好了，出发前我们只需要再去买一点路上吃的东西就可以了。这边过去不太远，我跟我爸说好了，他会派司机来接我们过去。"

楼西害怕管不住自己这张嘴，一不小心在花千树面前说多了露馅，聊了几句他便强行扯开了话题。

"杨老师找你，是不是因为视频的事啊？"

楼西看了那视频，也不知道网上那些人是什么眼神——那明明是三个社会青年企图欺负花千树不成，反被她以武力制服，却被解读成了不良少女仗势欺人。

花千树："嗯，不过这件事好像比较复杂，没我们想的这么简单，有一个问题我还需要求证一下。"

说话间两人已经进了教室，本来嘈杂的教室渐渐安静了下来，大家都盯着花千树看。

楼西下意识地将花千树护着，说："看什么看，不用看书吗？"

花千树笑了，扯了扯楼西的衣角，示意他别搞事情。楼西也不想在这个节骨眼上搞出什么事，他只是看不惯大家以那种看好戏的眼神打量花千树。

两人一前一后回到座位上，免不了还有好奇的目光看过来，就好像看一眼就可以发现什么新八卦似的。

当天晚上，花千树一个人坐在沙发上看符一涵主演的电影，是一部很老的片子。那时候符一涵才二十多岁，演技稚嫩，台词也说得不好。当年电影播出后，被批得一无是处，如今看着倒觉得还好。或许是这些年烂片太多，这样的片子也显得还不错。

电影看到一半，主人公进入了新公司，却被同事故意陷害，冤枉是她泄露了公司机密。女主角百口莫辩，她找主管领导和公司经理，找了很多人，但是没有一个人愿意相信她，最后画面定格在女主角失魂落魄地走在雨幕里。

花千树笑了笑，和电影主人公比起来，她幸运很多，最起码她的朋友、老师，还有家人都无条件相信她。

过了一会儿，花千树拿出手机，找到符一涵的电话打过去。

符一涵很快就接了，语气有些诧异，似乎有点不相信，试探性地问："是千树吗？"

花千树淡淡地"嗯"了一声。她几乎不会主动给符一涵打电话。一是因为符一涵现在有了自己的家庭，她一个前夫的女儿总是打电话过去不太好；二是从小分别，花千树与符一涵之间除了那点血缘，再没任何地方像一对母女，两人之间非常陌生。后来，她长大了，明白的事情越多，越觉得这电话不应该打，一年一次已经是极限了。

符一涵如今多半时间是在家里带孩子，刚才隐约还能听到孩子闹腾的声音，这会儿却十分安静。想来是符一涵为了方便和花千树讲话，找了安静的地方。

"千树，最近还好吗？我听说你爸爸去美国了，如今你一个人在黛城。要是生活上不方便，你就转学到望舒市这边。"

她顿了顿，才慢慢说："你裴叔叔很喜欢你，到时候搬过来住，上学也方便，我还可以照顾一下你。"

"不麻烦了，我一个人在这边挺好的。"花千树将抱枕抱在怀里，电影已经演到主人公重拾信心了。

她盯着电视，意识有些游离，过了一会儿，才说："这些年，我也习惯了。"

符一涵满心愧疚地说："对不起，千树。"

"别说对不起了，每次打电话你都要说一次，这些年也没少说。其实你没什么对不起我的，每个人都有追求幸福的权利，当时你已经做了最好的选择，所以，我不怪你。"

当初符一涵和花易安离婚，凭着一腔热血去闯娱乐圈，年龄上已经不占什么优势，还生过孩子，所以未来根本没有保障，谁也不知道她能走多远。那种情况下，将花千树留给花易安，是最好的选择。

"千树，我不是一个好妈妈。"末了，符一涵淡淡地说。

"你现在是一个好妈妈。"是裴意慈的好妈妈。

两人都静默了一会儿。花千树知道符一涵生了裴意慈之后便很敏感，特别是对她，所以需要给时间让符一涵渐渐消除对她的愧疚，这样的愧疚也不是她想要的。

"今天给你打电话，是有一件事情想问问你。"

"什么事？"

"我觉得有人在暗中调查我，最近你那边有没有什么不对劲的地方？"

符一涵想了想："你是怀疑有人针对我，所以在调查你？"

"嗯。"

花千树没和符一涵说自己卷入校园暴力视频的事。如果她说了，以符一涵的性格，肯定会担心，说不定还会直接跑过来，到时候又惹出其他事，花千树是真的没心思也没有精力应对了。

"你注意一下，如果有人针对你，你最好和裴叔叔商量。"花千树说，"如果真的曝光了，需要我做说明的，我会配合。"

很早以前，符一涵重新火起来的时候，就有各种黑料往符一涵身上栽赃。那时候符一涵深陷各种谣言，却把她保护得很好，所以这些年她才可以和每一个平凡的女孩子一样，正常到学校上学，正常上街，不用担心突然冒出一个人拿着摄像机对着自己猛拍。

许久，符一涵才哽咽地说："谢谢你，千树。"

"一家人，不用谢。"

第二天，裴寻山从外面回来，符一涵就把这件事和他说了。娱乐圈这种事情层出不穷，只要涉及利益，没什么做不出来。裴寻山没让符一涵插手，私底下利用这些年自己在圈里的人脉开始调查，果不其然，被他查出点蛛丝马迹。

原来是因为最近他手里的那个大项目，他选角的时候突然启用新人，而且这个新人演员，还和裴寻山有点亲戚关系。

原本网传获得这个角色的流量大咖听闻消息后，觉得抹了面子，心里过不去便想报复一下裴寻山。不料裴寻山在娱乐圈多年，各方利益盘根错节，不好撼动，就退而求其次，从符一涵下手。众所周知，早些年符一涵的黑料满天飞，随便一抓就是一大把，但是对方竟然嫌弃这些黑料没有新意，都是冷饭重炒，没意思，便又花钱让人重新扒，这不，一扒就扒到了花千树。

而且好巧不巧，刚好花千树卷入了"校园暴力视频"这件事，在网上也是传得热火朝天，只是因为是社会新闻，热度没有流量明星的八卦趣闻来得快，所以符一涵不知道这件事，却被有心人抓住了机会。两件事单看是一个性质，如果被有心人放到一起，又是另外一种效应了。

裴寻山这边知道得太晚了，他通过中间人联系到对方想要私了，不过对方明显不缺钱，不同意私了，还扬言要将花千树的身份公布出来。裴寻山一时间也不知道怎么办，甚是头疼。

如果是自己的事，裴寻山倒是果断，可如今涉及的是花千树。这孩子身份敏感，她是符一涵和前夫生的孩子，万一处理得不好，不仅会伤害夫妻感情，或许还会连累符一涵被说成是薄情寡义之人。

而且花千树的个性他也知道，生性敏感，好不容易因为裴意慈的调和，和符一涵的关系有了缓和，如今要是因为他，再次伤了母女俩的感情，他心中也不好过。想来想去，最后裴寻山还是将真相从头到尾和符一涵说了。

符一涵安静地听着，表面上看着冷静，其实紧握在一起的双手已经泄露了她内心的紧张。裴寻山在她面前蹲下，轻轻地握住符一涵的手："一涵，千树是小慈的姐姐，也是你的女儿，这件事，我一定会尽全力将伤害降到最低。"

符一涵眼眶微红，她盯着面前这个男人。

裴寻山和花易安是性格截然不同的男子，年轻时她爱上了花易安的意气风发和少年才气，不管不顾地放弃事业也要和他结婚。婚后的幸福并没有持续下去，在生下花千树之后，花易安的事业不顺，越发激化了两人的矛盾，最后以离婚收场，孩子归他。她孑然一身，重返娱乐圈追求梦想，直到她遇到了裴寻山。

裴寻山比她大了快十岁，少年成名，后来转型做了导演。和花易安不同，裴寻山就跟他的名字一样，整个人内敛沉稳，只要有他在，她便会踏实又安心。他们最初相识是因为一部电影，符一涵去试镜，同行的不少演员私底下吐槽她年龄大，不适合电影女主角的人设。那时符一涵也才二十五六岁，说起年龄，自然比才出道的小姑娘们大，说不难受是假的。可是这有什么办法？她不能怪任何人，一切都是她自己选择的。

试镜的时候，裴寻山也在场，他看了看她，什么话都没说，直接扔了剧本给她试演，符一涵只能硬着头皮上。多年没有演戏，她的演技生疏不少，原本已经不抱希望，却在一周后接到上戏的通知。

符一涵和裴寻山在一起后，也问过他当初为什么会选择她，裴寻山好像已经不记得这件事了，只是说："我选演员，只选最合适的。"

那时候裴寻山只是觉得符一涵适合这个角色，没其他原因。如今，裴寻山拒绝了那位流量大咖投来的橄榄枝，而选择了裴韩。在外人看来，裴寻山是有意要捧自家这个侄子，符一涵却知道，如果要捧，早些时候裴寻山就捧了，不过是因为这电影，适合裴韩而已。

只是当时谁也没想到，娱乐圈常见的资源争夺，最后会把花千树牵扯进来。

符一涵慢慢冷静下来。这些年裴寻山把她保护得很好，事情常常是还没有到她跟前，就被裴寻山给解决了，这一次因为牵扯到了花千树，所以他才来征求她的意见。

"寻山，我只希望别伤害到那个孩子，我一直对不起她。"

裴寻山抱住符一涵，轻轻地拍着她的背："我知道了。"

裴寻山和符一涵商量好了之后，就联系人开始处理。既然对方不愿意私了，执意要将无辜的人牵扯进来，裴寻山也没什么好顾忌的了。

此时，花千树还什么都不知道，依旧顶着舆论的压力每天按时去学校上学。

高三的学习本就紧张，大家也是图一时新鲜，过了那阵风头，现在倒是不怎么关注花千树，又开始专心为下一次考试做准备。

楼西依旧是日常充当花千树的保镖，因为视频事件，他对花千树的保护欲越发地强了。上下课和放学之后，他都是形影不离地跟着她，还被杨晓风撞到了好几次。

杨晓风好奇地问原因，楼西解释得理直气壮："杨老师，你是不知道网络暴力有多可怕，为了花同学的安全，我要时刻保护她。而且她在学习上帮了我大忙，杨老师你不是教育我们做人要懂得知恩图报吗？所以，我肯定是要涌泉相报的。"

后来，楼西把这话转给花千树听。花千树听完，瞅了楼西一眼，说："你这明明就是以身相许。"

楼西挠挠头，笑得甜甜的，问："那你要不要啊？"

"要呀。"花千树转过身，踮起脚摸了摸他柔软的发，说，"不过，前提是你也要考上鹿林大学。"

楼西眨了眨眼："花老师这么严厉吗？"

"严师出高徒。"

"也对，你放心，我为了你肯定会努力学习。"

花千树看着他，认真地说："楼西，学习要为了自己，不能为了别人，这是你自己的人生。"

楼西笑得天真又可爱，说："你不是别人呀。"

两人并肩走在清冷的街道上，走着走着，楼西突然靠近拉了花千树一下，远处看着就像是小情侣在打闹，可实际上楼西趁机压低声音对花千树说："千树，你有没有觉得有人在跟着我们呀？"

花千树下意识想回头，又想到如果是真的有人跟着，这么一看不就告诉对方他们已经暴露了吗？万一是坏人怎么办？

花千树僵硬着脖子不往后面看，她扯住楼西的棉服袖子："楼西，等会走出花园，那里有一个拐角，拐角后面有一个小树林，我们走出去就往小树林里面跑。"

楼西被花千树紧张兮兮的语气搞得也有一点紧张了，他搓了搓手掌，点头回道："好。"

再走几步就是转角了，花千树最后嘱咐："待会跟紧我，别乱跑。"

"知道。"

两人不动声色地走到拐角处，一转过去，花千树拉着楼西的手就跑进了小树林。

没跑一会儿，就听到外面杂乱的脚步声和男人的说话声。

"人呢？"

"估计是发现我们，跑了。"

"肯定没跑远，在附近找一找。"

楼西和花千树佝着腰小心翼翼地穿梭在小树林里，楼西跟在花千树的身后，手腕被她紧紧地拉着，可能是因为太过紧张，她的掌心微微出汗。

"我们从这边绕出去，就是小区门口了。"花千树突然说道。

"你怎么知道的？"楼西起先以为花千树只是拉他进小树林躲一下，却没想到她拉着他一直在小树林里面绕来绕去。

"上次出来遛狗，"她说的是前段时间楼西送给她的那只泰迪，"结果它跑进了小树林，我进来找它，无意间发现可以通过小树林绕到小区门口。"

说完，眼前突然亮了，花千树已经拉着楼西从小树林里面绕了出来。

"好了，你赶紧回家吧。"

她对着楼西说，却发现他的脸上不知道什么时候被树枝划了一下："脸上疼吗？"

"不疼。"楼西摇摇头，手腕上的温热还在，他满眼都是担忧，"要不今晚我留下来陪你吧，那些人说不定已经知道你住在这里了。"

花千树倒是不担心刚才那些人找到家里来，虽然这房子是老房子了，可是小区的治安还是很好的，陌生人没有门卡是进不来的。

"不用了。"花千树说，"你早点回家，我们不是约好明天要一起去滑雪吗？"

"也是。"

还有一些不能让花千树知道的事情需要准备，他在这边确实不方便。于是，楼西没有执意留下来，他叮嘱了花千树晚上锁好门窗后，就走了。

花千树回到家洗了澡，刚躺在床上，言乔的电话就打过来了。他的语气很着急，电话一通就说："千树，你被爆出来了，赶紧上微博。"

花千树一边拿着平板登录微博，一边听着言乔讲话。

"千树，你先别着急，我现在已经在机场了，一会儿就到黛城。你在家里待着，千万别出门，我估计现在已经有记者找过去了。"

话音刚落，安静的房间里突然传来敲门声，一下一下，敲得人心里害怕。

电话里的言乔显然也听到了，他提醒花千树："千万别开门，说不定是记者。"

花千树已经看完了网上的消息，爆料者不是针对她，而是想通过她来针对符一涵和裴寻山，消息真假参半，不明真相的吃瓜群众一看倒真像是这么一回事。

花千树放下平板，穿了外套往客厅走。

言乔只能隔着手机干着急："千树，你别冲动呀。"

花千树握着手机，放轻脚步往门边走："我不会开门，我看看到底是谁。"

门上有猫眼，客厅里面没有开灯，花千树慢慢靠近，透过猫眼往外看，一大一小两个人。尽管两人又是墨镜又是口罩，伪装得严严实实，可花千树一眼就认出了来人。

她对言乔说："是符一涵，我先挂了。"

门一打开，小小的一团先跑进来抱住了花千树的大腿，裴意慈甜甜地叫："姐姐，小慈好想你。"

符一涵也走了进来，随手关上门。

花千树蹲下来捏了捏裴意慈的小脸，问："小慈怎么突然来了？"

裴意慈回头看了看符一涵，说："妈妈说，姐姐遇到麻烦了，我们要过来保护姐姐。"

花千树看向符一涵，联想到刚才的新闻，猜测她肯定早就知道了。

裴意慈跟着符一涵着急赶过来，没玩多久就靠着花千树的腿睡着了。花千树将人抱到了卧室的床上，盖上被子，才重新回到客厅。

符一涵脱了外套，此刻正坐在沙发上打电话，花千树在一旁听了一会儿，知道她是在和裴寻山打电话，便没有出声。两人的谈话内容似乎和她有关。

等到两人打完电话，她才问："你是为了网上的事情过来的？"

"你也知道了？"符一涵问。

"嗯，就在你来之前，我看到了。"

符一涵沉默了一会儿，才认真地看着花千树："千树，这件事你裴叔叔已经想好应对的办法了，但是我们没有办法阻止那些记者。明天之后会有更多的记者过来，到时候他们会跟踪、尾随，甚至是做出更过分的事情，你可能没办法再回学校学习了。"

"所以，我不能继续待在黛城了，是吗？"

符一涵过来还带着裴意慈，如今又说了这番话，意图很明显了。

符一涵来之前已经设想过很多种情况，她其实不太清楚怎么和这个大女儿相处，因为分开了这么多年，两人的感情很疏离。现在两人亲近一些，也是表象，如今她这般插手花千树的生活，不知道会不会惹得她不高兴。

符一涵慢慢解释："也不是不能留下来，可是你得想清楚，如今你的身份被曝光，大家会对你产生好奇，以后很长一段时间里，你以及你的朋友都会被骚扰。他们在你这里得不到想要的答案，就会退而求其次地通过你的同学、你的学校和你的朋友去得到他们想要的答案，到时候你周围的人都会被曝光出来。"

最后，她说："还有不到半年的时间就高考了，好多人都想通过高考来改变未来，容不得一点意外。"

屋里的落地灯散发着柔和的光，花千树微微低着头，眼底下是一片黑色的阴影。符一涵说完好一阵，她才慢慢抬起头，问："我现在就是那个意外吗？"

"千树，我知道你舍不得，但是如今这是最好的解决办法，记者们已经知道你在黛城的住址和学校，明天闻讯而来的人会越来越多，你要走只能今晚就走。"

"那你们这次又打算把我送到哪里？"

以前花易安总是忙工作，一会儿把她送到言伯伯家里，让言乔帮忙看着，过几天又把她送到乡下爷爷奶奶家里，反正很少会把她带到身边。后来花千树长大一些了，也是跟着花易安，他到哪里，她便跟着转学过去。如今不过是换了一个人，再将她送到另外一个地方罢了。

　　符一涵说："去美国，我已经和你爸爸联系上了，他如今在那边看病，你过去可以陪着他，正好避避风头。"

　　花千树静静地听着符一涵说了好多安排，不得不说，她和裴寻山为自己安排得很好。

　　最后，花千树只问了一句："那你会承认我的存在吗？"她表面上表现得不在乎，可内心还是渴望得到认可。

　　符一涵眼眶一红，紧紧地握住她的手，将她抱住："千树，你是小慈的姐姐，是我的女儿，永远都是。"

　　时间紧迫，裴寻山打电话过来说又有一大批记者过来了，让他们抓紧时间离开。

　　花千树原本没什么东西可以收拾，符一涵去卧室叫醒了裴意慈，裴意慈迷迷糊糊地坐起来，看着符一涵问："妈妈，姐姐和我们一起走吗？"

　　符一涵摸摸她的头："嗯，你去看看姐姐。"

　　裴意慈过来的时候花千树正盯着课本发呆，课本是上次她借给楼西的。抄完了笔记，楼西在课本第一页的空白处画了一只小狗，小狗咧着嘴笑，模样傻乎乎的。

　　裴意慈走上前，抱住花千树："姐姐，我们该走了。"

　　花千树回过神来，将裴意慈抱到腿上坐着，裴意慈看到书本上的小狗，问："这是姐姐画的吗？"

　　"不是，是一个很可爱的哥哥画的。"花千树说。

　　此刻她的眼前闪过两人第一次见面的场景，楼西带着狗冲进教室，打断了她的自我介绍，这一切仿佛还在昨日，如今她却要离开了。

花千树好想给楼西打个电话，却不知道怎么开口，他满心期待的滑雪，她去不了了，以后相约考大学的约定，她也兑现不了了……

符一涵过来敲门："千树，收拾好了吗？"

裴意慈见花千树没说话，转头对符一涵说："妈妈，姐姐舍不得小狗。"

"小狗？"符一涵想起刚才在客厅的那只泰迪，想了想，建议道，"千树，你要是舍不得，可以把狗带上。"

花千树将课本塞进包里，站起来："不了，留在这里吧。"

三人直接走到停车场，司机见人过来，下车开了车门。符一涵吩咐："直接去机场。"

坐在后座的花千树突然说："我有一个地方想去一下，可以送我过去吗？"

楼西的家和花千树的家相距不远，花千树已经来过好几次了，只有这一次，她走得很慢。

假如这是一条没有终点的路，她好想一直走下去。

这一次去美国，事发突然。她很想留下来，可是正如符一涵分析的那样，已经曝光在公众视野里的她没有办法回到从前普通人的生活。如果执意留下来，不仅仅是她，就连身边的朋友也会受到影响。

所以她接受符一涵的提议，去美国避避风头，等到公众不再好奇她了，或许她就可以回来了。

只是在临走之前，她想见一见楼西，告诉他事情的始末。她不想在他满怀期待的情况下不辞而别，这样是对楼西的不负责，也是对自己的不负责。

其实她已经感觉到楼西策划滑雪的目的了，虽然他让周毅杰和宋星语千方百计地瞒着她，但是那两个家伙又哪里是能瞒住事情的人？每次看见她，两人虽然管住了嘴巴，但是那眼睛总是亮闪闪地盯着她，满眼写着"快看呀，快看呀，楼西要给你惊喜了"。这精心策划的惊喜，她应该是看不到了。

花千树慢慢走到大门口，拿出手机拨通了楼西的电话，一直等到响起了提示音，那边仍没人接听，按门铃也没有回应，楼西不在家。

花千树就站在门口，每隔几分钟给他打一个电话……

或许老天爷都替楼西感到愤愤不平，在她最想见到他，想当面跟他说一声"再见"的时候，她却怎么也联系不到他。直到和符一涵约定好的时间到了，她也没有等到楼西。

符一涵将她从地上拉起来，因为蹲的时间太久，她的腿已经麻了，站起来的时候跟趄了一下。

"小心点。"符一涵扶着她。

裴意慈扒在车窗上叫她："姐姐，快进来，外面冷。"

"走吧，千树，不管你要见谁，现在都该走了。"符一涵说。

"我知道。"她知道，她什么都知道，只是不甘心而已。

到了车里，花千树还抱着一线希望，在车上找到充电线，开始给手机充电——或许楼西看到未接来电会给她打过来，就算不能见面，在电话里面说一声也是好的。

而此刻的楼西什么都不知道，他正在为了第二天的滑雪绞尽脑汁，大晚上趁着花千树不在，特意把周毅杰和宋星语约了出来，商量对策。

为了达到最好、最惊艳的效果，楼西特意跑到好朋友那里借了一只鹦鹉。

周毅杰和宋星语趴在桌子上，盯着面前这只看起来傲娇又臭美的鹦鹉，问楼西："这就是你说的秘密武器？"

宋星语以为是九百九十九朵玫瑰花，周毅杰猜，再不济也该是一个人形公仔吧……

现在整出只鹦鹉，难道花千树有喜欢鹦鹉的独特癖好？

楼西才不跟这些人一般见识，他拍了拍鸟笼说："可别小看了它，它呀，语言天赋惊人，能背的唐诗宋词说不定比你们两个加起来还多。"

周毅杰明显不信，宋星语也表示怀疑。

楼西觉得是时候让九块九在两人面前表演一下了，于是就说："九块九，锄禾日当午。"

九块九踩着小碎步不搭理。

得了，现在这个小祖宗没吃的都不展现才艺了。

楼西赶紧拿出准备好的食物投进去，才问："锄禾日当午？"

九块九："燃哥最威武。"

"重来重来。"这个九块九，关键时刻不给他面子呀。

周毅杰自告奋勇："我来出一个吧。"

于是周毅杰挤了挤肚子里面的墨水，问九块九："'飞流直下三千尺'的下一句是什么？"

九块九抖了抖漂亮艳丽的羽毛："楼西拉屎不带纸。"

"哈哈哈。"宋星语真的是要被这只鹦鹉笑死了。

楼西怎么也没有想到，自己好不容易借来的鹦鹉竟然损自己，这样子还怎么让他放心把重要的事情交给它，一点都不靠谱！

为了万无一失，三人凑在一起又想了一套方案，反正到时候随机应变，计划 A 不行，就计划 B。

三人商量好已经十二点多了。宋星语有许律接，周毅杰一个人打了车回去，楼西一想到明天的事情就兴奋，也不打车，沿着没有什么人的公路走回了家。

到家的时候，已经凌晨一点多了。他将手机放在床头充电，先去洗了一个澡。出来的时候，电量充到百分之十，总算是能开机了。一开机，几十条信息蹦出来，手机卡了一下，楼西仔细一看，全是花千树发的。

他有一种不好的预感，他点开信息一条一条地看，直到看到最后一条，大概是二十分钟之前发的："楼西，我明天不能陪你滑雪了。这段时间，很开心认识了你，高考没我在，你也要加油，不能偷懒了。

再见！"

明明是再简单不过的几句话，现在组合在一起，楼西却怎么也看不懂了。他慌乱地拨花千树的电话，却一直没人接听。

楼西穿上衣服就往外跑，跑到花千树家里。屋里没有人，家里一切如常，好像她只是刚刚出了一趟门，一会儿还会回来一样。

楼西一边往下走，一边拨打电话，终于打通了，接电话的，却不是花千树。

"你是谁？"

"你好，我是千树的妈妈，请问你是她的同学吗？"

符一涵是送完花千树回到车上才发现花千树将手机忘了——或许是花千树放着充电，走的时候忘记拔掉了。她打算等花千树到了美国再把手机寄过去。

"阿姨你好，请问花千树现在在吗？"

"千树现在已经在飞机上了，你有什么事情可以告诉我，我会帮你转达的。"

已经在飞机上了？这种感觉似曾相识。

楼西很小的时候也是这样。他去朋友家里玩，妈妈说等他回来的时候，晚饭就做好了。可是那一天，他回到家并有做好的晚饭，只有一个已经人去楼空的家，说给他做晚饭的人再也没有回来。

如今也是这样，明明几个小时之前，他还和她一起上课，一起放学，一起讨论明天的滑雪，为什么现在她就已经在飞机上了呢？他想对她说的话，还没来得及说，她怎么就走了呢？

那一天，楼西没有回家，他在花千树的家里坐了一夜。第二天，他照常去了滑雪场。事先排练好的计划果然出了不少差错，不过幸好花千树没看到，不然肯定会笑话他的。

那几天，一切如常，楼西依旧是每天早上七点钟出门，买了两份早餐，走到小花园坐一会儿，然后七点半准时往车站走，打卡上车，八点准时进校。一切都和平常没什么两样，就好像花千树还在一样。

直到后来，每一次月考，再也看不到花千树的名字，形单影只地走在放学的必经之路上，"复仇者联盟"小组再也没有聚齐，他才意识到，花千树是真的走了。

要说有多深厚的感情，都是十七八岁的孩子，对情感懵懂无知，自然谈不上多轰轰烈烈。谁离开了谁，太阳还不是照常升起，他还不是依旧这么生活吗？

话是没错，楼西也曾经在深夜睡不着的时候这样安慰自己。可是每当闭眼入梦，他梦到的便是那个答应了和他一起滑雪，最后却一直没有出现的人。

起先他只是觉得不甘心，心里不乐意，就跟被什么压着一样。他尝试着告诉自己没关系。后来所有的不甘心、遗憾、不乐意，统统化成了执念，深埋在他心里。他毫不怀疑，总有那么一天，在特定的环境下，会一朝爆发。

宋星语也不再往后面跑了。虽然她成绩进步了，但是没有和老师说换座位，她依旧待在那个被特殊照顾的位子。

周毅杰也没怎么打篮球了，开始专心学习，高三第二学期，他成了班级里面最喜欢问问题的学生。

楼西也收了性子，成了学校"浪子回头"的典范，每一次考试过后，都成为老师用来鼓励后进生的例子。

花千树离开了，一直没有新的同桌，楼西旁边的那个座位便空着，十分奇怪的是，那个的位子没有人坐，却十分干净。

教室前面的倒计时数字一天一天地减少，直到归零，直到他们所有人参加了一场名为"高考"的考试。

那年夏天，试卷飞了满天，所有人都在诉说着离别的不舍，而楼西静静地坐着，看着身边空荡荡的位子，悄悄地说了四个字。

"我喜欢你。"

Chapter 11
少年青春几何时

青春是什么？是一个人学会成长，一个人学会将年少的不甘和遗憾埋在心里，然后成为更好的自己。

2019 年英雄联盟春季赛在望舒市拉开帷幕，和 S 赛冠军打揭幕赛的是今年的一支新队伍——VT。

这支横空出世的新队伍，高调张扬，宣传稿满天飞。别人有的它也有，别人没有的它还有，反正能用钱办成的事情，在 VT 这里都不是事。所以出道不足一个月，却赚够了关注度的 VT，被网友们戏称为"财神队"。

VT 俱乐部的训练基地坐落在望舒市的情人湖边，原本是江景别墅，后来被 VT 战队的创始人，也是现任队长的楼西买下，改成了训练基地，分了两层，一楼工作区，二楼休息区。

昨天 VT 战队刚结束了春节前的最后一场比赛，BO3 的赛制，最后以二比零的结果完胜对手，这也是 VT 自春季赛以来取得的第三场胜利。

中午十二点半，训练基地热闹起来，大家陆陆续续起床下楼。

"未成年果然不应该喝酒。"说话的是 VT 的 ADC（物理伤害输出类型英雄）小炮，全队年龄最小的弟弟，是楼西从直播平台挖过来的。

昨晚庆功宴，队长兼老板的楼西请客，一来犒劳大家这一个月的辛苦努力，二来是提前吃春节团圆饭，一来二去，兴致一高，免不了多喝几杯。

"小炮弟弟，昨晚十二点一过，你就成年了。"Pig端着阿姨准备好的醒酒茶从小炮旁边路过，顺便仗着自己的身高优势，揉了揉他的头。

小炮挣扎着躲开Pig的突袭，奈何自己手短脚短，不是他的对手，于是灵机一动，突然朝着他身后大喊："老板，你醒了！"

Pig才不信，这一招都是他当年用剩下的，小屁孩的把戏，也就唬一唬那些未成年的新人。于是他不仅没松手，反而将醒酒茶随手一放，开始双手齐下，对着小炮柔软的鸡窝头为所欲为。

"来来来，让你P哥好好撸一下。"专属男生之间的对话随口而出，在基地里也是见怪不怪。

小炮内心窝火，可是打不赢又能有什么办法？他刚想躲开就被制伏。

成年人的世界真的是太可怕了哦！虽然身体上受着摧残，但是嘴上不认输，小炮怒骂道："撸你大爷！八戒哥哥就不怕过年被做成满汉全席吗？"

基地的队友每个人都有绰号，但是所有人的外号加起来都不如Pig一个人多，什么八戒哥哥、二师兄、佩琦……反正但凡和"猪"这个字沾边的，最后都能成为他的绰号。

不过Pig这人心大，也不计较这些，名字就是一个代号，别人爱怎么叫就怎么叫，他一点也不在意这些。唯一在意的就是，当年注册这个名字时，明明他想的是"Big"，不知道怎么的，最后成了"Pig"，一失足成千古恨。

再后来春季赛首秀，Pig一把猪妹carry（带动）全场，拿下首场

MVP（most valuable player，最有价值团队成员），被解说戏称Pig的猪妹不能叫作猪妹，应该叫"猪奶奶"，足以见得Pig这位打野选手的厉害。而这位打野选手的日常就是撸猫，撸小炮。

打闹间，上单Pig和中单火鸡也洗漱下楼了。走在他们两个身后的，还有一个人。年龄看起来二十出头，因为身高比较高，尽管神色疲惫，也依旧挺拔。

听到动静，小炮趁着Pig分神的时候想逃出来，结果Pig长手一扯，他就动弹不得，一着急，小炮就扯开嗓子喊："老板，打野谋杀ADC（Attack Damage Carry，普通攻击持续输出核心的简称）了。"

Pig用手臂环住小炮的脖子："老板昨晚喝醉了，在人民广场蹦了个迪，哪里会这么快醒！下次骗我换一个好点的理由可以吗，小炮炮？"

"你说谁在人民广场蹦迪？"一道慵懒沙哑的声音从楼梯口传来。

Pig瞪了小炮一眼，僵硬地转过去身，便看见自家老板穿着白色的卫衣和黑色的运动裤，一边擦着湿润的短发，一边懒洋洋地看过来。

议论自家老板的糗事，还被老板抓包，Pig觉得今年的年终奖怕是保不住了，他必须要做点什么挽回一下，于是睁眼说瞎话："是我，昨晚我拉着小炮在人民广场，不仅蹦迪，还扭秧歌。"

小炮忍不住翻白眼，他这样的美少年，怎么可能在人民广场扭秧歌？

上单Pig和火鸡一脸看智障的表情悄悄路过，然后坐在位子上开始今天的练习，对外界发生的事情毫不在意。

楼西才洗了澡，头还疼着，竟然只是凉凉看了Pig一眼，便不再计较，要是放在平时，Pig觉得自己肯定是要被老板精神凌迟。

楼西转身去了厨房，Pig如临大赦，准备转身好好教训一下小炮，却没想到刚才随手放在桌边的醒酒茶轻轻一碰就往后倒去。

那一刻，时间仿佛静止了。所有的一切被减缓、放大数十倍，Pig

眼睁睁地看着醒酒茶全都倒进了键盘里。

"啊……"Pig觉得，今天是天要亡他。

小炮十分同情地看了Pig一眼，趁着楼西回来之前，乖乖坐到位子上假装练习。

短短几分钟，Pig已经在心里想好了八百字的遗言。

楼西端着醒酒茶，从厨房出来，隐约觉得现场气氛不太对，等他走到自己的位子，看着正在冒烟的键盘，说："Pig，我身为老板，虐待你了吗？"

Pig战战兢兢的，不敢看自己老板的脸："没有，老板对我很好。"

不仅对他好，奖金平时也没有少发。

"那……"楼西的目光移到键盘上，慢悠悠地说，"你为什么要虐待我的键盘？"

训练室里面的每一台电脑都是统一配置的，但是键盘是自己定制的，特别是楼西的键盘。虽然他作为VT战队名义上的队长，实际上的替补，上场机会不多，但是配置的键盘是最好的，当然也是最贵的。

Pig的声音低了下去："老板，从我年终奖里面扣吧。"说出这句话的时候，他的内心在滴血。

楼西拿起键盘在桌上敲了敲，略带嫌弃地将键盘拆下来扔进垃圾桶，才淡淡地朝房间右边的角落喊了一声："小虎，记一下。"

小虎是VT战队的辅助加会计，在打职业之前，小目标就是进会计事务所，成为一名优秀的会计师。虽然现在成了职业选手，但是小虎没有放弃这个梦想，所以他当初签给VT战队，唯一的要求就是楼西能给他一个机会，闲的时候跟着经理学一学财务。

小虎人如其名，长相虎头虎脑的，平时不管是外出还是在家训练，都一丝不苟地将头发梳得服服帖帖，再抹上发油，看起来十分不好惹。其实这些都是假象，他和小炮是队里面出了名的好揉捏，也就是光长了身高，不长脾气的那种。

"好的，老板。"小虎一边回答，一边掏出了小本本，飞快地将Pig的壮举写入了手册。

原本楼西下楼来是打算找周毅杰开黑的，现在键盘毁了，他也没了兴致，于是微信上给周毅杰说了一下，便上楼去了。

等到楼西走了，Pig才开始哭穷，一米八的大老爷们，扒拉着小虎开始打同情牌。

"小虎虎，虎哥，你把我的名字划掉吧。你帮我一次，我请你吃蓝莓味的大福，好不好？"

小虎是个吃货，可是吃货也有底线，不是每一个吃货都会被美食诱惑。小虎稳了稳，控制住自己不去想蓝莓味的大福，专心地盯着屏幕，冷酷地说："不行，给你划掉了，老板就该写上我的名字了。"

Pig不死心，继续试图说服他："虎将军，不划掉也行，但是你帮我向老板求求情。只要你帮我求情保住了我的年终奖，你让我干什么都行。"

小虎心神动了动，突然想到什么，试探性地问："真的什么都行？"

Pig一见小虎松口，觉得这事能成，便拍着胸脯保证："行，什么都行，只要你不让我去揍老板一顿。"

小虎想了想，关掉了游戏界面，随后打开了一个网址，鼠标在屏幕上点了几下，便出现了几张宣传画册。

"我想去看这个画展，但是我没抢到票。如果你能帮我搞到门票，我可以考虑帮你向老板求情，但是能不能保住年终奖，我可不敢保证。"小虎事先给Pig打了一剂预防针，就算最后不成，反正事先已经说好，他也赖不到自己的头上。

Pig开心地答应了，觉得希望就在眼前："你果然还是当初那个爱我的小虎哥哥，你放心，门票的事情包在我身上。"

Pig之所以能这样毫无忌惮地夸下海口，是因为他被楼西相中挖过来打职业之前交过一个女朋友，这女孩子表面上文文静静的，在图书馆工作，实际上却是混迹在各大场合的资深老黄牛。虽然后来因为理想不同分手了，可是两人一直保持着朋友关系。

不就是一张画展的门票吗？想当年他女朋友连林俊杰的门票都能搞到手，一张画展门票简直就是小儿科。于是 Pig 趁热打铁，趁着老板在楼上，赶紧溜出去找前女友叙旧了。

中午吃饭的时候，VT 战队一家人整整齐齐地坐在一起，楼西瞥了一眼，Pig 不在。他想了想，莫不是今天让他赔钱吓坏了，所以绝食抗议？

于是，楼西委婉地对小炮说："小炮，去叫 Pig 过来吃饭。"

突然被老板叫到，小炮赶紧咽下嘴里的红烧牛肉，说："报告老板，Pig 出去抢票啦。"

"抢票，火车票？"

说起来今天已经 1 月 31 日了，还有四天就是大年三十，也该准备给大家放假了。不过他作为一个长相好、身材好，还特有钱、特慷慨的老板，这些事情自然是早早就叫人办好了。

"不用抢了，上周我就叫苏哲给你们订好了来回的飞机票。"

苏哲是 VT 战队的随队经理，平时大小事都是苏哲在管，不过昨天庆功宴之后苏哲就回家了，原因是要跟女朋友回老家拜访未来的丈母娘。

小炮一听就知道老板想岔了，赶紧解释道："不是这种票，是画展的票。"

"画展？"

VT 战队的每一位队员都是楼西亲自招进来的，所以大家的性格、爱好他很清楚。Pig 此人从小就是网瘾少年，混迹网吧，学习差，没理想，除了游戏打得不错，其他的就只有身高可以和他比一比，所以画展这种高雅的活动，Pig 怎么可能会感兴趣？

楼西余光淡淡一瞥，小虎与自家老板对视一眼，点头承认："是帮我抢的，这个画家第一次在望舒市开画展，我想去看看。"

小虎和 Pig 完全是两个世界的人，小虎要是没有走上职业电竞这条路，楼西觉得他多半会和按部就班的白领一样，做着一份稳定的工作，休息时间看看电影，听听音乐会，看看画展。

楼西扒了一口饭，随口问："画展是什么时候？苏哲订的机票是后天下午三点半的，时间上如果有冲突，要改签的。"

作为老板，楼西简直就是 boss（老板）界的石碑楷模，时刻不忘对队员们进行人文关怀。

小虎说："不冲突，画展就是明天。"

楼西点点头，也没再问，低头吃饭。

下午两点半，楼西出门，VT 战队剩下的队员们约了 PDG 战队打模拟赛。

虽然老板不在，经理也去忙自己的终身大事了，但是队员们十分自律自觉，没正式放假前，照旧按时按点完成当天的训练，一点也没有偷懒。

楼西直接开车去了省体育馆，今天下午有一场职业篮球联赛，周毅杰提前一周就给了他贵宾席的票，嘱咐他务必到场加油。

高中毕业后，楼西以刚刚过线的成绩进了鹿林大学。周毅杰没这么幸运，刚好过了三本线，便留在黛城上了大学，后来因为代表学校参加一场篮球比赛，被省队选中，从而走上了职业篮球这条路，如今在望舒市也算小名气。

因为他长得还算俊俏，这些年追求他的小姑娘不在少数，但是周毅杰心中总想着高中认识的那个姑娘，或许真像歌词唱的那样——得不到的，永远骚动。那个姑娘就是。

因为周毅杰事先给工作人员打了招呼，所以楼西很顺利地坐到了贵宾席。比赛还没有开始，周毅杰正在场地旁边和教练低头说话，余光瞥见贵宾席坐着玩手机的人，没一会儿，他就拿了一瓶水慢悠悠地走过来。

"几天不见，我们的大老板又帅气了不少呀。"周毅杰将水递给他，隔了一个位子，在楼西旁边坐下。

突然，对面的观众席上传来一阵惊呼声。楼西嫌弃地看了周毅杰一眼："你离我远点，不然你的女粉丝又该幻想我们之间有点什么了。"

这些年几乎周毅杰的每一场比赛楼西都在，加上周毅杰这些年拒绝了不少女孩子的表白，久而久之，流言四起，八卦铺天盖地，于是楼西就成了传说中的"正牌夫人"。

"我们之间难道没点什么吗？"周毅杰探出身子，故意往楼西身边凑，引得对面观众席又是一阵尖叫，他说，"咱们之间，可是坚不可摧的革命友谊。"

楼西白了他一眼，十分不愿搭理他，巴不得教练赶紧过来抓人。

不过，这番互动，落到对面女粉丝的眼里，就成了眉目传情、暗送秋波了。

其实这些年，楼西每次看比赛总会想起高中时周毅杰和花千树打赌，两人单挑打篮球的场景。尽管事情已经过去了好几年，他每次回想起来，仍是感觉清晰无比。

越过篮球场上跳动的身影，他的目光落到对面观众席上正在为周毅杰加油呐喊的女粉丝上。曾经，他也在场下遥望着场上的那个人，心甘情愿地为她摇旗呐喊、加油助威。

比赛结束，周毅杰和赶来支持他的粉丝们合照留影，楼西开了车，在体育馆外面等他。

十分钟后，周毅杰才换好衣服出来。

"去哪里吃饭？"

"去梨园吧。"楼西说。

"又去梨园？"

周毅杰简直怕了，自从去年有一次在梨园疑似见到花千树，但凡约饭，这家伙总是选在梨园。虽然周毅杰十分能理解楼西的心思，但是每次约饭都吃同样的东西，他想不腻味都难。

　　于是周毅杰大起胆子试探："楼西，咱们换一个地方怎么样？哥知道一个地方，非常不错。"

　　楼西没说话。周毅杰再接再厉："你想一想，我好不容易回来一次，哪次不是陪你去梨园的？这一次你陪陪我呗。"

　　楼西单手搭在方向盘上，沉默了一会儿，车身一拐："报地址。"

　　周毅杰开心一笑："好咧。"

　　周毅杰说的地方是一个高档会所，每个包间风格都不同，根据包间风格的不同，菜系也不一样。

　　周毅杰轻车熟路，带着楼西直接上了二楼的"蜀道"包厢。蜀道主打川渝菜系，周毅杰招来服务员点单，楼西脱了外套，懒洋洋地靠在椅背上。

　　"恭喜你呀，又赢了一场。昨天我可是推了工作赶上的直播。"

　　"就那样吧。"

　　楼西脸上没有赢了比赛的兴奋，他拿着高脚杯给自己倒了一杯红酒："你知道我的目标是什么。"

　　周毅杰当然知道，不过他觉得这不是难事。就凭楼西那身家，把最厉害的人都挖到战队里，不怕拿不到 S 赛的冠军。

　　两个人一边吃一边喝，一会儿聊聊人生理想，一会儿听周毅杰吐槽训练太苦。楼西全程多是听着，只有周毅杰询问的时候才说上几句。两个男人说话间，聊到了昔日好友宋星语，不过宋星语现在可不能出来和他们鬼混了。

　　和周毅杰差不多，宋星语当初考了一个三本院校，在鹿林大学旁边，所以大学和许律也不算异地。这两人也是人生赢家，大学毕业一手毕业证，一手结婚证，当时羡煞了多少人呀。两人结婚没多久，宋星语就怀上了，从此聚会是路人——因为许律不让。

周毅杰一口干了杯中的酒，整个人趴在桌上，眼神已经有些迷离了，他盯着楼西看："楼西，其实有一句话我憋在心里很久了，你能不能像个男人一样，抬头挺胸往前看？都这么多年了，她要回来早就回来了。"

楼西眼神晦暗，抽掉周毅杰手中的酒瓶："你醉了。"

"我没醉。"周毅杰突然坐起来，眼睛一眨不眨地盯着楼西看，过了好一会儿，才重新趴回桌上，喃喃道，"算了算了，我有什么资格说你呢？我不也是和以前过不去吗？"

头顶的水晶吊灯发出绚烂的光，楼西微微低着头，重新拿起酒杯，仰头饮尽。

没一会儿，楼西对自己说："我啊，不甘心。"

两人都喝了酒，没法开车，楼西人还清醒着，他打电话预约了代驾，便扶着周毅杰在路边等。

临近春节，望舒市道路两边的行道树上挂满了红色的灯笼和五颜六色的彩灯，节日的气氛非常浓厚。

周毅杰站了一会儿，突然胃里一阵恶心，趴在垃圾桶旁边开始吐。楼西一脸嫌弃地站在后面拍着他的背，说："不能喝就少喝点，喝成这样，受罪的还不是自己？"

周毅杰擦了擦嘴站起来，身子晃了两下，扶着旁边的树站稳："我这是高兴，这么久没见好朋友了，当然要不醉不归。"

楼西没拆穿他，其实了解周毅杰的人都知道他心里有事，需要一个发泄口。才说完那句话，周毅杰的胃里又是一阵恶心，他弯腰趴在垃圾桶边又是一阵吐。

楼西摸了摸口袋，没纸了，正好旁边就是便利店，他扶着周毅杰进车里坐好，确认他没有再吐的欲望，才走进便利店买了一瓶矿泉水和一包湿纸巾。

再回来的时候，他发现自己的车旁站了两个人。男的看不清样貌，围着围巾，又戴着帽子、口罩，穿着黑色的大衣，裹得比身边的女人还严实，尽管如此，依旧可以看出是一个身姿挺拔的男人。

女人身段好，堪堪站在那里就让人觉得赏心悦目。她穿着贴身的羊绒毛衫，外面套了一件驼色的大衣，长发披肩，有一种说不出的绰约。

不过，两人站的位置刚好挡着楼西开车门。

楼西按了一下车钥匙，车灯闪了闪，两人循声转头，也是在那一瞬间，楼西呼吸一滞，觉得眼前仿佛产生了幻觉。或许他真的喝太多了吧，不然，为什么花千树会站在他面前？

同样愣住的还有花千树，她也没想到，隔了这么多年，最后竟然以这样一种方式和楼西重逢。

两人望着彼此，谁也没有说话。

裴韩的目光顺着花千树的视线落在对面的男人身上，楼西虽然穿着一身休闲服，但是模样一点也不比他这个娱乐圈当红小生差。

"认识的？"裴韩问花千树。

花千树慢慢从最开始的震惊中缓过来，她笑了笑，说："嗯，高中同学。"

楼西也冷静下来，他抬眼打量着花千树身边的人，慢慢上前："好久不见。"

说完，便拉开车门，将买的水和纸巾扔进车里。再回头，站在花千树旁边的男人已经取了口罩，露出整张脸，对楼西微微一笑，说："你好，裴韩。"

裴韩。楼西自然是认识这号人的，去年的全明星赛邀请的明星之一就是裴韩，而且自家战队里还有一个裴韩的铁杆粉丝，他见过各种裴韩的周边，如今倒是见着真人了。

楼西礼貌地回应："楼西。"

久别重逢，免不了要问一句"你最近好吗"，可是这句话本身就毫无意义，既然当初选择离开，那是不是就默认过往的一切和自己再也毫无瓜葛呢？

楼西自嘲地笑了笑，没说话。

好在这个时候，裴韩的经纪人过来接人了。裴韩原本晚上的航班，要飞到另外一个城市拍戏，结果接到了花千树的电话后，他便让助理改了班次，推迟了两个小时。

助理打开车门，裴韩站在门边扶着车门，看了看时间，对花千树说："上车，我先让文哥送你回家。"

"不用了。"花千树知道裴韩行程紧张，要不是关系到自己的终身大事，她也不会这么着急地将裴韩约出来说清楚。

裴韩也没坚持，上车先走了。

一月份的望舒市天气依旧寒冷，花千树站在外面这段时间，手脚冻得冰凉。

她和楼西面对面站着，过了许久，她终于直视着楼西，说："其实这么多年，我一直欠你一句'对不起'。"对不起的事情太多了，后来她想了无数遍，总归是在最美好的年纪，辜负了一个少年最美的期待。

楼西低低地笑了一下，他的目光从她身上移开，落在远处灯火通明的大楼上。他的嗓音已经没有了年少时的清脆，多了成熟男人的低沉："我考上了鹿林大学，我遵守了我们的约定，但是你没有。"

他的目光从远处收回来，黑幽幽的眸子盯着她，再开口，语气里全是质问："花千树，你没有。"

花千树哑然以对。楼西的质问她无法回答，不管说什么，都像在辩解，于是重逢的短短时间内，她再一次说了"对不起"。

楼西生气地看着她："你现在只会说对不起吗？你知道的，我根本不想听你说对不起，以前的花千树也不会像你这样，只会说对不起。"

"可是楼西……"花千树无奈地一笑，看着他，"我们都会长大呀。"

楼西死死地盯着她，似乎是想从她的表情里看出点什么。可是花千树掩饰得太好，他什么也看不到，甚至连重逢后她是喜悦还是意外，他都看不出来。

两人这般僵持着，没一会儿，楼西叫的代驾来了。

花千树站在原地，看着车子开出去，没一会儿又开回来，楼西黑着脸下车绕到副驾驶座，打开车门："上车。"

有些人不管怎么变，骨子里还是有些孩子气。比如现在的楼西，就跟裴意慈和她赌气时一样，黑着脸故意不和她说话，却总是装着不经意地朝她看过来。这让花千树想起了以前上学的时候，她和楼西是同桌，每次午睡的时候楼西总是趴在旁边，起先用后脑勺对着她，估摸着她睡着了才慢慢转过身，盯着她睡着的样子。

其实那时候被那么炽热的视线盯着，她哪里还睡得着，不过是假装睡觉，又不忍心拆穿他，便默默纵容了他的行为。那时候，夏天的中午，教室里是阳光的味道，而她的同桌，是大白兔奶糖的味道。

周毅杰吃了醒酒药，睡了一会儿便醒了。

车子正好停在红绿灯的当口，周毅杰揉着太阳穴坐起来，隐约瞥见副驾驶座上坐了个女人。他转念一想，不可能呀，这么多年了，也没见楼西让哪个女人坐他的副驾驶座，就算是宋星语也只有坐后座的份。

于是周毅杰一拍脑门，眼睛一闭，又睡过去了。

楼西："你……"

花千树："你……"

目睹了周毅杰一连串动作后，两人相对无语。

"周毅杰，醒了就别装睡了。"

周毅杰也不睁眼，直接摆摆手，说："不，我觉得我还醉着，不然怎么会出现幻觉？"

"什么幻觉？"

周毅杰说："我仿佛看见花千树坐在副驾驶座上。你说，你要是喝醉了多好，说不定也可以像我一样，看到你朝思暮想的人了。"

楼西瞥了一眼花千树，见她没什么反应，才对周毅杰说："这不是幻觉，花千树回来了。"

"啊？"周毅杰还有点懵。

花千树已经转过身来了，朝周毅杰一笑，说："好久不见呀，周毅杰。"

啊！周毅杰觉得太刺激了。他回想了一下，明明刚才还只有他和楼西两人，怎么睡一觉起来，花千树就回来了？莫不是在他醉得不省人事的时候，错过了什么？

周毅杰觉得不可思议，探着身子往前面看："你是真的花千树，不是整容的？"

花千树余光瞥了一眼楼西，或许这几年真的发生了什么魔幻的事情？

"不是整容的，是我本人，我回来了，周毅杰。"

送完周毅杰和花千树，回到训练基地已经是深夜了。

不过电竞选手的作息时间较晚，这个时间点大家还在训练，楼西一进门就看到 Pig 拿着两张门票在炫耀。

"小虎，看到没？你说要一张，哥给你整来了两张，买一送一，哥是不是特别靠谱？"

Pig 自顾自地地说着，丝毫没有注意到身后的门已经打开，自家老板黑着一张脸站在他的身后。

小虎一个劲地给 Pig 使眼色，Pig 却丝毫没有察觉，还得意地晃着门票说："开不开心，兴不兴奋？小虎，多的这一张哥也送给你，你想带谁去看就带谁。"

突然手中一空，Pig手里的画展门票被人抽走，他看着自己空空如也的手，下意识地转身。楼西单手拿着门票，目光停留在门票上，黑着脸，一脸不爽的表情。

过了一会儿，他抽掉了其中一张门票，将剩下的一张还给Pig，然后对小虎说："明天记得叫我，我陪你去看。"

小虎不想要，小虎想拒绝，怎么办？！

楼西说完，拿着票直接上二楼了。

剩下楼下的众人一脸蒙圈，Pig拿着门票走到小虎身边，说："老板是不是受什么刺激了？怎么爱好大变……竟然对你这个什么画展感兴趣了？"

说着，Pig拿起门票仔细看："我倒要看看，是哪一位画家这么厉害。"

画展的门票做了防伪处理，有漂亮的山水画水印，质感摸起来是磨砂的，呈现出古韵的诗意，门票中间是楷体小字。

Pig逐字读出来："花易安春晓作品展。"

"花易安？"

Pig觉得文化人取名字和他这种俗人就是不同，哪像他，本名李建国，可以说是十分接地气了。

现在只剩下一张门票，小虎原本想带着自己心仪的女神去看画展的愿望泡汤了，剩下这张他十分宝贝，趁着Pig不注意抢了过来。

"花易安是大师，人生三起三落，都一把年纪了，还在坚持梦想，所以我不仅仅是去看画展，还是在维护一个中老年人对梦想的执着。"

第二天一大早，小虎就早早起床准备。其他队员昨晚训练到夜里四点，这会儿睡得正香。小虎轻手轻脚地洗漱完毕，正准备去敲楼西的门，门却突然打开，楼西顶着两个黑眼圈，已经穿戴整齐，显然比他还要早起床。

小虎有些惊讶，自家老板这样子明显就是通宵没睡。他说："老板，你是不是起太早了？"

楼西一脸不爽地往楼下走，小虎跟在身后，听到楼西说："早睡早起身体好。"

小虎："你这根本就是一晚上没睡吧？"

楼西停下来，转身问："很明显？"

小虎使劲点头："很明显，特别是堪比国宝的黑眼圈。"

楼西想了想，又折身回了房间，趁着小虎在楼下吃早餐的时间，给自己涂了个粉底，对着镜子反复确认，直到看不见黑眼圈了才重新下楼。

小虎看着容光焕发的老板，觉得最近老板真是不正常得很，竟然自己化起了妆。在楼西不断的眼神催促中，小虎不得不提前两个小时出门。

一路上楼西没有说话，小虎窝在后面玩游戏，顺便在队员们私下建立的微信群里将楼西一大早起来化妆的壮举绘声绘色地描述了一遍。

过了一会儿，小虎听到楼西说："要不我们去买件新衣服吧？"

"啊……"小虎还能说什么，只能举双手赞成呀。

于是两个大男人，横扫了一遍商场男装部。最后，车停在展厅外面，楼西远远就看到花千树陪着花易安接待客人。

楼西熄火下车，没有着急进去，而是绕到一边，倚着车身站定，目光穿过人群落在花千树的身上。

忽然，他抬手拍了拍小虎的肩膀，说："小虎呀，这个兴趣爱好不错，今年加工资。"

小虎愣住。

老板绝对是因为 Pig 弄坏了键盘而受到严重的心理刺激，现在整个人已经不正常了。

画展主题为"春晓"，百分之九十的画作以"春"为创作的灵感，小虎忙着欣赏画作，没有注意到自家老板打着陪他看画展的幌子偷偷干什么去了。

其实楼西也没有干什么，只是不停地通过各种方式在花千树面前提高存在感。一旦花千树的目光看过去，他就随便对着一张画开始欣赏起来，就跟真的是来看画展一样。

"你来了。"突然身后响起一道温柔的女声，楼西身子一怔。他倒不是害怕被花千树发现，只是怕她觉得他幼稚。

楼西低低地"嗯"了一声，又听见花千树说："你知道当初我爸爸画这幅画的时候，是想告诉我什么吗？"

楼西这才仔细观看面前的画，画中的景象被一分为二，一边是皑皑白雪，寸草不生，一边是繁花似锦，春意盎然，一个小女孩提着花篮，正好站立在两种景象的分割处。

楼西觉得自己好像懂了这幅画的意思，但是又不确定花千树是不是想借用这幅画告诉自己什么。他突然有点慌，害怕从花千树的口中听到那些话，于是在她开口之前，他率先找了一个蹩脚的理由。

"我还有事，我先走了。"说完，他就往外面走。

刚一转身，他的袖子就被人拉住，花千树叹了口气，绕到他面前，说："你看懂了是吗？楼西，过去的已经过去了，我们要往前看。"

她的目光落到画作上："因为，前面是繁花似锦的春天呀。"

她重新看着他："你应该去追求你的春天的，而不是守着那个寒冬，过一辈子。"

楼西苦涩地摇了摇头，许久他才说："花千树，我能怎么办呢？我先遇到的便是寒冬啊。"

所以，就算严寒刺骨，他也一往无前。

小虎终于良心发现，开始找自家老板，一转身就看到了这一幕。

难怪平时大门不出二门不迈的楼老板会突发奇想地跟着他来看画展，为了看画展还特意买了新衣服，原来是看上人家花大师的宝贝女儿了呀。小虎赶紧掏出手机拍下"证据"和队友们分享起来。

刚发出去，Pig 就秒回了。小虎看了看时间，嗯，的确到了大家起床的时间。

Pig："什么情况，老板和谁在拉小手手？"

小虎："呃……"怪他，这个角度拍下去，照片里根本看不到女方，基本上被老板的背挡完了。

Pig 继续在群里呐喊："小虎，上，我们要看高清无码图。"

小虎觉得那边气氛不对，他才不会傻乎乎地往枪口上撞，索性不搭理 Pig，继续欣赏画作。

画展持续一整天，要到晚上九点结束，中午楼西带着小虎去附近的饭店吃饭，两人坐下后，好半天也不见楼西点菜，小虎想着，莫不是还有客人？

没一会儿，包间的门打开，进来的竟然是花易安和花千树。

小虎懵了，他看了看自家老板，暗道："果然有钱人就是不一样啊。"

花易安率先给了楼西一个拥抱："好小子，越来越帅了。"

楼西拉开椅子："叔叔也越来越帅了。"

怎么回事，敢情这是旧识？

花易安觉得有一道炽热的视线望着自己，转头一看："你不是刚才看得最认真的那个小朋友吗？"

小虎连忙起身："花老师，我是你的忠实粉丝。"

花易安摆摆手："什么粉丝不粉丝，你们能来看我这个老头子的画就很好了。"

花易安落座，花千树坐在旁边，对着小虎说："花千树。"

小虎怎么会不认识花千树，他不仅知道花千树是花易安的女儿和画展的策展人，还知道花千树的八卦绯闻。不过他看着自家老板那讳莫如深的眼神，觉得这顿饭还是少说话多吃菜为妙。

这一顿饭基本上是花易安和楼西在说话，原来老板很早就和花易安认识了。小虎一边吃，一边听，还一边在群里汇报情况。

过了一会儿，楼西放在桌上的手机响了一下，小虎直觉不对，一看，Pig这个猪队友分享链接的时候发错了群，把关于花千树的八卦链接发到了有老板在的群里。

小虎赶紧私戳Pig："要想保住你的年终奖，立刻马上撤回刚才发的那条消息！"

Pig："为什么？"

小虎内心咆哮，哪里来这么多为什么！以前可没见过你有这么多为什么。

不过，小虎说什么都白费了，因为楼西已经划开了屏幕，并且点开了那条消息——当红小生裴韩圈外女友曝光，原来是旅美画家花易安之女。

Pig还是毫无察觉，依旧在群里发着消息，顺便把小虎一道给卖了："小虎小虎，撤回什么，你看看这个是不是你说的那个呀？没想到有一天我的老板和我的偶像会成为情敌，你说我是应该向年终奖低头支持自家老板，还是坚定不移地为爱豆呐喊呢？"

楼西凉凉地瞥了小虎一眼，小虎默不作声，在心里已经将Pig做成了满汉全席。

过了一会儿，楼西回复："选爱豆面临失业，选老板面临加薪，你自己看着办吧。"

Pig生怕迟疑一下就会被老板怀疑真心似的，秒回道："坚定不移高举老板大旗，老板万岁。"

小虎发出鄙视表情。潜水的众人也纷纷出来，跟在小虎身后对Pig进行了鄙视。

吃完饭，楼西没再去看画展。将花易安和花千树送回去之后，他直接开车回了基地。以前他觉得不能将人逼得太紧，要慢慢来，可是换来的结果是她成了别人的绯闻女友，所以楼西决定，这次要主动出击。

回到基地，Pig战战兢兢，以为老板要拿他杀鸡儆猴，结果老板一回来就把自己锁在房间里。众人都很无语。

楼西开始查裴韩的资料，一查，发现裴韩竟然是裴寻山的侄子，而裴寻山是符一涵的现任丈夫，符一涵是花易安的前妻，也是花千树的亲生母亲，所以花千树和裴韩认识也就不奇怪了。

网上的消息还挺全面的，他还查到曾经有一年多的时间裴韩在美国进修，所以这段时间裴韩是和花千树在一起吗？

楼西当即给苏哲打了电话。

苏哲正在陪着岳丈喝酒，接到楼西的电话时还不算太醉："怎么了，老板？"

"苏哲，你上次不是说要设计一款新的队服吗？我已经有合适的人选了，待会我把资料发到你的邮箱，你联系一下，让他们尽快安排人过来。"

"啊？"

楼西的这通电话把苏哲搞得有点懵，他请假之前就是随口和楼西提了一句，当时楼西也回答得敷衍。况且VT战队的队服也设计了没多久，只是当时没有给队员们找好定位，所以队服设计有点不符合VT战队的气质，他便思考着什么时候重新招人设计一下队服上的图案，没想到楼西竟然已经找好人了。

苏哲嘴上应下，回去就查看了邮箱。楼西发过来的是一个旅美画家的资料，这个画家的风格怎么看也不适合VT战队呀！VT战队虽然现在还没什么大的名气，但是实力不容小觑，很有可能是今年S赛上的一匹黑马，所以队服也应该做得张扬霸气一点。

苏哲想了想，觉得还是再和楼西商量一下比较好，便又给他打了电话："老板，这个画家的画风会不会太温柔了？"

苏哲隐约能听到电话那边的水滴声，楼西刚洗完澡，他裹着浴巾，上半身裸着，一边擦头发，一边说："苏哲，你仔细看，是不是温柔中透着杀气？"

虽然楼西不太懂画，但是曾经有一次，他无意间去了楼万山的办公室，发现他的办公室挂了一幅画，作画人正是花易安。那幅画是花易安早期的作品，整个画风张狂炽烈，和现在这么温柔的画风完全不一样。所以楼西还是相信，虽然花易安现在的画风看起来很温柔，但他骨子里的桀骜不逊隐藏得再好，也会有暴露的那天。

听楼西这么一说，苏哲也觉得画风确实凌厉了不少。考虑到新队伍也不要太狂了，免得招惹是非，于是连夜敲定了合同。

楼西看了一遍合同，没什么大问题，只在最后面加了一条。

修改之后返回去，苏哲打开一看，就看到合同最后是楼西标红修改的——本合同必须由花丁树负责，否则以上条款全部无效。

苏哲："哦……"

苏哲再迟钝也懂了楼西的意思。这哪里是设计新队服呀，不过是借着设计新队服的由头，好近水楼台先得月。

Chapter 12
少年终有一树春

　　转眼到了队友们回家过年的日子，楼西给大家放了假，训练基地一下子就冷清了下来。以前过年的时候还有周毅杰陪着他，这几年周毅杰也回家过年了。

　　宋星语就更别提了。她哪一年春节不是和许律回家过的？何况今年肚子里怀着宝宝，许律老早就休假带着自家媳妇回老家了。

　　楼西对着通讯录筛选了一圈，最后锁定了言乔。

　　言乔接到楼西电话的时候，正在和花千树逛街。言乔算是少数知道实情的人，一边是自己的好闺密，一边是自己的好兄弟，言乔觉得夹在中间真难受。

　　他倒没怎么避讳，当着花千树的面就接了电话："新年快乐呀，兄弟。"

　　楼西笑了笑："请你喝酒，来吗？"

　　言乔惊讶道："不是吧，你又受什么刺激了，大白天就要买醉了？"

　　楼西苦笑，刚才他原本只想随便看看手机，结果微博跳出来消息，他点进去看，一个野鸡博主绘声绘色地爆料裴韩和花千树已经订婚，张口就是金童玉女配一脸什么的，还扒出了不少两人的情侣款照片，说得跟真的似的。

楼西看得既心酸又生气，于是转发了这条微博，并且说道："不配。"

原本楼西没有指名道姓，也没有说谁和谁不配，但是这已经不重要了。不管他说的是谁，裴韩作为新晋的流量小生，粉丝的力量十分恐怖，没一会儿楼西的微博就被私信和留言轰炸了，基本上全部是骂他的。

"你这个除了钱什么都没有的货，有什么资格说我家哥哥，请你原地爆炸好吗！"

"从没见过如此浑身铜臭味的柠檬精。"

不仅微博上炸了，微信群里也炸了。

Pig 此刻已经埋首在妈妈做的大鱼大肉中，吃得肚儿圆了，胆子也肥了不少："老板，你微博是不是被盗号了？"

他们 VT 战队老板的微博虽然是认证加 V 了的，但是常年跟僵尸号没什么区别，偶尔诈尸，也就是转发一下 VT 的比赛日程，其余时候都保持沉默。

如今在没有比赛的情况，老板的微博转发了一条娱乐八卦爆料，大家纷纷怀疑是自家老板被盗号了，不是本人操作。

VT 战队的粉丝也试图发声，奈何他们的力量太弱，在裴韩的粉丝面前简直不堪一击，那几个帮忙说话的粉丝，直接被对方骂到自闭。

于是转发微博的本人也很郁闷了，最后郁闷到只想借酒消愁。

楼西问："来不来？给句话呗。"

言乔说："来呀，肯定来，你把地址给我。"

挂了电话，言乔瞥了一眼花千树："一起去呀！"

花千树将选好的衣服拿去结账："不去，你们喝酒，我就不碍事了。"

"怎么会碍事呢？"言乔说，"你刚才也听到了吧？我听着楼西语气不对，肯定有事，你作为老同学，也应该关心一下。你又不是不知道，他向来最听你的话。"

最后这一句，言乔是嘀咕出来的，不过两人距离近，花千树肯定听到了。

她没拒绝，也没有要说去，言乔就当花千树默认了，直接领着人去了楼西发过来的地址。

言乔觉得，自己根本不是去陪喝酒的，而是去送惊喜的。这么大的惊喜，只有他这种中国好兄弟才能做到。

言乔和花千树到达目的地，楼西已经开了一瓶酒喝了一半，见言乔领着个人进来，起先以为是他的朋友，走近了才发现是花千树。

经历了刚才的微博事件后，楼西现在最不想见到的人就是花千树了，怕她觉得他幼稚，除了钱，什么都没有。

言乔拉着花千树坐下，叫楼西："你看我把谁带来了。"语气颇有些邀功的意味。

楼西目光盯着桌面上的酒，在灯光的折射下，杯子散发着五颜六色的光。他似乎是抬头看了她一眼，不过动作太快，花千树还未来得及看清他的眼神，就见楼西重新拿了两个酒杯倒满酒，往前一推。

"既然来了，赏脸喝一杯？"

开了头，楼西没什么顾忌了。他今天的话特别少，花千树也不怎么说，就言乔一边陪着楼西喝，一边说些琐事。

言乔："我好歹也是年少成名的天才摄影师好吗？天天找我去拍婚庆视频是什么意思？！"

说起来言乔就来气，抢过楼西手里的酒瓶给自己满上了。

这几年也不知道从哪里吹起来的歪风邪气，摄影圈被搞得乱七八糟，摄影师们都被逼去拍婚庆视频了。言乔倒不是看不起拍婚庆的，只是这活儿技术含量不高，如果常年这样，最后手艺也就退化在婚庆水平了，那时候再想出来往高端走，怕是难度不小。

言乔闷头喝了不少，头开始晕乎起来，他中途去了厕所，包间里面只剩下楼西和花千树。

花千树没怎么喝，多半时间低头在看手机。先前还有言乔在中间挡着，这会言乔不在了，楼西正好可以看到花千树的手机界面。他本是无意识地瞥一眼，却刚好看到手机停留在和裴韩的微信聊天界面，他憋了一晚上的气，突然就爆发了。

"当"的一声，玻璃酒杯和大理石桌面发出尖锐的碰撞声，楼西的眼神冰冷："和我在一起就这么无聊吗？要靠找别人聊天打发时间？"

楼西没有给她缓和的时间，他突然扶着花千树的椅子将她拉向自己，四目相对，他直勾勾地盯着她："千树，你既然回来了，我们为什么不能像以前一样呢？"

花千树扶着面前的人，软言安慰："楼西，你醉了。"

楼西摇头："我没醉，我只是难过、委屈，为什么现在的你和以前不一样了呢？"

以前的花千树对他凶也好，对他好也罢，他始终是她的独一无二。可是现在他发现她变了，她的世界里有很多人，而他过了这么多年，好像仍只记得一个她。

言乔回来的时候，就看到楼西倒在花千树身上睡着了，他是故意装醉离开，想给两人制造单独相处的机会。

他走近，问："怎么样，说好了没？"

花千树的眼眶微红，看起来像是哭过，但她的语气听不出异样："搭把手，扶他起来。"

"哦。"

言乔和花千树合力将楼西弄到车上，因为他的腿太长，贴心的言乔担心他缩在后座给憋住了，索性将后座放平，让他整个人躺上去。

花千树在美国的这几年，其实不算和楼西全然断了联系，倒是楼西这边仿佛憋着一口气，不肯直接去找花千树。明明联系方式都有，他就是不肯先低头，总是对当初花千树的不告而别耿耿于怀，但是又忍不住想要知道花千树在美国过得好不好，便总是往言乔那里跑，一来二去，和言乔就成了好兄弟。

言乔也是个通透的人，楼西往他这里跑的次数多了，他就知道楼西肚子里打的什么主意了。他也没点破，就配合着楼西，总是有意无意地透露花千树在美国的消息。

楼西如此，远在美国的花千树也是一样，每次和他联系总是会问问楼西，起先问有没有好好学习，后来问考了哪一所大学，再后来虽然问得少了，但是还是关心的。

其实，尽管这几年两人没见面，却对对方的生活了解得不少。所以言乔才想不通，现在他们见面了，怎么反倒生疏了？

言乔先将花千树送回家。回国后花千树没有和花易安一起住，而是搬进了符一涵在东郡花园的一处房产。花易安在美国治疗时，认识了一个也是搞艺术的金发碧眼的外国阿姨，两人志同道合，一年前在美国登记结婚，如今正是热恋时期，花千树也不想成为两人世界中的电灯泡。

花千树开门下车的时候，言乔实在忍不住了："千树，原本你们两个人的事情我不应该插嘴，但是我看着你们两个实在着急。有什么事情，你们开诚布公地谈，谈好了继续相亲相爱，谈不好那就各自安好，天涯不见，总比如今这么尴尬地处着好，是不是？"

见花千树有所动容，言乔继续说："千树，听哥哥一句话，这世道什么都容易得到，什么也都容易失去，但是赤子之心，难得！"得到一颗对自己好的赤子之心更难。

回到家里，花千树只觉得浑身疲惫，她将自己泡在浴缸里，一闭眼就是酒吧包间里，楼西红着眼盯着她，对她说委屈和难过。

其实那时候裴韩给她发消息，是将网上爆料他俩订婚的那条微博发给她看。花千树没想到楼西会用工作号去转发那条微博，裴韩追问她是不是认识 VT 战队的老板，花千树正准备回复，就被楼西打断了。

其实言乔说得不错，她是应该找个时间说清楚，不过不是和楼西，而是和裴韩。

为了还人情，她背锅这么久，人情也该还清了吧？

花千树还没来得及约裴韩见面就接到通知，春节假期结束，她要跟花易安去 VT 战队，为新赛季队服上的图案寻找灵感。

花易安心病好了以后，活得越来越恣意，春节只在老家陪了花千树的爷爷奶奶一天，第二天就带着他的外国妻子去旅游了，具体去了哪里花千树也不知道，他倒是把设计新队服的事情全部交给了花千树。

花千树隐约觉得自己好像被花易安坑了。

春节的几天假期，花千树都待在老家陪爷爷奶奶，老人家年纪大了，对生活也没什么要求，就是喜欢热闹，希望有人陪在身边。

春节的最后一天，花千树回到市里，顺便给符一涵拜年。

这些年，花千树和符一涵总是少了点母女之间的亲密感，有时候反倒更像是朋友。符一涵也不敢强求太多，花千树从小没有被她养在身边，当初她选择留下花千树，就应该预料到这一天。如今这种相处方式，两人虽然客气了一些，但是比以前好了很多。

裴意慈也快十岁了，要不是符一涵拦着，她巴不得天天黏在花千树身边。有裴意慈在，花千树就自在许多。

裴寻山这些年多了些白发，看到花千树来了，怕自己待在客厅让她不自在，便回书房工作。

符一涵在厨房帮着阿姨做菜，花千树和裴意慈在客厅玩，没一会儿门铃响了起来，裴意慈跑去开门，来人正是裴韩。

裴韩抱着裴意慈进来，看见坐在沙发上的花千树，微微一笑："千树，新年快乐呀。"

　　花千树点点头："新年快乐。"

　　虽然外面绯闻已经传得满天飞了，但是花千树和裴韩真的算不上熟识。两人之间没事基本不会见面，见面也多是裴韩惹了绯闻，花千树约出来提醒一下。

　　符一涵从厨房出来的时候，客厅里就剩下裴意慈一个人。

　　"小慈，你姐姐呢？"

　　"姐姐和裴韩哥哥去外面了。"

　　花千树约着裴韩到了花园。

　　"裴韩，绯闻的事情到此为止吧！"花千树的目光透过长廊，落在花园的假山上，"总有一天，记者会发现那个人不是我。"

　　裴韩天生一副桃花眼，看人的时候会微微一挑，他笑了笑，像是知道了什么。

　　"千树，你是不是从来没有想过，其实我希望那个人是你呢？"

　　花千树像是被裴韩的话吓到了，很久都没有说话。

　　裴韩兀自一笑，又换成了那一副裴家少爷的模样："好了，我知道了，我会让我的经纪人找个时间澄清。"

　　花千树点点头："谢谢你。"

　　裴韩摆摆手："别，我可受不起。待会被符姨看见，指不定以为我欺负你呢。不过他们都不知道我们之间的事，符姨还真以为可以亲上加亲呢。你这边也记得做好工作啊，别到时候把我搞成一个渣男人设。"

　　裴家人当初死活不让裴韩进娱乐圈，后来还是裴寻山见这孩子有做演员的天分，出面替裴韩说话，家里面才松了口。好在裴韩自己争气，虽然出道的时候裴寻山帮了一把，但后来他凭着自己的天赋和努力，靠演技在娱乐圈站稳了脚跟。不过，当初家人答应裴韩进入娱乐圈也是有条件的，演的必须是正面形象，正好这些年流行老干部人设，公司就把他往那方面包装。

转眼春节假期结束，VT 战队全体队员归队，准备迎接二月中旬的比赛。

花易安依旧在全世界旅行，其间倒是给花千树传了几张设计稿，花千树看了看，觉得这几张设计稿还不错，充满了少年人的张狂。

花千树联系了 VT 战队的经理苏哲。苏哲的声音听起来还挺年轻的，两人在电话里就新赛季队服的设计进行了简单的沟通。花千树也把花易安传回来的几张设计稿发到了苏哲邮箱，不过他看过后好像不是太满意，希望花千树可以找个时间到 VT 战队训练基地看看，说不定可以获得一些新的设计灵感。

花千树没有立即应下，而是将这个情况和花易安说了一下，花易安没什么大反应，只是说："苏经理也没有说错，凭空画出来的设计稿确实缺点东西。这样吧，你明天抽个时间去参观一下人家的基地，顺便了解一下队员，然后回来给我大致说一说，我再重新找一找灵感。"

这边花易安搞定了，花千树就打电话和苏哲敲定了时间。

第二天一大早，花千树去工作室拿了资料，然后带着助理准备自己开车前往 VT 战队，结果她刚下楼，就看到楼西站在路边冲她招手。

"你怎么在这里？"花千树走近，才发现楼西又换了一辆车，这辆车看起来有些眼熟。

楼西已经替她拉开了车门："反正我也要去训练基地，正好顺路，一起？"

花千树没有拒绝。上次言乔和她说的话，她听进去了。她想给楼西一个机会，也想给自己一个机会，既然没办法狠下心拒绝，那就试试重新开始。

上车之后，楼西没怎么说话，一路保持着沉默。

车很快就到了 VT 训练基地，苏哲事先已经和队员们打过招呼，所以大家都很好奇这个让自家老板怒转微博的女人到底是何方神圣。

花千树跟着楼西进去，入眼就是一排整整齐齐的电脑，电脑前都坐着人，想来是在训练，直到楼西出声，大家才齐刷刷地站起来。

"大家认识一下，"说着，楼西微微侧身将花千树介绍给大家，"这位是负责新队服的花千树，大家有什么想法，可以和她沟通。"

队员们点点头，看着花千树一脸姨母笑，内心台词全是——原来未来的老板娘长这个样子啊！

花千树顶着这般异样的眼光，在苏哲的带领下，参观了整个训练基地。训练基地的整体风格比她想象中好很多。她以为按照父子遗传，楼西或许会把训练基地装修成宫殿，没想到是这样的冷淡风。

参观完一楼，苏哲带着花千树去了二楼。

"二楼一般是用来休息和娱乐的。"苏哲走在花千树前面介绍，"左边这几间房是队员们的寝室，那边走廊尽头是我们老板的房间，对面是健身房和按摩房，楼顶有游泳池。"

花千树跟在苏哲后面慢慢看，偶尔会说点什么，助理会把花千树说的话记下来。

走廊尽头有一幅羊头的挂画，花千树问苏哲："你们老板经常住在这吗？"

"对呀。"苏哲根本不知道自己已经在不知不觉中出卖了老板，他继续说，"老板老家在黛城，反正我没见他回去过几次，自从训练基地建成了，他就一直住在这里。"

花千树明白了，也就是说早上楼西出现在工作室门口说和她顺路，都是他胡诌的。VT 战队的训练基地和花易安工作室一南一北，怎么可能顺路？

苏哲还说："不过我还听说，这别墅是老板以前买下来自己住的，后来他觉得一个人不热闹，就干脆拿来做训练基地，改装的时候老板担心活动区域太小，就把旁边的别墅也买了下来，直接打通了。"

花千树全程听着，以前的楼西也是这样，要么放着大房子不住，长时间住酒店，要么就是自己租一个小一点的公寓，他本质里十分害怕孤独。

花千树跟着苏哲在二楼走了一圈，突然发现前面拐角的地方挂了个牌子，上面写着"有恶犬，勿进"。

苏哲顺着花千树的视线看过去："那个呀，是Pig挂的，不过我建议你别过去了，老板的狗除了老板可以亲近，平时见谁都咬。"

花千树已经迈步走过去了："你们老板的狗？"

她记得曾经楼西总是随身带着一条狗，后来那条狗被送走，花千树都没来得及看它一眼。

她慢慢朝拐角处走，苏哲吓得赶紧将人拦住："花小姐，你不能过去，那狗会伤着你的。"

花千树笑了笑："我就在外面看看。"

苏哲有些为难。这时一道低沉的男声从他身后响起："苏哲，让她看。"

楼西慢慢走过来，对苏哲说了几句，苏哲就叫上花千树的助理先下楼了。

楼西对花千树说："走吧，我带你去看看。"

这个房间是楼西专门为阿肥打造的，里面可以说是狗狗的天堂。毕业之后，楼西就将阿肥接到了自己身边，这些年它也一直跟着楼西。

听到楼西开门的声音，阿肥欢快地准备扑过来，可是当它看到楼西身后的人，顿时生生止住了脚步。它站在房间中间歪着头盯着花千树看，似乎是在回想这个人自己到底认不认识。

现在的阿肥似乎比以前瘦了一些，脸也没以前圆润了。花千树想到了以前每次晚自习后，两人一狗一起玩耍的日子，心中十分感慨，于是蹲下身来，叫了声："阿肥，是我呀。"

阿肥叫了两声，小心翼翼地靠近，围着花千树闻了闻，突然就朝她扑了过去，使劲往她身上蹭。阿肥站起来有半人高，这么一扑，花千树站不稳，一屁股坐到了地上。

花千树笑了起来："楼西，阿肥认出我来了。"

阿肥以前就十分黏花千树，就算她离开了几年，它还是可以认出她。楼西突然也蹲了下来，伸手扶住花千树的腰，在她耳边说："千树，你重新回来，阿肥依旧这么喜欢你。"

"对啊，看来当年我没有白疼它。"花千树抱着阿肥的头蹭了蹭。

"那你知道为什么吗？"

"为什么呀？"花千树转过头，就对上一双满目柔情的眼睛。

然后听到楼西在她耳边说："因为阿肥随我。"

——和我一样，不管你离开多久，依旧这么喜欢你。

楼西和花千树一起从二楼下来，此时苏哲正在登记 VT 战队所有队员的三围和身高。听到动静，所有人转过头来看。

看什么狗可以看半小时？按照 Pig 的推测，当然是看黄金单身狗了啊！就算现在自家老板站出来说，他和人家漂亮小姐姐确实是看了半小时的狗，他们也是不会相信的。

Pig 登记完三围和身高，便去厨房泡了一杯咖啡出来："来，尝一尝我们老板自己磨的咖啡。"

接过咖啡，花千树说了一声："谢谢。"

献宝成功，Pig 心满意足地回到电脑前，刚坐下，小炮就在 QQ 上戳他。

小炮："你用谁的杯子泡的咖啡？"

Pig 发了一大串猥琐的笑脸，然后说："哈哈哈哈，当然是老板的。"

小炮鄙视："VT 第一舔狗。"

Pig 毫不在意："你懂什么？这是大人们的处世之道。"

小炮："滚……"

在队员们的盛情挽留下，中午花千树留在基地吃饭，饭菜都是基地的阿姨自己做的。花千树吃着吃着，觉得这味道十分熟悉，楼西适时地解释道："是以前我们学校外面那家炒菜馆的阿姨。"

楼西这么一说，花千树就想起来了。那段时间"复仇者联盟"学习小组每次学习完之后，都会去那家炒菜馆点菜，不仅是因为味道好，还因为这家的分量十分足，而且价格对于他们这种学生党来说也不贵。

Pig 见缝插针，赶紧问："老板，千树姐和你是同学，那以前上学的时候肯定有很多人追求她吧？千树姐这样的女孩子肯定是校花级别的。"

楼西抬眼懒懒地看过去，笑道："校花不假，不过没什么人追。"

Pig 大惊："为什么啊？"按理说不会啊，他要是遇见了这么漂亮的女生，早就使出浑身解数追求她了。

楼西像是想到什么，一直低头笑，也不说话。

花千树觉得楼西是故意这么说的，于是她说："好了，其实上学的时候我不好看。"

"咦……"大家发出一阵嘘声，明显不相信。

楼西还是笑着。那时候有他在，谁敢上，他第一个就不同意。

吃完饭，大家还有训练，花千树也没有久留，楼西开车将她送回了工作室。

比赛在即，所有人虽然脸上是笑嘻嘻的，但是一天比一天练得晚，说没有压力是骗人的。他们是新人队伍，从出道的不被看好，到春季赛的出色表现，现在有很多双眼睛看着他们。一旦被寄予了期望，而又辜负了这份期望，那么等待大家的，就是失望之后的谩骂了。

电子竞技和所有的竞技比赛一样，赢了，荣耀加身万人捧；输了，泥泞深坑千人踩。

转眼又是一周，花千树和花易安沟通好后，他又画出了新的设计稿。一拿到设计稿，花千树就迫不及待地看了，比预期的效果好。她想给楼西也看看，却怎么也联系不到他。最后她给苏哲打电话，苏哲说他们正在兰溪市参加比赛。

挂了电话，花千树打开电脑搜索了 VT 战队的比赛日程。他们这周有两场比赛，一场是今天，还有一场是周五晚上七点，地点在望舒市中心的电竞馆。

抱着多了解 VT 战队的想法，花千树觉得自己应该买票到现场观战，一来是表示对老同学的支持，二来也可以现场感受一下电竞的魅力。于是花千树上网买了最靠前的高价黄牛票。

买完门票，花千树正打算关掉电脑，一条裴韩工作室发表声明的消息突然弹了出来。

花千树点了进去，看到声明里解释了她与裴韩的关系，还公开了裴韩的现任女友。

此消息一出，网上就炸开了锅。

没一会儿，裴韩的电话就打了进来："千树，声明我已经让工作室发了，家里就交给你了。"

裴韩指的是符一涵和裴寻山。

果不其然，这个声明发出来不过半小时，符一涵和裴寻山的电话就接连打进来。花千树知道他们是担心她，便将事情解释了一遍。

符一涵听完颇有些遗憾："原来是这样啊！但是千树，小韩声明里的女朋友又是怎么回事啊？我听你裴叔叔说，那个女孩子黑历史比较多。"

裴韩声明里提到的那个女孩子，花千树看了照片也觉得不像。后来她问了裴韩，裴韩说如果要澄清，势必要用另外一个爆炸性的消息来转移大家的视线，不然干瘪瘪的声明没有多少人会相信。正好裴韩的公司最近想捧一个新人，于是就利用与裴韩的绯闻来直接提高热度。

裴韩说："反正是互利共赢的事情，等过段时间风头过了，再发布一个分手声明，这件事就算过去了。不过，到时候我在大家的眼中可能就成了实打实的渣男了。"

花千树将这些话原封不动地转述给符一涵，并说道："妈，裴叔叔那边，你给裴韩说说话，这件事确实不是裴韩的错。"

"好的，我知道。小韩也算是我看着长大的，他的品性我自然清楚，我只是担心你们两个以后……"

符一涵欲言又止，花千树无奈地笑了笑，说："你放心吧，我们真的只是朋友，而且他也不是我喜欢的类型。"

母女俩平时很少聊这种亲密的话题，今天话说到嘴边了，符一涵立马追问："那你喜欢什么类型？给我说说，我好留意一下。"

喜欢什么类型吗？

花千树想了想，说："有点傻的。"

符一涵："哦……"

晚上下起了雨，兰溪市的温度骤降，从电竞馆出来的 VT 战队众人忍不住打了个哆嗦。

今天这场比赛打得比想象中艰难很多，对手开场连胜两局，士气大增，虽然后面 VT 连着扳回两局，但是最后一局他们差点就输了。因为前期团战的接连失误，导致 VT 错失先机，让对方的经济反超，后来他们拼死拿下大龙推塔上高地，拉平经济，才有了后期团战的微弱优势，所以尽管最后赢得了比赛，队员们也不开心。

大家排队上了战队的大巴车回酒店，车上苏哲对大家说："今天回去大家好好休息，明天我们总结这次比赛中的失误，并抓紧时间训练。"

大家恹恹地应了，然后戴着耳机闭目养神了。

苏哲没再说什么，开始上微博看大家对这场比赛的评价，结果刚一点进去，就发现微博上到处都是裴韩的声明。

他原本对这些娱乐圈八卦不感兴趣，只是在刷 VT 战队评论的时候，评论里有一个粉丝跳出来艾特楼西，说："老板老板，你的机会来了。"

苏哲不明所以，就将评论给楼西看。

楼西接过手机看了一下艾特他的这个网友，不认识。点进他的主页，楼西发现他刚刚点赞了裴韩工作室的微博。

对于裴韩这个名字，楼西很敏感，于是他点进裴韩工作室的主页，主页置顶的就是今天才发的那份声明。

楼西点开声明慢慢看，看到最后，嘴角止不住地上扬。

苏哲凑上去瞄了几眼："这声明很好笑？"

楼西抬手将苏哲的头推开，顺手将手机扔给他："不好笑。"

苏哲不明所以："那你刚才笑什么？"

"我刚才笑了吗？"

"你笑了，你嘴角都快咧到后脑勺了。"

楼西把玩着自己的手机，长腿敞着，目光看着前方，姿态随意又慵懒："那就是笑了吧。"

苏哲搞不懂自家老板奇怪的笑点，于是选择戴上耳机玩手游。过了一会儿，身边的人突然用手碰了碰他。苏哲摘下耳机，转头问："怎么了，老板？"

楼西特别郑重地说："苏哲，你以后可能会多一个老板娘了。"

这突如其来的消息让苏哲有些不知所措，他迫不及待地想找人分享，可是又担心说出来让队员们分心。大家现在最重要的是专心比赛，所以苏哲只能憋在心里。

回到酒店，针对这次比赛，教练给全体队员做了分析，第二天出发返回望舒市后，大家没有休息，直接进入备战状态。

花千树第二次登门的时候便看见VT战队的队员们整整齐齐地坐了一排，在专心地练技能、速度和反应。

楼西直接领着她去了二楼。

"我会不会影响到大家啊？"花千树尽量降低自己的存在感，安静地跟在楼西后面。

"在二楼不会。"要不是听到身后那若有若无的呼吸声，楼西都怀疑自己身后没有人。说着，楼西直接将她带进了自己的房间。

楼西的房间卧室和书房连在一起，空间比较大。花千树先走进去，楼西随后进来，顺手将门带上。

听到声音，花千树转过身，目光落在门上。楼西突然朝她走过去，花千树看着朝自己走来的楼西，下意识地往后退，却不想他压根就没有停止的意思，一直将她逼到了墙边。

退无可退，花千树只能直视楼西。

楼西就这么站着，或许是她的样子让他想笑，他低笑一声，说："怕我关上门对你做什么吗？"

花千树摇摇头。

楼西忽然又靠近了一些，男性的气息瞬间充斥在她的周围。她屏住了呼吸，伸手去推他："楼西，我有正事和你说。"

花千树觉得，男人和男孩还是不一样的，换成以前，楼西哪敢在她面前如此放肆？落在她手里，他只能被按在地上摩擦。如今胆子倒是肥了，都敢把她逼在墙角调戏了。

"想什么呢？"楼西微微躬下身，从后面看，就好像她被他抱在怀里似的，他说，"正事有的是时间，我们先谈谈咱们的事呗。"

"那行。"

花千树现在意识到，这家伙今天约她过来根本就不是谈论队服的事情，而是故意把她引诱进他的领地，然后任他为所欲为。

她深吸了一口气，重新看着他："你先放开我，我们好好谈。"

楼西盯了她两秒，确定她不是在哄他，才放开她。他倒了杯水，走到床边坐下，然后往自己身边拍了拍，示意花千树坐过来。

"来吧，这事一时半会说不清，我们坐下来慢慢说。"

花千树怎么觉得她刚从一个坑爬出来，又掉进另外一个大坑呢？

"你这里没有椅子吗？"花千树问。

"没有啊，你看这屋里有多余的椅子吗？"

花千树找了一圈，确实没有，连书房里面的椅子都不翼而飞了。

"那沙发呢？"

"沙发坏了，昨天刚扔出去。"

算了，算了，花千树给自己做心理建设，要是楼西敢乱来，她就再给他一个过肩摔，把他按在地上摩擦。于是花千树坐了过去，床比她想象中软了许多。

楼西瞧着她的小表情，好奇地问："以前我们经常在我家学习，还一起去酒店开房学习，那时候怎么没见你对我这么防备？"

花千树看了楼西一眼，语气平淡地说："那时候你还小。"

"还小？"楼西觉得花千树的思维方式好笑，"千树，那时候也不小了吧？正值青春期的男孩子，脑袋里总会想一些有的没的，或许你以为的傻只是他装出来骗你的呢。"

此刻的楼西充满了危险性，他就像是一只盯着食物伺机而动的野狼，而她就是那美味可口的食物，只要她稍微一动，马上就会被面前的狼扑倒。

楼西其实不想将花千树逼得太紧，但是他不想再等下去了。任何感情都是有期限的，他能喜欢她四年，等着她四年，不代表他可以再等一个四年。一份感情如果长久得不到回应，会逐渐被时间消磨掉。如果未来充满了不确定性，他宁愿抓住现在，他现在就要一个答案。

楼西忽然往后一躺，床往下陷。花千树看过去，他抬手搭在额头上，遮住眉眼，说："千树，我喜欢你，这是当初来不及对你说的。

"如今，我爱你，这是现在想对你说的。那你的答案呢？"

花千树忽然想起很多年前，那时候他们刚考试完，楼西约她去滑雪，之后便一直背着她和宋星语、周毅杰商量什么。如今想来，可能那时他就想趁着滑雪的机会，对她表明一切。

不过计划赶不上变化，在出发去滑雪场的前夜，她被迫去了美国。

花千树沉默了许久，才淡声开口："楼西，周五晚上的那场比赛，如果你赢了，我就告诉你我的答案。"

"万一输了呢？"

"输了，我就陪着你，直到你们赢为止。"

"好。"

那天花千树在楼西的房间里足足待了一下午，后来她没有留下吃晚饭，就急匆匆地走了。VT 的队员们看着这情况，私下达成了共识，甚至还背着楼西赌——花千树什么时候会正式成为 VT 战队的老板娘。

就这样，转眼来到了周五。这场比赛的对手也是一支今年新组建的队伍，前面发挥得也不错，特别是中路选手十分厉害。

开场前几分钟，楼西和苏哲在休息室等待比赛开始。队员们神色轻松，看起来没什么压力，楼西坐在沙发上低头玩着手机，似乎在等谁的电话。

苏哲走过去，在旁边坐下，正思考着要不要把刚才他在前台看到的告诉他，就见楼西突然站起来往外走。苏哲看着他的背影喊："老板，你去哪儿啊？比赛马上就要开始了。"

楼西头也不回地说："出去打个电话。"

苏哲以为他这个电话最起码需要打半个小时，没想到十分钟后楼西就回来了。他整个人看上去容光焕发，不知道的人还以为他出去吃了十全大补药呢。

比赛已经开始，双方正在 ban（竞技游戏术语，禁用、禁止的意思）

英雄，苏哲一边看一边吐槽："这也太针对我们的中路了吧？"

对方中路强，便针对 VT 的中路，看来他们是想中野联动。

比赛开始，镜头从两个战队扫过，随后转向观众席，解说调侃道："我刚才看见第一排有一个举着 VT 战队灯牌的小姐姐颜值好高。"

解说的话音刚落，导播就十分配合地移动镜头，最后将镜头锁定在观众席第一排身穿白色衣服的小姐姐身上，正是花千树。

休息室里的楼西一下子站了起来："她怎么在现场啊？"

苏哲拉着自家激动不已的老板坐下："我刚才碰见了，老板娘说想多了解了解你。"

其实花千树的原话是："我想多了解一下 VT 战队。"

不过苏哲觉得自己转述的话也没有问题，因为 VT 战队是老板的，想要了解 VT 战队，就是想要了解老板本人啊。

苏哲的话楼西听着很受用："把刚才的话再说一遍。"

苏哲："老板娘说，她想……"

"前面三个字。"楼西打断他。

"老板娘……"

"嗯，"楼西看着直播的画面，说，"记住了，她就是你们的老板娘。"

这场比赛 VT 的中路被疯狂针对，但 VT 也不是任人鱼肉的性子，中路不行，那就上下路对线，打野带节奏，在中后期的团战中，VT 优势明显，很快就拿下了第一局的胜利。

第二局开始，对方改变策略，开始针对第一局疯狂带节奏的打野 Pig，可他们没想到，VT 战队里谁都是带节奏的好手，就算是辅助小虎也是可以 C 的。所以两局对阵下来，一场 BO3 的比赛 VT 战队以二比零的绝对优势赢得比赛的胜利。

比赛结束后是现场采访和回馈粉丝送礼物的环节，VT 战队的五个人年龄都不大，最大的也不过二十岁，他们往台上一站，看起来青春又养眼。

采访环节很快就到了尾声，临下台时，Pig 突然向主持人借话筒。

主持人以为 Pig 是有什么话想对现场的粉丝说，便把话筒交给了他。

结果，他接过话筒就对台下第一排的花千树说："一排 15 号的那位小姐姐，我们老板说，感谢你对 VT 战队的支持哟。"

Pig 的这一波骚操作，羞得花千树顶着众人好奇的目光跑了出去。她刚一出门，就被一双手臂拦住，楼西正气定神闲地站在那里，好像早就料到她会从这边出来一样。

"跑这么快干吗？小心摔倒了。"

花千树白了楼西一眼，那一眼里全是控诉："是不是你叫 Pig 这么做的？"

楼西笑了笑，算是默认。

花千树绕开他往外走，楼西紧紧地跟在她身后："你来现场怎么没提前告诉我啊？"

楼西想到一种可能性："哦，原来你是想给我一个惊喜！"

花千树突然停住，她转过身，盯着他看了几秒，突然就伸手抱住了他。她的怀抱是软的，他怔了一下才缓缓抬手轻轻拍着她的背："怎么了？"

花千树的声音有些闷："比赛赢了，我答应要给你一个答案。"

"嗯？"

其实不用说，楼西也知道她的答案了。早在那天下午，在他房间里她就告诉他了，她的答案。

赢了，就告诉你；输了，就陪你直到赢为止。

花千树抱着他的手紧了紧，她说："这就是答案。"

"我不知道如今我们还合不合适，但是我想给自己一个机会。我以前喜欢你，可是好像也没有这么喜欢你，如今我想更喜欢你。"

她从他怀里仰起头，目光所及是他漂亮的下颌线，她突然踮起脚尖在他下巴上亲了一下，说："楼西，下一次，换我先说'我爱你'，好不好？"

楼西只觉得他从脚尖到发尖都是软的，像是踩在云朵上，整个人舒服得不得了。他回味着刚才她的嘴唇触到下巴时的柔软和香甜，他将头埋在她的颈边，问："千树，跟我去车里好不好？"

"好。"

车里开了暖气，空气都是暖烘烘的。楼西拉着花千树坐在后座，他把她放在自己的腿上，双手环住她的腰，她搂着他的脖子。

他想吻她。从他带着她进车里，他就毫不掩饰自己的欲望。

"可以吗？"

"嗯。"

当嘴唇与嘴唇紧密地贴合在一起，周围的空气似乎在瞬间就被点燃，他根本不给她喘息的机会，哑着嗓子问她："以后还走吗？"

他是怕了，怕一觉醒来，发现这全是梦。

她趴在他的肩上喘息，整个身子又软又香："不走了，就在你身边。"

某天，大家正在试穿新队服，突然训练基地外面停了一辆货车，从车上下来两个人，二话不说，冲上二楼就开始搬东西。

Pig一脸惊恐："怎么回事？你们要把我们老板的东西搬到哪里去？"

小炮正在啃苹果："二师兄，你没听说老板要搬出去和老板娘同居吗？"

"这是什么时候的事？"Pig身为战队八卦传声筒，竟然错过了这个大消息。

小炮说："大概就是你昨晚忙着直播的时候。"

为了回馈粉丝，战队的每位队友都有直播的任务，昨晚是 Pig 的直播时间，所以楼西随口给大家说要搬家的时候，Pig 没有听见。

　　搬家公司的速度很快，不到一个小时就把楼西房间的东西搬得差不多了。

　　楼西走之前，给队友们打了预防针："虽然我搬走了，但是不代表你们可以偷懒，苏哲每天会向我报告你们的训练情况，我也会不定时地回来抽查。如果让我发现有偷懒不训练的，奖金全部取消，希望大家互相监督，争取拿到好成绩。"

　　后来从春季赛打到常规赛，再到夏季赛，VT 战队输过好几场比赛，但最后总能在绝望中抓住一点生机。于是借着这点生机，他们一路走到了 S9 赛场的八强，VT 战队逐渐进入了大家的视野之中。似乎谁也没有想到，这么一支刚组建起来的看似随便玩玩的队伍，能一路杀到最后。

　　所以，最后 VT 获得 S9 冠军的那刻，大家都觉得恍然如梦，不敢相信。似乎大家都觉得 VT 不配拥有这样的成绩，如今捧着奖杯，沐浴在漫天金纸下，接受着来自全亚洲玩家的欢呼声洗礼的他们，靠的不是实力，只是运气而已。

　　不过，外界的声音并不能影响 VT 战队夺冠之后的心情，全体队员都很兴奋。在接受采访时，主持人问楼西，到目前为止他最难忘的事情是什么。

　　所有人都以为他的答案是获得 S9 的冠军。

　　楼西还穿着新设计的战队队服，他像是想到了什么，低头笑了笑，然后目光落在台下的某人身上，说："我最难忘的事是，带着哈士奇在周一的升旗仪式上给喜欢的人认错。"

　　此言一出，全场沸腾。

　　花千树坐在台下看着台上的男人，他和从前一样，不管走到哪里，都能发光。

主持人似乎嗅到了八卦的味道，追问道："后来呢？"

"后来呀……"楼西的目光无比温柔，"后来，她成了我的夫人。"

在远程看直播的言乔隔着屏幕对楼西投去了鄙视的目光。这哪里是求婚？这分明就是赤裸裸的逼婚呀！

楼西还在继续："我希望，她永远都是我的夫人。"

很久很久之后，两人已经结婚多年，谈起这段往事，大家都好奇花千树是怎么答应楼西的。

花千树想了想，那时候她觉得这个男人好像在发光，后来她才恍然大悟，那是她望向他时自己眼中的光，也是那一刻，她觉得就是这个人了。

年少时，她没来得及说喜欢，往后的余生，都让她先来爱他。

番外
星语星愿

宋星语第一次见到许律，是在一个太阳特别毒的午后。

她在幼儿园里受了欺负，中午趁着老师不注意偷偷跑回家，结果家里没人，她只能坐在单元楼的大门前等。

宋星语满脸通红，因为等不到父母，心里既害怕又伤心，于是她忍不住哭了起来，后来越哭越伤心，越哭声音越大。

这栋单元楼是职工单元楼，住的要么是退休老职工，要么就是职工的子女，这个点一般都在单位，所以中午的单元楼特别安静。

宋星语哭了好半天，忽然听到背后的单元门被打开，一个比她高一点的小男孩走了出来，他穿着小衬衣和背带短裤，看起来像个小大人。

他好像不太高兴，站在门口问："你能不能别哭了？你吵着我睡午觉了。"

宋星语眨着眼睛，觉得好委屈——她坐在楼下哭，这个小哥哥还凶她。

因为身体原因，本来应该上学前班的许律休学了，刚才宋星语哭的时候，他才吃了药躺下，本来不想理会，结果她的哭声越来越大，

285

他根本睡不着。

奶奶年纪大了，耳朵不好使，在沙发上打瞌睡。许律趁她不注意，偷偷下了楼。

"你好凶，我要找妈妈。"

宋星语觉得只有妈妈才是这个世界上对自己最好的人，她从来不会凶自己，还会给她甜甜的糖。

许律哪里能想到自己下来才说了一句话，这丫头就哭得更厉害了。小小年纪的他觉得女孩子简直太可怕了。

宋星语哭了一会儿，再抬头看，那个凶巴巴的小哥哥已经不见了。

过了一会儿，身后的门又被打开了。宋星语转过身，就看见许律站在她身后，手里拿了棒棒糖，对她说："我把我的糖给你，你不要哭了，好不好？"

小女孩如果伤心难过要怎么哄？那就给她一颗糖。

一颗糖不行怎么办？那就给她两颗。

于是，宋星语在许律两根棒棒糖的诱惑下，不哭也不闹了。

许律问她："你爸爸妈妈呢？"

"不在家。"

"你家呢？"

宋星语指了指楼上。

"几楼？"

宋星语掰着手指头，比了一个"三"。

原来住他家楼上。

许律想了想，他妈妈告诉他，小朋友一个人在外面不安全，所以他问宋星语："你去我家里等吧，在外面容易遇到坏人。"

巧了，这话宋妈妈也天天对着宋星语讲，于是她想起了妈妈平日的教导，觉得许律说得很有道理，当即拍了拍小裙子上的灰，然后跟着许律回家了。

许奶奶开着电视，打着瞌睡，忽然听到一阵开门声，便看见明明这会儿应该在床上睡觉的孙子，领着一个泪眼汪汪的小姑娘从外面回来。

要不是许奶奶了解自己这个孙子，差点以为是他欺负了人家小姑娘呢。

宋星语没有想到许律家里还有人，看见沙发上的老奶奶，她立马站好，乖乖地叫："奶奶好。"

虽然许奶奶十分疼爱许律，但是男孩子终究是男孩子，她特别希望什么时候能有个孙女。可是许律的妈妈生下许律后，由于身体一直不太好，便没有要二胎的打算，许奶奶也只能看看别人家的小女娃过过眼瘾。

所以宋星语这一叫，真是甜甜地叫进了许奶奶的心里，她朝宋星语招招手："乖宝贝过来，奶奶看看，是谁欺负你了呀？"

许律把经过给许奶奶讲了一遍。许奶奶抱着宋星语，揉了揉她的头发，说："星语不伤心了，就在奶奶家等妈妈回来，奶奶家好吃的可多了。"

说完，许奶奶看向许律："孙子，快，去把冰箱里面的零食都拿过来。"

许律觉得自己好像要失宠了。

"奶奶，你不要叫我孙子，听起来像在骂人。"

许奶奶沉默了三秒后，说："好的，孙子，以后奶奶注意。"

算了算了，他还是去拿零食吧。

因为身体原因，许律很少吃零食，父母怕他偷偷在外面吃，便买回来在家里放着，许律想吃的时候就拿出来闻闻。

许奶奶哄着宋星语，抬头看见许律还站在客厅里："你赶紧去睡觉，睡完觉再起来玩。"

算了算了，奶奶说什么就是什么吧，谁叫他长得没有小丫头可爱呢。

许律的午睡时间不长，一般睡一个多小时就醒了，等他睡醒，客厅里好像没什么动静了。

难道是小丫头的妈妈回来把她接走了？许律换下睡衣出去，就看到一老一小在沙发上睡得正香呢。

夏天的阳光被窗户上的纱帘拦住，照进屋子里弱了不少，有那么一缕光柔柔地落在小丫头的脸上，将小孩子脸上的茸毛映得根根分明。

家里开了空调，许律看着什么也没有盖的两人，回屋拿了夏凉被给两人盖好，又去屋里取了自己的枕头给宋星语枕上，做好这一切后，他才到屋里给妈妈打了电话。

下午六点，许妈妈领着宋妈妈回来了。

前一晚他无意间听到妈妈提了一句，说楼上新搬来的那家人和她在一个单位。于是，下午给妈妈打了电话，一问还真的是，不仅是一个单位的，还是一个办公室的。

这件事后，楼上楼下两家的关系越来越好，宋星语父母工作忙的时候，就把宋星语送到许律家里。双方父母抱着两个孩子好做伴的想法，经常让许律带着宋星语。明明许律只比宋星语大了一岁，但是许律打小就跟个小大人似的，让父母们觉得特别有安全感。特别是宋妈妈，看着许律越长越好看，成绩也越来越好，就觉得这样的孩子配自家那个傻女儿实在可惜。

许妈妈却不这么想。她原本是想要一个女儿的，儿子虽然乖巧懂事成绩好，但是总没有女儿贴心，而且她的身体不适合再生孩子了，便打小将宋星语看成是自己的女儿。后来小丫头越长越可爱，越长越好看，她觉得要是宋星语嫁给别人就便宜别人了，于是就暗戳戳地试探自己的儿子。不过许律向来感情不外露，许妈妈也没有试出个所以然。

不过，双方父母既然都有意了，也就经常明里暗里给许律和宋星语制造机会，他们想着，感情这东西，处着处着就有了。

宋星语小时候喜欢追在许律后面，叫他哥哥。上学后，哥哥越来越受大家欢迎，下课了有好多人围着他，她只能在旁边看着。后来她长大了一些，别的女生因为她和许律关系好，总是欺负她，这些事情她不敢告诉父母，也不敢告诉许律，便一个人承受着。

许律有一天后知后觉地发现，喜欢跟在身边的小尾巴不见了，总是找不到人，去她家找，她不是在学习，就是在睡觉。许律想明白了，原来这丫头在躲他。

初三毕业的暑假，许律一家去了国外度假，把家里的钥匙放到宋家，拜托宋妈妈有空的时候帮忙给花浇一下水。

那天，宋妈妈和宋爸爸都要加班，一时半会儿回不来，便打电话回家，让宋星语帮忙下去给许家的花花草草浇水。

宋星语想着反正许律也不在，便去了。

进门的时候宋星语没注意门口的运动鞋，光着脚就去给花浇水，水浇一半没了，宋星语打算去洗手间接水，一开门，就看到正在脱衣服的许律。

宋星语眨了眨眼，许律现在不应该在马尔代夫进行日光浴吗？怎么会出现在家里，还裸着上半身？

"出去。"许律的声音冷冷的。

"哦。"宋星语赶紧退出来。

许律看到她提着花洒，又叫住她："你不是要接水？"

宋星语看着许律就紧张："我去厨房接。"

"拿来。"许律接过花洒，接满了水后递给她，关门的时候，对她说，"在外面等我，不准走。"

许律这么一说，宋星语更想走了。于是她听着洗手间的动静，一边快速地浇花，然后趁着许律洗澡准备偷偷开溜。她刚蹑手蹑脚地走到门口，许律魔鬼般的声音突然响起："宋星语，给我拿一下衣服。"

装死。

"宋星语，我知道你在外面。"

坚持，不出声就是胜利。

"宋星语，你确定不回答我？"

完了完了，宋星语打小就怕许律，后来意识到了自己的感情，就更加怕许律了，许律这三连声，她招架不住。

"你，你要什么衣服？"宋星语小声地问。

"去我的卧室，在衣柜里随便拿一件。"

"好。"

宋星语以前经常进出许律的卧室，小时候躲猫猫也经常躲到他的衣柜里，有一次竟然直接在衣柜里面睡着了，许律在外面找了她一下午。

宋星语随便拿了一件短袖，小心翼翼地敲洗手间的门："许律，衣服拿来了。"

里面的水声停了，然后门打开，宋星语将衣服举到头顶，也不看他："衣服给你，我先回家了。"

许律没有接衣服，而是拉着宋星语的手腕，直接将人扯进了洗手间，她被他按在浴室的玻璃上。因为刚洗了澡，整个浴室里弥漫着水汽，她只穿了一件白色的雪纺短袖，很快就被玻璃上的水汽浸湿了衣服。

许律的头发还是湿的，只裹了浴巾，他的眸子黑幽幽的，好像在生气。

"这么久不见了，哥哥也不叫了？"

宋星语只想赶紧离开，许律说什么，她就做什么，一点也不敢反抗。于是她乖乖地叫："许律哥哥。"

许律眸光一深，问："为什么躲着我？"

宋星语不敢说……对待一般的朋友，她可以大大方方的，可是许律对她来说不一般，她只能小心翼翼的。

"许律哥哥，我想走。"

许律突然压下来，在宋星语惊恐的眼神下，抬起她的下巴，在她的耳侧说："不准！"

许律这个突然的举动，让宋星语又惊又喜。原来对他来说，自己也是不一般的。

后来两人上了高中，宋星语便没再故意躲着许律。

许律成绩好，进了重点班，宋星语成绩一般，在平行班。后来她认识了新朋友，去找许律的次数就少了，他为此还委婉地暗示宋星语，可是她压根没听懂他的暗示，继续和好朋友玩耍。

直到有一天，宋星语发现自己的这个好朋友喜欢许律，接近她也是为了许律。宋星语很难过，这已经不是第一次了，似乎和她做朋友的人，都是为了接近许律。

然后，许律在升入高二的时候，发现小丫头又不搭理他了。

某个周末，许律借着给宋星语送补习资料的机会去了她家。宋家父母都在，他不能做什么，就在补习资料里面夹了小纸条，约她晚上见面。结果他在约定的地点等了三个小时，宋星语也没有出现。他回家时，却看见她正和另一个单元楼的男生在小区里打羽毛球。

许律气得不行，当即就过去把人拉走。

看着突然出现的许律，宋星语先是一愣，然后就开始挣扎："许律，你放开我。"

许律盯着她："为什么没来？"

宋星语眼神闪躲："你在说什么？我听不懂。"

宋星语在撒谎，许律从小陪着她长大，她说的话是真是假，他一眼就可以看出来。宋星语明明是看到那张纸条了，她是故意不来的。

许律觉得心里有一把大火在燃烧，他直接将宋星语带回了自己的家。家里没人，许家父母去了外面出差。

"许律，我要回家，我不想和你说话。"

许律压根就不管宋星语说什么，将她拖进自己的卧室，直接扔到床上。宋星语害怕，想跑，他反身把卧室门反锁了。

"你要干什么？"

许律觉得宋星语是只白眼狼，这些年都白喂了，他直接上前将人按在床上。

宋星语挣扎捶打，可是面前的人动都不动一下。她开始哭，"呜呜呜"地哭，然后许律停了下来。

他呼吸不稳，撑着手看她："你哭什么？"

宋星语觉得委屈："连你也欺负我，许律，你太坏了，我再也不要理你。"

许律的呼吸一滞，终于放开了她，坐回床边："那你要我怎么办？"

宋星语看着他，似乎下了决心："以后，你就装作不认识我吧。"

许久，许律才哑着声音说："好。"

至于后面的故事，便是这段故事的开始。

后记
——致可爱的你们

2015年，我开始尝试创作小说，那时候，没想过会遇到可爱的你们。

《让我先说喜欢你》是我出版的第四本小说，一路走来，感谢你们都在。我不是天赋型的写手，也不好意思把自己归纳到勤奋型里，实在要整个名头，可能是佛系写手，万事随缘吧。所以，在2019年春节之前，我做了人生中第二个重要的决定——辞职。

毕业一年半，我离开重庆，去西北一个并不繁华，甚至要拿着放大镜才能在地图上找到的城市工作。那段时间是我人生中最崩溃的一年，身体和心理都十分煎熬，所以那年至今，我断断续续就写了两本书，一本是陪我度过艰难时光的《原来你是这样的园长大人》，另一本是工作逐渐转好后，写的甜宠校园文《让我先说喜欢你》。

然后，我辞职了。和当初离开重庆去西北一样决绝。

如今，工作情况逐渐转好，我却选择了辞职，朋友们都不理解，他们问我原因，我也不想多说，只说，我想去做我喜欢做的事。

提出辞职是在1月26日，之后连着一周，我被领导叫去谈话。他们对我突然辞职的行为很不理解，劝我好好想想，我们经理甚至还打电话给我母亲了解情况。

　　我很坚定，我知道，如果我不去做这件事，我可能会后悔一辈子。于是，1月31日，我收拾行李，回到了重庆，开始我的全职写作生活。

　　这是2019年我送自己的一份礼物，也是送你们的一份礼物，撕掉佛系写手的标签，所言非言要做日更一万的女人。

　　写后记的时候，我特别邀请了几位陪伴我很久的朋友来说几句——

　　唧唧复唧唧，肥言在码字；太阳当空照，肥言还在码；月上柳梢头，肥言继续码。恭喜肥言的又一本书出版啦，也很开心竟然能够写一小段后记。为了楼西小少爷，重温了园长大人，这才发现原来肥言已经处处伏笔——比如小少爷心心念念的神秘花爷是谁？那个暗戳戳既是"最初的恋人"也是"最后的恋人"是谁？当傲娇对上傲娇会擦出什么奇妙火花呢？这本书里通通都有答案。这应该是我们机智可爱迷人的肥言的第六本书，从第一本《原来你是这样的馆长大人》开始，就可以感觉，肥言的文字里一直延续着一种开朗活泼的风格和积极向上的态度。这是可爱的人才写得出的可爱的文章呀。你是一个特别努力，特别好的所言非言小甜甜，可爱多永远喜欢你！

　　　　　　　　　　　　　　　　　　——读者"非常甜的柒瑾"

　　青春时期的爱情总是带着朝气，蓬勃向上的。或许青春时期相识的方式千奇百怪，相知的过程鸡飞狗跳，但相爱的结果总是必然的。楼西大概是学生时代即使坐在讲台旁，被老师特殊关照也镇压不了的男生。他长得必定是好看的，成绩必定是不怎么样的，或许还有些跋扈，但心肠一定是不坏的，只是有些孩子气的不懂事。千树像是深藏不露的侠女，话不愿多说，朋友不愿多交，有自己的圈子和处世准则，看起来很好相处，其实很有距离。私心里觉得楼西像是能看透千树的小太阳，他或许插科打诨地安慰了千树许多不为人知的心酸。

青葱岁月里的爱情也好，友情也好，永远值得铭记，可以时不时拿出来回味。而《让我先说喜欢你》这本书也值得被珍藏，或许几年后，看到某一页你还会扬起嘴角，想起自己的青春。

——读者"言乔"

认识肥言快一年了，和肥言相识其实挺偶然的，没想到现在关系这么好。主要是因为肥言平易近人，拉近了我们之间的距离。在我印象中，肥言应该是一个比较洒脱，比较大大咧咧的人。我也不知道为什么会有这样的印象，难道是男人的第六感？我是高中开始接触《花火》，接触言情小说的，我也会买实体书看，当时买书没有特定目标，花火连载的小说看着不错的就买下来了。我从来没想过有一天我会因为喜欢一个作者而去买她的书，这难道就是追星吗？感觉还不错。肥言的小说都是甜甜的，让人看了心情舒畅，对生活充满了希望，这说明肥言一定是一个甜甜的女孩子啊。我希望2019年可以看到肥言更多作品，同时我也希望我能挣大钱，这样就可以买好多好多肥言的书了，想想都好激动呢！

——读者"端木家族瑞雪"

如果这个世界遇见对的爱情真的很难很难，那么真诚地希望可爱的你勇敢一点，再勇敢一点，对Ta说出那句话。即使当时的结果不尽人意，但如果那个人早已对你情有独钟，那么最终，美好的爱情也会降临在你的头上。青春嘛，就是满怀热情追逐喜欢的人和事，那时的你热血又勇敢的模样已是最好的证明。就像那年冬季，漫天大雪也阻挡不了千树对楼西表白。

最后的最后，期待转校生花千树和中二少年楼西演绎不一样的热血爱恋。

——读者"司尧"

因为写作，我遇到可爱的你们。

因为写作，我也成了可爱的人。

2019，清风醉酒，时光不老，我们不散。

所言非言

大年初七·重庆